栃木孝惟
松尾葦江 編

校訂延慶本平家物語 別巻

延慶本平家物語の世界

汲古書院

序文

栃木孝惟

延慶本平家物語のテクスト版『校訂延慶本平家物語』十二巻の刊行が終結した。

本テクスト版は、平家物語諸本の中《うち》の重要テクスト延慶本を大学の教場において、あるいは、一般市民の方々を対象とする講座において、あるいは、このテクストに関心を寄せる方々が容易に手にし、容易に読みうるテクストとして、各巻分冊のかたちをもって刊行された。

本別巻は、必ずしも読解容易ではない延慶本の世界へのささやかな案内として、簡略ながら延慶本全巻の梗概を用意し、加えて、今日の延慶本をめぐる研究状況の概要を五つの柱を立て、ご紹介することとした。各巻毎に、あるいは全巻のあらあらの概要を把握された後に、延慶本の深い豊かな世界に足を踏み入れることも、この世界への考察、探求の旅立ちの一つの入り方であろう。《研究史》の項――このテクストの研究状況の過去と現在を記述した諸論は、このテクストに孕まれている問題の所在の一端をお知らせするとともに、このテクストへの新たな問題意識の培養に資することを願いとしている。

異体字一覧、年表は既刊の各巻ごとにも分載してあるが、本巻でテクストの全体として通覧できるように配置した。テクスト解読の関連文献の提示ともなり得る年表は若干の修訂も行っているが、随時座右に置かれ、有効活用していただければ幸いである。

一九六〇年代に入って、軍記物語諸作品においては諸本体系の再検討、再考察が進められたが、平家物語においては、延慶本あるいは四部合戦状本と呼ばれる平家物語が、平家物語諸本の中の古態性を孕むテクストとして研究者の注目をあつめた。爾後、延慶本は古態性にかかわる問題とともに、このテクストに包み込まれているさまざまな諸事象が、日本の中世社会の態様・構造の解明にも有効な寄与を果たし得るものとして、日本文学研究の学問領域をも超え出る注目をも集めることとなった。軍記物語特有の流動する文学現象の一階梯としてのこのテクストの作品論的考察も、なお殆ど未解明の領域である。本シリーズの刊行がさまざまな視点から、さまざまな問題意識のもとに、この特異な平家物語テクストとこのテクストを介して望見し得る日本中世社会の文化と歴史の解明にいかほどかの役割を果たし得ることを願い、『校訂延慶本平家物語』刊行終結の辞とするとともに別巻刊行の序のことばとしておきたい。

校訂延慶本平家物語　別巻

延慶本平家物語の世界　目次

凡例

一　本書は、平成十二年から二十一年にかけて汲古書院から刊行された『校訂延慶本平家物語』全十二冊の別巻として、企画された。『校訂延慶本平家物語』をテキストとして使用する場合はもとより、延慶本平家物語を通読しようとする際の手引きに役立つように編集した。

二　本書もまた、『校訂延慶本平家物語』と同様、延慶本を正しく理解するために、多様な分野からの、多数の吟味が行われることを望んでいる。

三　「各巻の梗概」は、各巻のおおよその分量に比例して紙数を配分し、巻ごとに分担して作成した。内容の検索に便利なように、頭注欄には章段名のほか、ゴチックで見出しを入れた。様式の統一は、谷口耕一が担当した。各巻の分担は左記の通りである。

巻一・三…谷口耕一　巻二・七…高山利弘　巻四・六…櫻井陽子　巻五……松尾葦江　巻八…小番　達

巻九……平野さつき　巻十……山本岳史　巻十一……久保　勇　巻十二…清水由美子

四　「各巻の梗概」の最後に、延慶本所収の文書一覧を掲げた。平家物語諸本の中でも、文書類を多く掲出することが延慶本の特異性として注目されているからである。一覧の作成には谷口耕一が当たった。

五　「研究史」には①平家物語の成立・古態論、②平家物語諸本の中での位置づけ、③仏教との関係、④歴史学の立場から、⑤国語学の立場から、の五つの観点を設定して、それぞれの分野でこれまで延慶本に注目して来られた研究者に、執筆をお願いした。いずれも延慶本の性格を浮き彫りにすることのできる観点であり、またこれまで多数の論考が出されてきたにも拘わらず、延慶本に焦点を絞った研究史は出されていない。序に当たる「総説」は清水由美子が執筆した。貴重な原稿をお寄せ下さった執筆者各位に感謝申し上げる。

六 「研究史」の最後に、延慶本とそれに近接する本文をもつ長門本、源平盛衰記、そして四部合戦状本の影印・翻刻・注釈の一覧を掲げた。延慶本は孤立した異本なのではなく、これらの諸本との交流、類縁を窺わせる本文だからである。一覧の作成は山本岳史が当たった。なお、覚一本初め語り本系のテキストについては省略した。

七 『校訂延慶本平家物語』の本文作成の過程で問題とした異体字・当て字についてはすべてを掲出することは叶わなかったが、その主なものを整理して一覧とした。データ収集と整理は久保勇が担当した。

八 『校訂延慶本平家物語』には、各巻末に年表が付載されている。注釈や索引を付ける代わりに、各巻の記事内容と構成、年立を示す目的で作成したものである。本書には、各巻の年表作成者から提出された原稿を、小番達が様式を統一し、誤りを訂した上で収録した。

九 『校訂延慶本平家物語』発行後、自分たちで授業のテキストに使ったり、研究会の席上で議論したり、また他の研究者達からの御指摘を受けたりした結果、本文や表記の新たな解釈に至った例は少なくない。巻十までと巻十二にはそのような蓄積があるので、誤植の訂正と併せて「正誤一覧」として掲げる。未だ判断を決しかねている例などもあり、必ずしもすべてを挙げることはできなかったが、失考をお詫びしつつここに載せることとした。各巻の編者から出されたデータを原田敦史がまとめて表に作成した。今後もさらに考証を続けていきたい。巻十一についても同様である。

十 本書の企画・編集・総合校正には栃木孝惟・松尾葦江が当たった。

十一 これまで『校訂延慶本平家物語』出版をお許し頂いた大東急記念文庫と、出版を引き受けて下さった汲古書院に、御礼を申し上げる。

各巻の梗概

はじめに

谷口耕一

『校訂延慶本平家物語』を編むためのおりおりの会合の中で、このテキストを使用した感想として、主に二点の指摘があった。ひとつは、「延慶本はやはりむずかしい」ということであり、もうひとつは、演習などに使用した場合、自分の担当箇所が全体の中でどのような位置を占めているか把握できていない場合がある、ということだった。この校訂本は、できるだけ読みやすい本文を提供しようと企画されたものであるが、それでも講読のテキストに使用した場合、正確に訓むことさえ困難な場合が多いというのである。この難点を解消するには、ルビを増やすとか全文を書き下し文にするとか、全面改訂が必要となり、現時点では今後の課題としてとどめておくしか仕方がない。もう一点、自分の担当箇所が全体のなかでどのような意味合いを持っているかは、全文を通読すればよいのであるが、延慶本平家物語は分量的に大部な上、もともときわめて読みにくい本文である。したがって短時間で通読することはむずかしく、最初からあきらめてしまうこともある、というのである。そこで、この『延慶本平家物語の世界』に梗概を載せ、その一助にしようと考えた。なにぶん一章段平均二〜三行でまとめるのであるから不充分さは残ろうが、それでもこれを通読することによって、延慶本平家物語の全体像が浮かび上がってくるはずである。

しかし、他の諸本に対する、延慶本の独自性をどのように出したらいいのか。独自性といっても、文体の問題もあれば、独自記事、独自の章段などもある。それらの独自性の中にこそ延慶本を解明し、研究を深化させていく端緒が隠されているはずである。できるだけ手がかりになるようなものを併せ表現したいと念願したが、二〜三行のなかでそれを実現することは困難であり、断念せざるを得なかった。『平家物語研究事典』（明治書院　昭53）の記事対照表などもあるので、それらをご参照頂ければ幸いである。せめて延慶本所収の文書類については、七九頁〜八〇頁に、文書一覧を附載した。文書名の末尾の（　）内の数字は章段番号である。

梗概の書式は次のとおりである。

一、上段には、各巻ごとに底本にしたがって章段番号と章段名を記し、下段にはゴシックの章段番号の下に、その章段の梗概を記した。その場合、できるだけ上段の章段番号と下段の章段番号の位置を対応させるよう試みた。

二、巻十二においては、章段番号の欠脱、番号の重複などが見受けられるが、つぎのように処理した。欠脱の場合は、直前の章段番号を○で囲んだ数字を加えた。重複の場合は章段番号の下にあらたに①②を加え、混同が生じないようにした。

三、内容的にひとくくりに出来る記事群には見出しをつけた。見出しはゴシック体とし、巻名は二重線枠で囲んだ。

四、日付の表示は、例えば10を一〇、23を二三のように表記した。

五、固有名詞の表記については、底本のままとすることを原則としたが、その下に覚一本の表記や延慶本の他の箇所での表記を括弧に入れて補った場合がある。

六、なおスペースの都合で章段名には返り点を付していない。

巻一

平家隆盛の礎

1平家先祖之事
2得長寿院供養事
　付導師山門中堂ノ薬師之事
3忠盛昇殿之事
　付闇打事
　付忠盛死去事

清盛の栄華

4清盛繁昌之事
5清盛ノ子息達官途成事
6八人ノ娘達之事
7義王義女之事

1盛者必衰は中国・本朝にもその適例があるが、平清盛はそれらの人々をも凌ぐものがあった。清盛の家系は、父忠盛以前は受領どまりの家柄であった。

2忠盛は得長寿院を造進し備前国を賜わり、内の昇殿を許された。得長寿院の供養は伊王善逝の化した貧僧が行い、東大寺供養の時よりも貴いものがあった。

3殿上人達は忠盛を嫉《そね》み闇討を計画した。忠盛は自らの機転と郎等の補佐によって危機を脱したばかりか、院の叡感にもあずかった。忠盛は七人の男子に恵まれ、五十八歳で世を去った。

4忠盛の子清盛は武勲により驚異的な昇進を遂げ太政大臣に至った。この繁昌は熊野権現の利生による。世間は平家に帰服した。また禿童《かぶろ》に密偵させたので、平家を悪く言う者はいなかった。

5平家一門は、公卿・殿上人・受領・諸衛府・所司など都合八十余人を数えた。兄弟が左右大将に並ぶ例は稀有であり、重盛・宗盛の例は不思議である。

6清盛の八人の娘たちもそれぞれ恵まれた人生を送った。平家の知行は六十六箇国の半分を越えた。源氏も滅び、平家一門の繁栄は永遠のものと思われた。

7義王・義女（祇王・祇女）は清盛に寵愛されていた。そこに推参した仏御前に清盛はたちまち心を移した。義王は実家に帰り、義女とともに死を決意するが母の閉《とじ》に止められる。翌春、再び召された義王は清盛から屈辱的な扱いを受け、親子三人ともに出家して嵯峨の奥で往生極楽を祈る。三箇月程後、出家姿の仏御前が来訪し、四人一

二条天皇と後白河院の対立

8主上々皇御中不快之事
付二代ノ后ニ立給事

9新院崩御之御事

延暦寺と興福寺の対立

10延暦寺与興福寺額立論事

11土佐房昌春之事

12山門大衆清水寺へ寄テ焼事

東宮立

13建春門院ノ皇子春宮立事

14春宮践祚之事

所に仏道修行に励み、四人とも往生の素懐を遂げた。

8二条帝と後白河院との父子の間は不仲であった。帝は故近衛院の后を再入内させ、世間から非難された。体調を崩した帝は永万元年六月二五日に第一皇子に親王宣下し、その夜譲位した。前例のない二歳での即位であった。

9六月二七日に六条帝が即位。七月二八日に二条院が崩御、八月七日に蓮台野に葬られた。后の大宮は出家を遂げた。

10二条院葬送の夜、額を立てる位置をめぐって延暦寺と興福寺の間に騒動が生じ、延暦寺の仕返しが心配された。

11土佐房昌春は興福寺の内紛に介入して捕縛され、土肥実平に預けられた。その縁で頼朝に仕え、後に義経暗殺のため上京したが、捕えられ斬首された。

12八月九日、山門の大衆が神輿を捧げ山を下り、額打論の報復のため、興福寺の末寺清水寺を焼き討ちにした。平家追討を院が策すとの噂に、互いの不信が高まる。

13永万元年一二月二五日に親王宣下があった。親王の母は平時信の娘で、後の建春門院である。宗盛がその猶子となったため、平家は女院を大切にもてなした。仁安元年一〇月七日、親王が東宮に立った。

14二月一九日、八歳で東宮が践祚した。先帝六条院は五歳で退位した。六月一七日、上皇出家、後白河法皇と称す。新帝（高倉帝）の母建春門院は平家一門で、兄時忠は外戚となり、意のままに政務を執り、世に平関白と称された。

15近習之人々平家ヲ嫉妬事

平家の専横と栄華の絶頂

16平家殿下ニ恥見セ奉ル事

17蔵人大夫高範出家之事

18成親卿八幡賀茂ニ僧籠事

19主上御元服之事

20重盛宗盛左右ニ並給事

21徳大寺殿厳島へ詣給事

15院の近臣達は、清盛の一類を嫉み、平家の滅亡を心待ちにしていた。法皇も内々清盛に対し憤懣を抱いていたが、制裁を加える機会もなかった。

16嘉応二年一〇月二六日、資盛一行が鉢合わせした松殿基房から、手痛い仕打ちを受けた。清盛は怒って報復を策す。天皇の元服定めの日、平家の軍兵が待ち受け、基房の随身十九人の髻を切り落とした。平家悪行の始めである。

17蔵人大夫高範は切られた髻を継がせて蔵人所へ参上し、衆人の面前で髻を切り出家して見せた。この事件のため元服定めは二五日に行われた。基房は一四日に太政大臣となり、清盛の二女が新帝の后と定められた。

18内大臣師長が辞退した左大将を、大納言成親が熱望した。諸寺社でさまざまな祈願をこらしたが、神の納受しない非礼の宿願であった。

19嘉応三年一月三日、天皇元服。三月に清盛の二女が女御になる。中宮徳子という。七月、重盛の傑出した容儀身体を見て、人々は末代には相応せず短命であろうと話し合った。重盛の子は皆、心も姿も教養も優れていた。

20治承元年一月二四日の除目に、左大将には右大将重盛が移り、右大将には、清盛の二男宗盛が任命された。

21大納言徳大寺実定は平家の後援を期待して厳島に参詣し、見送りに来た内侍たちを留めて京まで同道する。参上した内侍達から実定の厳島参詣を聞いた清盛は、厳島の威光を守るため実定を左大将に推挙した。

22成親卿人々語テ鹿谷ニ寄会事

23五条大納言邦綱之事

白山騒動

24師高与宇河法師事引出事

25留守所ヨリ白山ヘ遣牒状事
同返牒事

26白山宇河等ノ衆徒捧神輿上洛事

27白山衆徒山門ヘ送牒状事

28白山神輿山門ニ登給事

22右大将を宗盛に越された大納言成親は平家を討滅しようと決意する。鹿谷の俊寛の山荘に人々と寄り合い謀議をこらす。後白河院も時折同席した。三月五日の除目に、左大将重盛は内大臣に昇進した。

23五条中納言邦綱は清盛に取り入り大納言に昇進した。西光・西景は出家後も院に重用され、西光の子師高も検非違使五位尉になっていた。

24安元二年十一月二九日、加賀守に任じられた師高は任国で非例非法の限りを尽くした。翌年八月、目代と宇河（鵜川）の大衆との間で紛争が起き、目代は都に逃亡した。宇河の大衆等は本山延暦寺に訴えるため、神輿とともに二月五日宇河を発ち、六日金剣宮に入った。

25九日、留守所から「神輿を奉じての上洛はすべきでなく、国の訴訟とするのであれば解状によるべきである」との牒状が届き、衆徒からは「神明の加護を得て旅路に出たのであり、神の御意向に任せたい」との返答があった。

26一〇日、神の示現を得て大衆は意を強くする。翌日大衆等は使者を無視して上洛する。明雲僧正は大衆を下し、神輿を金崎の観音堂に入れて守護した。

27白山の大衆等から山門へ「目代師経の処罰を求めるが、本山の意向に任せ、ここで御裁報を待とう」との請文が届けられた。

28同二一日、院の帰洛を待てとの使者の指示を無視して、白山の衆徒は神輿を盗み出し、裏道を抜けて東坂本に到着した。山門の衆徒は協力することを決め、神輿を客人

山門の訴訟は格別
29師高可被罪科之由人々被申事
30以平泉寺被付山門事

31後二条関白殿滅給事

相次ぐ貴人の死
32高松ノ女院崩御之事
33建春門院崩御之事
34六条院崩御之事
35平家意ニ任テ振舞事
山門の訴訟の経過と結末
36山門衆徒内裏へ神輿振奉事

宮に入れ、院の帰洛を待った。
29後白河院が帰洛したので、師高の流罪と師経の禁獄を奏聞したが、裁定は遅々として進まなかった。公卿たちや重盛など、誰も師高に憚って諫言しなかった。
30かつて延暦寺から「平泉寺は延暦寺の末寺と認めてほしい。さもなくば公請に応ぜず、山上も騒動しよう」との解状があり、それに対して「公請・神事を勤めるならば、理をまげて裁許を下そう」と院宣が下ったことがあった。
31嘉保元年、神輿を捧げた大衆に矢を立てたことで、後二条関白師通が山王の怒りに触れた。母の北の政所は、山王に様々な願を立て師通の助命を願ったが、三年の命を延べられただけで三十八歳で死去した。今回も山王に免じて裁許を下すのが当然である。延暦寺は宝物も多く、並びなき霊山であり、鎮護国家の道場である。日吉山王も鎮守として王城の鬼門を守護しているのだ。
32安元二年六月一二日、鳥羽院の第六皇女高松女院が亡くなった。
33安元二年七月八日、建春門院が亡くなった。
34安元二年七月二七日、六条院崩御。元服前の十三歳での崩御であった。
35平治の乱以後は清盛は天下の政治を掌握し、非儀非例を重ねてきた。
36治承元年四月一三日、山門の大衆は師高の流罪を求め、神輿を掲げて里内裏閑院殿に向かった。北の陣を固めた頼政の計略に乗せられた大衆は、重盛の固めた左衛門の陣から突入した。武士の射た矢が十禅師の神輿に立ち、多くの死傷者が出たため、衆

37毫雲事
付山王効験之事
付神輿祇園へ入給事
38法住寺殿へ行幸成ル事
39時忠卿山門へ立上卿ニ事
付師高等被罪科事

内裏炎上

40京中多焼失スル事

巻二

明雲流罪

1天台座主明雲僧正被止公請事
2七宮天台座主ニ補給事
3明雲僧正流罪ニ定ル事
4明雲僧正伊豆国へ被流事
5山門大衆座主ヲ奉取返事

徒は神輿を放置して帰山した。

37訴訟に参上した毫雲が、院の求めに応じて山門の僉議の様を再現したところ、院は直ちに勅裁を下した。放置された神輿は、前例に任せ祇園社に入れることになり、日没後、祇園社に運ばれた。

38一四日、衆徒が山上の堂社に火を放ち山野に交わるとの噂が流れた。山門の僧綱等が召され、裁定ありとの勅宣を携え登山したが衆徒に追い返された。

39左衛門督時忠が勅使として登山し、衆徒の訴えが実現する旨を伝え、逃げ帰った。二〇日、院は加賀守師高の解官と尾張配流を宣下し、目代師経も備前国に流された。

40二八日夜、大火があって、京中の家々が数限りなく焼失し、内裏にまで延焼した。叡山から松明を持った猿が下って、京中を焼いたと噂が立った。

1安元三年五月五日、明雲僧正は公請を停止され、天台座主を辞任した。

2一一日、後任の天台座主には、鳥羽院の七宮覚快法親王が就任した。

3明雲への処遇に大衆は憤り、強訴の噂に京中は騒然となる。二〇日、公卿僉議は明雲無罪とするが、西光父子の讒言による後白河院の怒りは収まらず流罪を決定した。

4二一日、明雲還俗と伊豆国への流罪が宣下された。

5大衆は、讒言によって明雲を罪に陥れた西光父子を呪詛した。二三日、明雲は配所へ出発するが、十禅師の託宣があり、祐慶の活躍によって、大衆は明雲を奪還した。

6一行阿闍梨流罪事

謀叛発覚

7多田蔵人行綱仲言ノ事
8大政入道軍兵被催集事
9大政入道院御所へ使ヲ進ル事
10新大納言召取事
11西光法師搦取事
12新大納言ヲ痛メ奉ル事
13重盛大納言ノ死罪ヲ申宥給事
14成親卿ノ北方ノ立忍給事
15成親卿無思慮事

少将乞請

16丹波少将成経西八条へ被召事

6唐の国では、一行阿闍梨が安禄山の讒言により流罪となった例がある。西光は大衆の処罰を後白河院に進言し、成親等の近臣は山門攻めの兵を募った。

7多田蔵人行綱は、成親を首謀者とする平氏討伐の陰謀に加担することは無益と判断し、五月二九日深夜、清盛のもとを訪れ、陰謀の存在を密告した。

8清盛は軍兵を召集し、宗盛、知盛、重衡以下、五千余騎が集結した。

9六月一日未明、清盛は安倍資成に後白河院の動向を探らせ、陰謀の存在を確信した。

10成親は陰謀発覚も知らずに、清盛の召しに応じ、西八条邸に監禁された。

11陰謀の加担者も皆逮捕され、身柄を拘束された。中でも西光は尋問に際し、これまでの清盛の振る舞いは過分であると堂々と述べ、清盛は激怒する。

12西光の白状をもとに、成親への厳しい尋問が行われた。地獄のような拷問に、成親は半死半生の有様であった。しばらくして重盛が訪れ、成親と対面した。

13重盛は先例故事をふまえて清盛を説得し、成親の今宵の処刑を断念させた。

14成親の北の方は悲嘆に暮れるが、処刑の沙汰なく夜が明け、ひとまず安堵する。

15成親は思慮なき言動をとる人物であり、平治の乱では敗者の側についた。

16成親の嫡子成経は、院の御所で父成親逮捕を知り、舅教盛から西八条邸への呼び出しが告げられた。成経は父成親と同罪と覚悟し、後白河院も陰謀が発覚したことを知る。後白河院との対面の後、女房達に見送られて教盛邸に向かった。身重の成経北の方、乳母の女房六条の悲嘆は一通りではなかった。

17平宰相丹波少将ヲ申請給事

教訓状

18重盛父教訓之事

19重盛軍兵被集事

付周幽王事

西光斬られ

20西光頸被切事

成親流罪

21成親卿流罪事

付鳥羽殿ニテ御遊事

成親備前国ヘ着事

17成経は、舅教盛に伴われて出頭した。教盛は自身の出家をほのめかし、成経の助命を請うた。清盛は驚き、とりあえず成経を教盛が預かることを承諾した。

18清盛は後白河院を逮捕拘束しようとするが、これを知った重盛は、急ぎ清盛のもとを訪れ、涙ながらに理を尽くして清盛の行動に反対する。この重盛の姿に一門の人々は涙し、清盛も反論することはできなかった。

19重盛は帰宅後、軍兵の志を見るために召集したところ、清盛のもとからも一人残らず駆けつけた。重盛は、軍兵が召集に応じなかったために滅亡した周の幽王の故事を示し、今後も召集の際には遅参なきよう申し含めた。重盛は、清盛の謀叛心を宥めることで、君への忠、父への孝を示し、これを聞いた後白河院は、重盛を称賛した。

20西光と郎等三人は、その夜のうちに首を刎ねられた。

21成親は二日未明に都を出され、鳥羽殿を過ぎて、乗船して川を下る。その折、成親は、永万の頃の鳥羽殿での御遊において住吉明神が現れたことや、藤原師長の琵琶および源正賢の笛をめぐる住吉明神の霊験を語り、住吉明神に救いを求めた。その夜、大物に到着した。成親が流罪に減刑されたので、関係者は悦び、清盛に諫言した重盛を称賛した。かつて成親は、嘉応元年冬に山門に関わる事件に関与して流罪となったにもかかわらず還任して昇進を重ねた経歴をもつが、人々は今回の事件を山門大衆の呪いと嘲った。三日夕刻、都より備前国へ向かうようにと都から連絡があり、翌朝に船出し、備前小島に到着した。

陰謀加担者処罰

22謀叛ノ人々被召禁事

23師高尾張国ニテ被誅事

成経備中国へ流罪

24丹波少将福原ヘ被召下事

25迦留大臣之事

26式部大夫章綱事

成親出家

27成親卿出家事

付彼北方備前ヘ使ヲ被遣事

康頼出家、子息基康との別離

成経、康頼・俊寛と鬼海島へ

22陰謀に加担した人々は、それぞれ流罪に処せられたり、身柄を預けられたりした。

23西光の嫡子師高等を追討すべき命令が清盛から下され、師高は配所の尾張国にて誅された。人々は、西光父子は山王大師の神罰を受けたと評した。

24二〇日、丹波少将成経は福原に到着、その後、二二日に妹尾太郎に預けられ、備中国妹尾へ流罪と聞かされた。父成親の配所に近いと思ったが、妹尾太郎はその距離を偽った。成経は父親に近づけまいとする平家の意図を察した。

25昔、遣唐使の迦留大臣は異国にて燈台鬼となり、子の弼宰相が訪れると、親子の情と望郷の思いを詩に書いた。弼宰相は父と共に帰朝後、大和国に迦留寺を建立した。

26播磨国明石へ流罪の式部大夫章綱は、増位寺への百日参籠の功徳で帰洛が叶った。

27二三日、成親は重盛から出家を許された。源内左衛門信俊は、成親の家族から手紙を預かり、有木別所に移されていた成親を訪問した。信俊は二、三日逗留の後に帰洛し、成親の返信を家族に伝えた。成親出家と信俊下向が無断で行われたことを知った清盛は激怒し、内々に成親の処刑を命じた。備中国に流されていた成経は、薩摩国鬼海島（鬼界島）へ流される俊寛・康頼に同行することとなった。康頼は重盛に出家の意志を伝えて許され、摂津国狗林で剃髪した。康頼の子息左衛門尉基康は父に同行しようとするが、康頼は断り、都へ戻るよう説得した。康頼は、紫野の老母に真実を知られないようにしてほしいと基康に依頼した。

28成経以下三人は、悲しい思いで鬼海島へ渡った。島の数は十二あり、当初、三人は

28成経康頼俊寛等油黄島へ被流事

別々の島に配されたが、後に俊寛と康頼は、成経のいる油黄島にたどり着いた。厳しい島の状況の中、成経は悲嘆に暮れるが、康頼と島内を見廻り、都の方を眺めやった。一方、俊寛は悲しみに沈んでいた。成経の舅教盛の領地である肥前国加世庄から衣食を送られていたが、島での慣れぬ生活はいたましいものであった。康頼は都の老母を思いやり、悲しみに暮れていた。

康頼、熊野参詣を決意

29康頼油黄島ニ熊野ヲ祝奉事

29かつて康頼は三十三度の熊野参詣を思い立ち、十八度の参詣を果たしていた。今生の栄花を願っての参詣であったが、大驕慢の心ゆえに功徳がないばかりか、流罪の憂き目に遭った。そこで康頼は白氏文集の句に倣い、懺悔して後世菩提を願い、残り十五度の参詣を夷三郎を祀る岩殿に参詣することで果たしたいと述べた。成経は賛同し自身も参詣することを表明したが、俊寛は熊野権現および夷三郎を虚妄として退けて、それらを信仰することを恥じ、参詣には加わらなかった。岩殿の地形は熊野本宮、新宮、那智の三所に似ており、康頼と成経は熊野権現を参詣するが如く、怠りなく行を重ねた。参詣は配流された八月より翌年九月中旬に及んだ。

康頼・成経熊野詣

30康頼本宮ニテ祭文読事

30ある日二人は、参詣が十五度に達し、島内の本宮において今様と和歌を奉納した。すると東から雁が三羽飛来し、そのうちの二羽が東へ飛び帰った。康頼は、熊野権現を称揚し、帰洛の実現を祈願する祭文を読み上げた。

帰洛の前兆

31康親ガ歌都へ伝ル事

31祭文読了後、虫食い跡のある二枚の梛の葉が落ちてきた。一枚には「帰雁二」の文字、もう一枚には帰洛を予告する歌が浮き出ていた。また、康頼は粗末な草堂を造り、

康頼、卒塔婆流し

島民に念仏を勧め、帰洛の願望を詠んだ歌を卒塔婆に書き、西風が吹くごとに海に流した。そのうちの一本が熊野新宮の湊、もう一本が厳島明神に流れ着いた。折しも康頼の身を案じて西国を修行していた知人の僧侶が、厳島明神でその卒塔婆を拾い、都の家族に届けた。同日、熊野に流れ着いた卒塔婆も山伏によって都に届けられ、関係者は康頼が健在であることを喜んだ。

蘇武の故事

32漢王ノ使ニ蘇武ヲ胡国へ被遣事

32昔、漢の武帝の時、王城を守護していた胡国の狄《えびす》が帰国する際、三千人の后のうち一人を要求され、はからずも王昭君が選ばれた。武帝は悔しがり、李陵に胡国を攻撃させるが敗北し、李陵は生け捕られた。激怒した武帝は李陵の親族を皆殺しにし、悲嘆した李陵は胡国に仕えた。武帝はさらに蘇武らを派遣したが、蘇武も敗北、足を折られて山野に置かれた。漢の照帝の代、蘇武は血をもって自身の生存を記した柏の葉を雁の足に結んで放ったところ、雁は照帝のもとに飛来し、蘇武の生存が確認された。永律を大将軍とする百万騎の軍勢が派遣され、胡国を破り、王昭君と蘇武を連れ戻した。胡国に残る李陵は、母国への忠誠心と親族を殺された悲嘆を蘇武に伝え、詩を託した。蘇武は十九年、康頼は三年にして故郷へ戻り、李陵、俊寛はともに異郷に留まった。哀れなことである。

基康の霊夢

33基康ガ清水寺ニ籠事
付康頼ガ夢ノ事

33康頼の嫡子基康は、康頼出家後に都へ戻り、百日間清水寺へ参詣し、観音に父との再会を祈った。八十余日目、油黄島の康頼は、基康が乗っている白い帆の船が現れるという夢を見た。さらに近づくとそれは船ではなく白馬であった。観音の御利生とし

成親死去

34成親卿被失ハ給事

35成親卿ノ北方君達等出家事

讃岐院のこと

36讃岐院之御事

西行、讃岐院の墓所に参ること

37西行讃岐院ノ墓所ニ詣ル事

怨霊慰撫

38宇治ノ悪左府贈官等ノ事

39三条院ノ御事

て白馬が現れたのであった。

34七月一九日、新大納言成親は、経遠によって備前小島から有木別所へ移される途中、菱を植えた穴に落とされて処刑された。

35成親の北の方は出家し、若君、姫君とともに成親の菩提を弔った。成親の死はさまざまに喧伝されたが、成親を処刑した経遠の二人の娘は、ともに七月下旬より病となり、不可解な死を遂げた。

36七月二九日、讃岐院は崇徳院と追号された。かつて左大臣頼長に勧められて世を乱し、讃岐への流罪の後、赦免は許されなかった。五部の大乗経を指の血で書写し、都へ送ることを願い出たが、信西に却下された。院はこれを怨み、大乗経を三悪道に捧げ、日本を滅ぼす大魔縁となることを誓い、大乗経を海底に投げ入れた。九年後、長寛二年八月二六日、四十六歳にて崩御。御墓所は白峰にあり、讃岐院と称された。

37仁安三年冬、諸国修行中の西行は、讃岐院崩御を聞き、白峰の御墓へ参り、昔を思い出して和歌を詠じた。

38八月三日、左大臣藤原頼長に太政大臣正一位が追贈された。世間の騒擾は怨霊ゆえとの声によるものである。かつての冷泉院の御狂気、花山法皇の御退位、三条院の眼病などは元方民部卿の怨霊によるものであった。

39三条院の御目は清らかで、全く変わった様子はなかったが、不自由であられたのはつらいことであった。昔、早良廃太子を崇道天皇と号し、井上内親王に皇后位を贈っ

彗星出現
40彗星東方ニ出ル事

巻三

1院ノ御所ニ拝礼被行事

法皇灌頂
2法皇御灌頂事
3天王寺地形目出事

山門合戦
4山門ニ騒動出来事

中宮懐妊・成経等赦免
5建礼門院御懐妊事
付成経等赦免事

山門滅亡
6山門ノ学生ト堂衆ト合戦事
付山門滅亡事

たのは、怨霊慰撫のためであった。

40一二月二四日に東方に彗星が出現、人々は恐怖に駆られた。

1治承二年一月四日、朝覲の行幸あるも、後白河院と清盛は互いに警戒心を高める。七日に彗星が東方に出現、人々を怖れさせた。

2後白河院は園城寺で灌頂を受けようとするが、延暦寺側の反対で断念する。院は、王位をないがしろにする山門を強く批判する。院は熱心に仏道に励んでいたが、ある夜現れた住吉明神から、驕慢の心あるものが天狗になると教えられ、自らの慢心に気付く。院は明神に導かれ、その後天王寺に御幸し、灌頂を遂げる。住吉明神が院のもとを訪問したように、道宣律師は韋駄天としばしば問答を交わしていた。

3四天王寺は名勝の地にあり、王臣の帰依厚く、本尊の利益も盛んである。

4山門では、所領争いに端を発して、学生と堂衆が対立していた。

5中宮が懐妊し平家一門は悦びにわいた。六月二八日に着帯したが、怨霊がとりつき、慰撫のため成経・康頼の召還を決めるが、俊寛は赦免から洩れた。九月半ばに使者が油黄島に到着、成経・康頼を乗せて出航する。一人残された俊寛は終夜泣き明かす。

6八月六日から一〇月四日にかけ学生と堂衆が合戦を繰り返す。学生には官兵の援軍があったものの、堂衆には国中の悪党が加担して、学生は惨敗する。その後、山門は荒れ果て、あたかも荒廃した天竺・震旦の仏跡のごとくであった。

7信乃善光寺炎上事
　付彼如来事
中宮御産
8中宮御産有事
　付諸僧加持事
9御産之時参ル人数事
　付不参人数事
10諸僧ニ被行勧賞事
11皇子親王ノ宣旨蒙給事
頼豪怨霊の先例
12白河院三井寺頼豪ニ皇子ヲ被祈事
成経・康頼帰洛
13丹波少将故大納言ノ墓ニ詣事
14宗盛大納言ト大将トヲ被辞事
15成経鳥羽ニ付事
16少将判官入道入洛事

7去る三月二四日信濃の善光寺が炎上した。末世の相である。

8一一月一二日、中宮に御産の気があり、後白河院・関白なども駆けつけた。諸社での読経・奉幣が行われ、高僧・貴僧を験者として大法・秘法が執り行われた。怨霊が出現し難産となったが、院の祈願の声と共に皇子が誕生した。

9中宮の御産には、関白、太政大臣はじめ公卿三十三人が参集した。

10諸僧に勧賞が行われ、時忠の北の方洞院殿が乳母に定まった。

11一二月八日、皇子に親王の宣下がなされ、一五日には皇太子に立った。皇子誕生は、清盛の厳島社への月詣での利生と思われた。

12白河帝の時、頼豪は祈請により皇子を誕生させたが、約束を違えた帝を恨んで干死にした。怨霊となった頼豪は四歳になる皇子を取り殺す。次に生まれた堀河院は良真大僧都の祈りで誕生したが、これも二十九歳で崩御し、頼豪の怨霊のせいと言われた。

13治承三年二月一〇日頃、成経は、有木の父成親の旧屋を訪ね懐旧の涙にくれる。その後、墓を訪ね、墓を整え、備前国を後にした。

14二月二六日、宗盛が大納言大将の辞状を提出したが、慰留された。

15三月一六日、成経は鳥羽に到着し、父の山荘、洲浜殿を訪れ、父を偲び終夜涙にくれる。ここは住の江の景観を移したため住吉明神の怒りに触れた山荘であり、後白河院、成親、成経も明神のたたりを受けたのであった。

16成経と康頼は迎えの車で上洛する。康頼は途中下車して、紫野の母の宿所を訪ねる。

17判官入道紫野ノ母ノ許ヘ行事

俊寛と有王

18有王丸油黄島ヘ尋行事

辻風

19辻風荒吹事

重盛死去

20小松殿死給事

21小松殿熊野詣事

22小松殿熊野詣ノ由来事

23小松殿大国ニテ善ヲ修シ給事

大地震

24大地震事

成経は六波羅に参着し、我が子の成長を見、三年の月日の移り変わりに涙する。

17康頼は母の所在を訪ね当てたものの、母はすでに死去していた。

18俊寛に仕えていた有王丸はひとり油黄島に辿り着く。やっとのことで巡り会った俊寛は見る影もない粗末な身なりであった。二人は再会の嬉しさに涙にむせびつつ、俊寛の近況、都に残した俊寛の家族の現況などを語り合う。その後有王は俊寛の身の回りの世話をし、その最期を看取り、遺骨を高野に納めた。治承三年六月二五日、堂衆追討の宣旨が出された。

19六月一四日、辻風が吹いた。舎屋が多く破損したのみならず、人命も多く失われた。

20八月一日、内大臣重盛が薨じた。平家の運命が尽きたためと噂された。

21重盛は熊野本宮に参り、平家が一代で滅亡するならば、我が命を縮めよと祈念した。帰路、岩田川で、川面に映った子息達の浄衣が喪服のように見えた。帰洛した重盛は、惟盛に嫡子相伝の無文の太刀を譲り、後事を託す。七月二五日悪瘡を発した重盛は、医療を加えることを望まず、八月一日薨じた。北の方の嘆きは切なるものがあった。

22重盛は、三島社に清盛の法師頸が掲げられている夢を見て平家の滅亡を予期し、後世菩提を祈るために熊野に参詣したのだった。

23重盛は生前、伊王山に金二千二百両を贈り、他界の後まで退転無く供養をしてほしいと依頼した。

24一一月七日、将軍塚が三度鳴動した。同日、地震があり、堂塔坊舎、皇居まで被害

後白河院と清盛の対立

25太政入道朝家ヲ可奉恨之由事
26院ヨリ入道ノ許ヘ静憲法印被遣事
27入道卿相雲客四十余人解官事
28師長尾張国ヘ被流給事
付師長熱田ニ参給事
29左少弁行隆事
30法皇ヲ鳥羽ニ押籠奉ル事

にあった。仏法王法ともに衰亡する相と、陰陽頭の占文があった。
25一四日、清盛が軍兵を率いて上洛し、関白基房は我が身の行く末を案ずる。
26一五日、後白河院は清盛の許に静憲法印を派遣して事態収拾をはかった。清盛は、自身の忠功を数々挙げ、それに対する院の対応ぶりを憤り訴える。それに対し静憲は、一々に事実を挙げつつ院を弁護し、臣としての忠節をつくすよう説得する。帰参した静憲から報告を受けた院は、なおも説得を試みるよう静憲に依頼する。
27一六日、清盛は太政大臣師長はじめ四十二人を解官した。関白基房は大宰帥に左遷され、途中の鳥羽の古河で出家し、清盛の婿基通が関白内大臣に任ぜられた。大納言資賢は孫・子とともに洛中を追放された。天魔外道が清盛の心に取り憑いたかのようであった。
28太政大臣師長は尾張国に配流された。一七日に都を出て東海道の名所旧跡を経て、一一月二〇日すぎ尾張の井戸田に着いた。尾張国では琵琶を弾じ熱田明神の感応を得たこともあり、鬼神の感応を得て三日以内の帰洛を約束され、五日後帰洛が実現した。これに関って、村上帝が簾承武から琵琶の秘曲を授けられた逸話が記される。左衛門佐業房は流罪、備中守光憲は出家、判官遠業は自宅に放火して焼死した。
29左少弁行隆は、長い間沈淪していたが、突然清盛の推挙により五位の蔵人、右少弁に抜擢された。しかし子宗行は、承久に京方に味方し斬首となった。
30二〇日、院の御所に軍兵が押し寄せ、後白河院を鳥羽殿に幽閉した。院は処刑を恐

31 静憲法印法皇ノ御許ニ詣事

32 内裏ヨリ鳥羽殿ヘ御書有事

33 明雲僧正天台座主ニ還補事

34 法皇ノ御棲幽ナル事

巻四

新帝践祚

1 法皇鳥羽殿ニテ送月日坐事

2 春宮御譲ヲ受御ス事

3 京中ニ旋風吹事

高倉院厳島御幸

4 新院厳島ヘ可有御参事

れ、まんじりともせず夜を明かす。

31 二一日、静憲が清盛の許可を得て鳥羽殿に参り、後白河院に対面して、力を落とさぬよう励ます。高倉帝は父である院の身を案じ神仏に祈る。

32 帝から院に出家したいとの文があり、院は、自分のためにも思い留まるよう返答する。

33 二六日、明雲僧正が天台座主に復帰した。清盛は高倉帝が自ら政務を執るよう言い残して福原に帰る。

34 鳥羽殿では、冬も半ばとなり、院は、物に触れ事に従い心を動かし、懐旧の涙に暮れていた。

1 治承四年一月、鳥羽殿に幽閉された後白河院のもとには、年頭の挨拶に訪れる者もいない。

2 二月一九日、安徳帝は三歳で践祚する。和漢における二、三歳での即位の例が挙げられ、幼年での即位への非難に対して時忠は反論する。清盛は帝の祖父となり、時子と共に准三后を賜り、栄華の絶頂を迎える。

3 二九日に京に旋風が吹き荒れ、物怪《もつけ》と噂された。

4 三月一七日、新院（高倉院）は退位後初の御幸として厳島神社を希望するが、南都北嶺の大衆が反対したために一旦は諦める。

5入道厳島ヲ崇奉由来事

6新院厳島へ御参詣之事

7新帝御即位之事

以仁王挙兵

8頼政入道宮ニ謀叛申勧事
付令旨事

5新院が厳島神社を選んだ理由は、清盛の機嫌をとるためであった。清盛が厳島神社を尊崇する由縁が語られる。鳥羽院の御世に高野山の大塔建立を命ぜられ、完成した時に弘法大師の示現を得て、清盛一代限りの栄華を約束されて、厳島神社を造進する。完成時には厳島大明神が節刀を与え、一代の栄華を約束する。目がさめると、清盛の枕元には銀の蛭巻の小長刀があった。こうしたことから、厳島大明神の力を借りて、清盛の謀叛心を和らげ、父後白河院の幽閉を解く祈りを捧げるつもりであったのだ。ようやく大衆も鎮静化し、厳島御幸が実現することとなった。

6高倉院は一八日に急に思い立ったふりをして、宗盛に鳥羽殿参向を伝える。一九日に京を出発、鳥羽殿に入り、父子とも涙ながらに対面をする。二人はそれぞれを案じながら別れ、高倉院は出発する。二六日に厳島に着き、祈り、還幸する。四月七日に福原に寄り、九日に帰洛する。

7二二日、新帝（安徳帝）即位。式は異例であったが紫宸殿で挙行される。

8後白河院の皇子、以仁王《もちひとおう》（高倉宮）は三十歳になり、帝位にふさわしいとの評判もあったが、親王宣下もなく冷遇され、風雅の道に日々を送っていた。四月一四日、そこに源頼政が訪れ、平家打倒を勧める。迷う以仁王に、味方をすべき源氏の武士を列挙し、迫る。なおも迷う以仁王は少納言伊長に即位の相ありと占われ、ようやく決意し、全国の源氏に平家打倒を呼びかける令旨《りょうじ》（命令書）を書く。熊野に隠れていた源行家が使者として二八日に都を出発。五月八日に伊豆国に着き、源頼朝に渡す。頼朝

9鳥羽殿ニイタチ走廻事

挙兵発覚

10平家ノ使宮ノ御所ニ押寄事

以仁王側の対応

11高倉宮都ヲ落坐事

12高倉宮三井寺ニ入ラセ給事

13源三位入道三井寺ヘ参事
付競事

14三井寺ヨリ山門南都ヘ牒状送事

は諸国の源氏に伝達する。

9一方、幽閉されている後白河院のもとで、五月一二日に鼬が騒ぐ怪異があるが、吉兆と占われる。占いのとおりに、一五日には京の八条烏丸の御所に遷される。

10同日、以仁王の挙兵計画は発覚する。熊野の新宮にいた行家の動向から洩れ、那智の衆徒らが新宮に戦いを挑む。新宮が勝ったが、熊野別当覚応法眼が清盛に注進したのである。清盛は驚き、以仁王の捕縛を急ぐ。朝廷では以仁王の土佐配流を決める。後白河院は鳥羽殿でこの事件を知り、歎く。一七日朝には、山門が以仁王に加担して攻撃をすると書かれた札が立つが、根も葉もないことであった。追討軍が以仁王の三条高倉邸を囲むが、以仁王は既に逃亡していた。以仁王に仕える長谷部信連は屋敷を守り、一人戦い、その後逃走する。

11以仁王の側では頼政の知らせで事態が急変したことを知り、女装して三井寺（園城寺）に逃げたのである。その途中、忘れてきた秘蔵の笛を信連が追いかけて届けた。

12一九日には、以仁王が三井寺に逃げたことが明らかになる。

13二〇日、頼政一族も三井寺に結集する。頼政に仕える渡辺党の競《きおう》は、家が宗盛邸に近かったために供に洩れた。競は宗盛の誘いに乗って宗盛に仕えるふりを見せ、宗盛からもらった武具を身につけ、馬に乗って三井寺に駆けつける。

14三井寺の衆徒は延暦寺と興福寺に援軍を依頼する牒状を送る。興福寺は承諾する。興福寺は東大寺ほかの七大寺に牒状を送る。朝廷では一七日に公卿僉議を行い、三井

15三井寺ヨリ六波羅ヘ寄トスル事
16大政入道山門ヲ語事
付落書事
17宮蟬折ヲ弥勒ニ進セ給事

以仁王・頼政らの敗死
18宮南都ヘ落給事
付宇治ニテ合戦事
19源三位入道自害事
20貞任ガ歌読シ事
21宮被誅給事

寺・興福寺を牽制し、延暦寺には院宣を下す。延暦寺では賛否相交じり、態度が明らかにならない。院宣が再び延暦寺に下る。

15三井寺の僧たちも必ずしも一枚岩ではない。平家の拠点、六波羅を夜討ちにしようとするが、平家方に立つ心海が僉議を引き延ばし、結局未遂に終わる。

16延暦寺には平家側から米と絹が配られ、懐柔される。奈良法師はこれを聞き、実語教や狂歌を作って延暦寺の変節を批判する。

17身の危険を感じた以仁王は、秘蔵の笛を奉納し、興福寺の衆徒と合流するために奈良に向かうこととなる。

18二三日、三百余騎で出発し、途中、平等院で休む。そこに平家方が追いつく。筒井浄妙明俊、円満院大輔慶秀、矢切但馬明禅を初めとする悪僧たちが奮戦する。平家方は五百騎が橋から落ちるものの、やがて足利忠綱を筆頭に、逆巻く宇治川を渡り、平等院に攻め入る。激しい攻防戦の結果、頼政は傷を負い南都に落ち、仲綱は討ち死に、兼綱は自害する。

19頼政は木津川の畔で歌を詠み自害。以仁王は南都に向かい、光明山まで辿り着く。

20頼政の辞世の歌に関し、戦場での歌の例として、前九年合戦の折に源義家が安倍貞任と交わした連歌の応酬が語られる。

21以仁王は、光明山の鳥居の前で流れ矢に当たって死ぬ。供をしていた信連は追ってきた平家軍と戦い、負傷して自害する。二三日のことであった。応援に向かった南都の大衆は間に合わなかった。以仁王の乳母子の佐大夫は臆して贄野池の中に隠れていたところ、以仁王の死骸が運ばれるのを見送ることになる。都では以仁王の首実検がなされる。

乱後の南都

22南都大衆摂政殿ノ御使追帰事

22二五日、摂政基通は南都へ使者をたてて蜂起を鎮静化しようとするが、衆徒の狼藉は一層激化する。頼朝は挙兵成功祈願のために、三井寺の律浄坊を祈師《いのりのし》として石清水八幡で読経を依頼していたが、律浄坊はこの騒動に遭遇し、討ち死にした。頼朝は哀れみ、伊賀国山田郷を三井寺に寄進した。清盛は足利忠綱の望みに従い褒賞を与えたが、足利一門の反対に遭って撤回。調伏の法を祈った僧侶が晦日に昇進する。

乱後処理と過去の例

23大将ノ子息三位ニ叙ル事

24高倉宮ノ御子達事

25前中書王事
付元慎之事

26後三条院ノ宮事

23宗盛の息清宗は、父の賞として三位中将となる。以仁王の側では、頼政の目論見ほどには兵も集まらず、比叡山の大衆も変節し、人相占いもはずれたのであった。

24以仁王の遺児の中で、八条院三位腹の若宮と姫宮は八条院に養われていたが、八条院に親近する頼盛が使者となって若宮を連行し、出家させる。また一人は、以仁王の乳母夫《めのと》が北国に連れて逃げて、義仲のもとで元服する。

25才能豊かな親王であっても、王位につくわけではない。また、謀叛など論外である。その例として、前中書王兼明親王の一生が語られる。

26次に、後三条院第三皇子輔仁《すけひと》親王の不運な一生も語られ、皇子の息花園左大臣有仁《ありひと》に及ぶ。また、資格もない者が無謀なことを企てる例として、多田満仲の讒言、仁寛の事件が挙げられ、頼政の謀叛計画は批判される。

27法皇ノ御子之事

頼政と謀叛の原因

28頼政ヌヘ射ル事
付三位ニ叙セシ事
禍虫

29源三位入道謀叛之由来事

福原遷都

30都遷事

27一方、後白河院の御子の一人は乱の顛末に恐ろしくなり、急ぎ出家をする。これも頼政の軽挙のゆえであった。

28頼政は出世も遅かったがようやく三位に上がり、今年は七十五歳であった。近衛帝の御世に変化《へんげ》を退治し、また二条院の御世には鵺を退治して、宮中を感嘆せしめ、褒美を賜る時の連歌の応酬は人々を感心させた。にもかかわらずこのような事件を起こして一族諸共に滅亡したことは残念なことであった。変化退治の例として、漢朝に出現した「獏」という化け物の話が語られる。

29そもそも謀叛の発端は、長男仲綱が宗盛に侮辱されたことが原因であった。仲綱が秘蔵していた名馬「木下」を宗盛が欲しがり、仲綱が渡し渋ったことを遺恨に思った宗盛が、請い取った馬に「仲綱」と名付けて侮辱したのであった。競が三井寺に遅参した時に、宗盛から賜って乗ってきた馬に「宗盛」と札をつけて京に戻し、溜飲を下げた。宗盛の軽薄さは兄の重盛の沈着な行為と比較されて、重盛の死が今更ながら惜しまれた。今回は比叡山は何事もなかったが、三井寺と南都は懲罰の対象となる。南都は更に悪行を増幅させていく。

30六月二日、清盛は突然福原遷都を決行する。後白河院は板で囲まれた御所で厳しく監視される。遷都の歴史が縷々語られ、平安京の素晴らしさが語られる。平安京遷都以来四百年間、天皇でさえも行いえなかった暴挙を行った清盛は批判される。一五日に新都の地を定めようとするが定まらない。一六日には厳島明神の託宣がおりて、中断する。一一日、二二日には不吉な怪異が起こるが、ともかく内裏造営を決定し、二三日開始、八月一〇日棟上げと予定される。旧都は荒廃していく。八月一〇日を過ぎて、人々は月見の名所を探訪する。

月見と様々な怪異

31実定卿待宵ノ小侍従ニ合事

31その中で、藤原実定は旧都の月を見ようと妹の皇太后多子の屋敷を訪ね、小侍従たちと旧交を温め、風流な一夜をすごす。

32入道登蓮ヲ扶持給事

32一方、福原で月見をしていた清盛のところに登蓮法師が通りかかり、連歌の応酬をする。かつて、熊野参詣での連歌をきっかけとした二人の出会い、清盛が播磨守となって下向し、一の宮神拝を登蓮の助力でこなし、そのお蔭で官位昇進を約束されたことが語られる。

33入道ニ頭共現ジテ見ル事

33清盛が福原で月を見ていると、旧都の荒神が化けて出るが、清盛はたじろがない。次には遷都の時に処刑された者たちが化けて出るが、やはり清盛は畏れない。三度化け物が出るが、これも清盛は退治する。しかし、秦の始皇帝の時の類例と皇帝の死が記され、清盛の運命が危ぶまれる。その後も不吉な事が続き、清盛もさすがに不安になり、神社仏寺に祈り始める。

34雅頼卿ノ侍夢見ル事

34今度は、源雅頼の家の侍が、頼朝に政権が移るという夢を見る。

頼朝挙兵

35右兵衛佐謀叛発ス事

35九月二日、相模国の大庭三郎景親から伊豆の流人源頼朝の挙兵の報が福原に届く。八月一七日に伊豆国の目代和泉判官兼隆を討ち、二三日には石橋山に立て籠るが頼朝は敗北する。二四日に頼朝に加勢した三浦が平家方を破ったが、二六日に三浦は落ち

36燕丹之亡シ事

37大政入道院ノ御所ニ参給事

雌伏時代の頼朝

38兵衛佐伊豆山ニ籠ル事

巻五

源頼朝紹介

1兵衛佐頼朝発謀叛ヲ由来事

文学発心

2文学ガ道念之由緒事

たとのことであった。かつて死罪に決まった頼朝を遠流に宥めた恩を忘れたことを、清盛は怒る。朝敵の例があげられ、すべて討伐されたこと、また、宣旨の威力の強さが語られる。

36忘恩の者が滅亡した中国の例として燕丹の話が語られ、頼朝の滅亡も予想される。

37四日、清盛は高倉院御所を訪れ、過去に頼朝を助けた経緯を述べ、追討の院宣を下すように要請する。

38配流地の伊豆で頼朝は虎視眈々と挙兵の時を狙ってきた。伊東助親の娘と恋仲になるが、子供を助親に殺され、娘との仲は引き裂かれ、頼朝は怒りを抑えて逃げた。後に北条時政を頼み、その娘と通じ、娘は頼朝のもとに走った。藤九郎盛長は頼朝が征夷将軍となって日本を統治する夢を見る。時政は内心では頼朝を応援することになる。

1源頼朝は伊豆配流後二十一年にして以仁王の令旨と後白河院の院宣を得て挙兵した。僧文学（文覚）の勧めによるという。

2遠藤武者盛遠が出家して文学となったのは女が原因だという。渡辺の橋供養の折、刑部左衛門の妻に一目惚れしてしまい、彼女の母である尼公の許に押しかけて奉公し、三年間恋の病に臥す。尼公に事情を告白すると、日頃から婿を嫌っていた尼公は娘を呼びつけ、盛遠との対面を迫る。やむなく女房は盛遠に会い、懸想するなら寝所に忍

3異朝東帰ノ節女事

4文学院ノ御所ニテ事ニ合事

文学流罪

5文学伊豆国ヘ被配流事

文学荒行

6文学熊野那智ノ瀧ニ被打事

頼朝文学邂逅

7文学兵衛佐ニ相奉ル事

び込んで夫を殺して欲しいと言う。当日彼女は自ら、酔った夫の身代わりになって盛遠に首を切らせたのであった。事実を知った盛遠は、刑部左衛門にすべてを告げて自分を殺せと迫るが、出家を勧められる。両人は渡あみだ仏、盛あみだぶとなって女の供養に専念し、母も悲しみつつ翌年往生。盛あみだぶは修行して文学となった。

3唐の長安にも昔同じような節女の例があった。夫の敵に脅迫され、夫の身代わりとなって死ぬ。夫と敵は、共に出家した。

4文学は荒廃した高尾神護寺の復興を発願し、治承三年三月、後白河院の御所の管弦の席へ押しかけ、勧進帳を読み上げて逮捕される。赦免の後も、無常讃を唱えて王位を呪ったので、伊豆へ流された。

5海路で伊豆へ流される間、文学は強欲な放免たちを、清水の観音に無心の手紙を書いたり、佐女牛の鳥居の下に金子を埋めたと騙《だま》したりしてからかう。龍王を叱責して嵐を止めさせ、龍王について講釈し、自分は龍王によって守られていると説教する。放免の一人は弟子となった。文学は大願成就を賭けて三十一日間の断食を遂げ、伊豆に着く。

6文学はかつて熊野に参詣し、厳寒の中那智の滝で七日の断食を始め、凍死寸前に不動明王の童子に助けられ、なお二十一日間の滝行を勧めたことがあった。

7文学は伊豆の那古耶崎で修行し、庵の傍で湯施行をした。そこへ入浴に来た頼朝に文学は近づき、挙兵を勧める。初めは用心していた頼朝だったが、父義朝のものと

福原院宣

8文学京上シテ院宣申賜事

頼朝挙兵

9佐々木者共佐殿ノ許ヘ参事

10屋牧判官兼隆ヲ夜討ニスル事

11兵衛佐ニ勢ノ付事

12兵衛佐国々ヘ廻文ヲ被遣事

13石橋山合戦事

詐って頭骨を見せられ、三島大社の夢想を打ち明け、相談する。文学は院宣を貰うことを請け合う。

8文学はひそかに福原の楼の御所へ行き、光能卿を通じて後白河院から治承四年七月六日付の院宣を貰い、頼朝に届けた。

9頼朝は北条時政に相談、時政は上総介広経、千葉介経胤、三浦介義明を味方にせよと勧める。八月九日、大庭景親が佐々木秀義に頼朝謀反の動きを知らせ、佐々木は頼朝に報告。佐々木四兄弟は直ちに頼朝の許へ馳せ参じることにし、二郎経高は舅の渋谷庄司の制止を振り切った。大庭景親にもこの動きは知れた。

10一六日、頼朝は目代兼隆の八牧（山木）邸を討つ決意を時政に告げる。一七日、佐々木兄弟が駆けつけ、頼朝は喜ぶ。北条、佐々木らが夜討ちに出ようとするところへ加藤次景廉が来る。佐々木は兼隆の郎等兼行を討ち、八牧邸へ向かう。景廉は頼朝から長大刀を賜り、北条を助けて兼隆を討つ。頼朝は満足した。

11頼朝傘下の者の名寄せ。八月二〇日相模国土肥へ入り、評定が行われた。

12頼朝は廻文を出す。波多野は不参。広経、経胤は喜んで参ろうとしたが交通の便が悪く八月下旬になる。首藤氏の四郎は参加を主張したが、三郎は罵詈雑言を吐く。三浦介義明は感激して一族に団結、決起を命じ、皆賛同した。

13二三日、頼朝軍は三百余騎、石橋に陣を取る。平家軍の名寄せ、勢は三千余騎。大庭景親と北条時政が名乗り合う。三浦の一族佐奈田与一とその郎等文三が先陣となる。

夕闇の中、俣野五郎景久は与一と格闘、長尾新五の助けで与一を討つ。文三は討死。頼朝勢は退却、夜が明け、頼朝は独り引き返して応戦、その後伊豆・相模の者に守られて椙山へ入った。工藤介茂光自害、北条三郎宗時戦死。頼朝は武士達を散会させ、土肥二郎始め七騎となる。前九年役の吉例である。

14小壺坂合戦之事

14三浦一族は大沼四郎の報告を聞いて頼朝が死んだと思い、自害しようとするが義澄に止められ、畠山の陣を避けて退却を始めた。湯居（由比）浜で両軍の和平が成立しようとした時、誤解によって小坪坂で合戦が始まり、畠山は退却、輪田（和田）二郎は連《つづき》父子を討ち、義明に褒められた。

15衣笠城合戦之事

15三浦一族は長老義明の言により衣笠城に四百余騎で籠る。二六日、武蔵武士二千余騎に攻められ、退却。城に残りたがった義明も屈辱的に討たれた。土肥真平（実平）は、逃亡中の頼朝を守る喜びを舞う。

16兵衛佐安房国へ落給事

16土肥は妻の報告に従って、船で頼朝一行と共に安房国へ向かい、三浦氏と合流しようとする。息子の舅伊東入道の追跡を危うく逃れた。

17土屋三郎与小二郎行合事

17頼朝は甲斐源氏を説得すべく土屋三郎を派遣、土屋は足柄の関で養子小二郎に逢う。父子の間も用心し、甲斐へ着いてから真相を打ち明けた。

18三浦ノ人々兵衛佐ニ尋合奉事

18三浦一族は頼朝一行の船に出会い、頼朝生存に驚喜し、決意を新たにする。頼朝は安房大明神に参拝。上総介・千葉介を勧誘すると彼らも参軍を了承した。千葉介に迎えられ、下総国府に陣を張ったところ六千余騎になった。

19上総介弘経佐殿ノ許ヘ参事

平家軍発向

20畠山兵衛佐殿ヘ参ル事
21頼朝可追討之由被下官符事
22昔シ将門ヲ被追討事
23惟盛以下東国ヘ向事

高倉院厳島御幸

24新院厳島ヘ御幸事
付願文アソバス事
25大政入道院ニ起請文カヽセ奉事

法皇転居

26法皇夢殿ヘ渡セ給事

平家軍逃亡

27平家ノ人々駿河国ヨリ逃上事

19上総介弘経（広経）は遅参を恐れ、一万余騎で参上したところ、頼朝から叱責され、その器量に感激。江戸太郎、葛西三郎らも頼朝に服属、浮橋を造営した。武蔵国へ入ると続々参軍が増え、十万騎になった。
20畠山二郎も頼朝軍に参上、頼朝は旗印を改めさせて供に加えた。大庭景親は相模へ引き返す。平家は惟盛（維盛）・忠度・知度を三万余騎で追討に派遣した。
21一一日、頼朝追討の官府宣（九月一六日付）が出された。朝敵追討には節刀を賜るのが礼儀だが、今回は鈴だけを賜った。
22承平年中の将門追討の時は平貞盛が宣旨を承け、節刀・鈴を賜って儀式正しく出発した。清見関では清原滋藤が詩を詠じた。将門を討ち、梟首し、勧賞が行われたが、恨みを残した者もあった。追討使の出発の儀式は重要である。
23九月一七日惟盛軍は福原を出発。忠度と女房の贈答歌も不吉だった。
24九月二二日、高倉院はまたも厳島へ御幸、天下静謐と自身の健康を祈る。二八日付の自作の願書を納められた。
25清盛と宗盛は、院に「源氏に同心せず」との起請文を強要。一〇月五日還幸。
26一七日、院は清盛の勧めで三条の御所へ移る。
27惟盛軍は三万余騎、開戦前夜斎藤実盛を呼んで形勢を聞くが、実盛は、千騎を連れて帰洛してしまう。侍大将の忠清と惟盛の意見が合わず、進めない。頼朝軍は一〇月二二日、十八万五千余騎で木瀬川に布陣、甲斐源氏も二万余騎で加わった。平氏は牒

28平家ノ人々京へ上付事
29京中ニ落書スル事

三井寺炎上

30平家三井寺ヲ焼払事
31円恵法親王天王寺ノ寺務被止事
32園城寺ノ衆徒僧綱等被解官事
33園城寺ノ悪僧等ヲ水火ノ責ニ及事
34邦綱卿内裏造テ主上ヲ奉渡事

福原遷幸

35大嘗会延引事
付五節ノ由来事

還都

36山門衆徒為都帰ノ奏状ヲ捧事
付都帰有事

頼朝追討宣旨

37厳島へ奉幣使ヲ被立事

使を斬り、ますます人望を失う。頼朝軍には義経が馳せ参じた。二四日夜、水鳥の羽音を関の声と聞き誤って、平家軍は逃亡。翌日、平氏は笑いものになり、水鳥の中に八幡神の使者山鳩が多くいたという噂が立つ。

28一五日、惟盛軍は夜ひそかに旧都へ帰った。在京の関東武士も背く。

29平家を揶揄する落首が多い。平家軍の敵前逃亡に清盛は激怒したが、忠清の弁明により処罰は行われなかった。

30一一月一七日、重衡は千余騎を率いて三井寺を焼き払った。焼失建造物の名寄せ、三井寺の縁起。

31二一日、円恵法親王の天王寺別当職を解き三井寺処罰の院宣が出された。

32三井寺の僧侶たち合計四十一名処罰の名寄せ。

33処罰される僧綱十三人と担当者の名寄せ。

34一一月二二日、邦綱により福原の内裏完成、遷幸。落首あり。

35大嘗会は中止、新嘗会と五節が行われた。五節の起源説話。新都について。

36山門の衆徒は度々還都を訴え、三度目の奏状は十七条に亙った。二一日還都の通知、二六日には主上始め皆が旧都へ帰る。一一月八日付で頼朝追討の宣旨が出されたが、東海・東山道は頼朝につく。

37一二月一日、厳島へ奉幣使が立てられたが、近江源氏に邪魔されて出発できず、神祇官に収められた。

巻六

38一二月一日、土佐で頼朝の弟希義を誅伐。同月、伊予国河野通清を追討。

39三日、知盛・資盛・通盛らが七千余騎で近江源氏を追討、美濃尾張まで掃討したので清盛はやや安心した。

40南都の大衆が清盛を挑発、ついに重衡に三万余騎の軍勢を与えて一二月二八日、追討させた。悪僧たちも奮戦したが重衡は福井庄司俊方に命じ火をかけさせた。興福寺・東大寺の建物、経典、大仏も焼け落ち、非戦闘員も含め多数の死者が出た。焼失建造物の名寄せ。二九日、重衡は衆徒の首を斬って持ち帰ったがそのまま捨てられた。東大寺は聖武帝により鎮護国家の寺とされている。この惨事は国家衰微の予兆であろうか。左少弁行隆は兼ねての夢告の通り、東大寺再建の奉行となり、自らの運命に思い当たったのであった。

1治承五年一月、新年の諸行事は中止された。

2南都の僧たちが解官され、別当僧正永円も病没する。

3一四日には病がちであった高倉院が崩御する。生来の病弱に数々の平家の悪行が拍車をかけたのであった。遺言に従い、清閑寺に埋葬された。二十一歳であった。高倉院は幼い時より賢く、仁徳があった。十歳のころ、下人がお気に入りの紅葉の落葉を誤って焼き捨てたが、それを咎めず、逆に下人を風流と褒めた。

4安元のころには、下仕えの女童部を愛したが、心ない噂を気遣い、諦めた。また母の建春門院の死の悲しみも人には悟られないように振る舞った。万人の悲しみにまして父後白河院の歎きは深く、白河院が息子の堀河院に先立たれた悲しみにも匹敵するものであった。次いで、堀河院の賢帝の様が語られる。強盗に女主人の衣を奪われた女童の窮地を救い、極貧の所衆を救い、勅定を無視しても囲碁や唱歌にふける者の数奇心を称賛して咎めなかったことなどであった。

5小督局内裏へ被召事

5藤原隆房と恋仲であった小督は高倉帝に召され、愛された。それを知った清盛は怒る。清盛を恐れた小督は宮中を逃れ、嵯峨に身を隠した。帝は蔵人仲国に小督を捜させる。小督は、翌日には大原で出家をしようと、名残の箏を弾いていたが、その音を聞き出され、内裏に戻る。やがて娘を出産する。清盛の怒りを再び被った小督は、ついに大原で出家をする。清盛の暴挙が高倉院を死に至らしめたのであった。二条院・以仁王に続いてまたも息子を失い、愛する建春門院にも先立たれた父後白河院の心中はたとえようもなかった。

6大政入道ノ娘院へ参ラスル事

6一方、清盛は後白河院との妥協を図り、一七日には娘を院に進める。

諸国源氏の蜂起

7木曾義仲成長スル事

7信濃国木曾では源義仲が挙兵した。義仲の生い立ちが記され、平家打倒を目指して成長した様が明かされる。平家方も義仲の成長を耳にして警戒していたが、義仲は頼朝の挙兵を知って、自らも挙兵をしたのであった。

8源氏尾張国マデ責上事

8二八日には頼朝の尾張進攻が都に伝えられ、緊張が走る。二九日には宗盛が近国惣官に任命される。

9行家与平家美乃国ニテ合戦事

10武蔵権守義基法師首被渡事

11九国ノ者共平家ヲ背事

12沼賀入道与河野合戦事

清盛死す

13大政入道他界事
付様々ノ怪異共有事

9美濃国に立て籠っていた源行家は平家軍に敗れ、平家軍は尾張国墨俣に至る。二月七日、都では様々な戦勝祈願がなされるが効験もなく、平家の勝利は危ぶまれる。

10九日、石川義基の首を獄門に懸け、生け捕りとなった子息義兼を禁獄。宗盛は自ら追討に赴くこととする。

11一三日には九州の謀叛が伝えられ、平貞能が下ろうとする。

12一七日、近江・美濃の凶徒の首が獄門に懸けられる一方で、伊予国の謀叛が伝えられる。河野通清が謀叛を企て、沼賀入道西寂が鎮圧に向かい、通清を討つが、通清の養子の宗賢が油断をしていた西寂を二月一日に捕らえ、鋸引きにして処刑し、四国はほぼ東国の味方となったという。熊野でも謀叛が起きている。一七日、宗盛は院政復活を要請する清盛の意を後白河院に伝える。越後国平助長宛て（一月一六日付）、藤原秀衡宛て（一七日付）に東国征伐を命ずる宣旨が下され、一九日には宗盛を畿内近国の惣官に任命する。

13二七日、宗盛が東国に発向しようとしたが、急遽延期された。清盛が突然高熱を発したのである。神社仏寺に祈るが効験はない。閏二月二日、妻の時子に、法要追善よりも頼朝追討を優先すべしと遺言を残す。熱はどのようにしても下がらず、病に臥して七日後、「アッチ死《じに》」をする。六十四歳であった。人々は大仏炎上の罰と感ずるばかりである。様々な不思議があった。例えば、死の七日前には、無間《むげん》地獄から使者が火車を牽いて来る夢を女房が見る。女房は病に臥し、十四日後に死ぬ。また南都に火をつけた男も南都から戻って三日後に死んでいた。七日には清盛を荼毘に付して遺骨を福原に葬った。不思議なことは他にも起こり、死の前の事件は南都炎上の報いや清盛の死の予兆を示し、死後の事件は平家一門の運の衰えを予感させた。

清盛の出自と生前の偉業

14大政入道慈恵僧正ノ再誕ノ事

14清盛の並々ならぬ様が語られる。まず、彼は慈恵僧正の再誕という。承安二年、摂津国清澄寺の住侶慈心房尊恵が閻魔羅城の十万僧読経に招かれた。慈心房が摂津和田で同様の儀を行った清盛を紹介したところ、慈恵僧正の再誕と示された。清盛は提婆達多調達のように、身をもって悪業の報いを受ける様を示すことで、人々を教化したのであるという。更に清盛は白河院の落胤と紹介され、白河院は祈親聖人の再誕とされる。一方で、清盛の仏神への篤い信仰心も特記される。

15白河院祈親持経ノ再誕ノ事

15白河院は生身《しょうじん》の如来に聴聞するために天竺に渡ろうとするが、大江匡房が、嵯峨帝の面前で弘法大師が説法をした話を引いて説得し、代わりに天皇として始めて高野御幸を行う。奥院で燈明に火を燈したところ、自らかつて荒廃した高野山を中興した祈親聖人の再誕と知る。更に祈親聖人の生涯も語られる。

16大政入道経島突給事

16話は清盛に戻り、その大善が語られる。承安三年から福原の経島が築港される。完成し繁栄を遂げ、中国からも「日本輪田平親王」と称賛された。

17大政入道白河院ノ御子ナル事

17白河院の落胤という生誕にまつわる秘話も語られる。父忠盛は白河院の愛人祇園女御と知らずに、女房に歌を詠みかける。彼の秀歌は金葉集に入集し、白河院の目にとまっていた。永久のころ、院が祇園女御のもとに御幸したおり、怪しい者を殺さずに素手で捕え、無駄な殺生をせずに済んだことを褒められ、身ごもっていた女御を賜り、やがて男子（清盛）が生まれたのであった。皇胤故に異常な出世を遂げ、また君を悩ませ、遷都まで行えたのである。六日、宗盛は院に政権復帰を要請し、院の殿上で兵乱鎮定の会議が行われる。

18八日、諸国の賊徒追討が定まり、東海・東山へは院庁下文が下される。一五日には重衡・惟盛（維盛）らが東国へ発向する。

19一九日、越後国城太郎資長・陸奥国藤原秀衡に、義仲・頼朝追討の宣旨を下す。二四日、資長は出立の時に突然倒れ、その日に死す。弟長茂が跡を継ぐ。

20二三日、清盛の盟友、藤原邦綱が死去。邦綱の出自は低かったが、気配りと才覚で出世した人物である。その逸話が記され、また、先祖の山蔭中納言の子息、如無僧都の機転のきいた逸話に話が及ぶ。

21二五日、後白河院は法住寺殿に遷る。

22三月一日には東大寺・興福寺の僧たちの位や寺領が回復し、一四日から一六日にかけて、法会が盛大に行われる。七日及び一四日には鎮西の逆賊追討の下文が下されるが、効果はない。

23ところで、（閏）二月七日には関東軍が鎌倉を出発と聞こえ、美濃尾張まで攻め上っていた。義仲・行家は北陸道を塞ぐ。三月一一日、墨俣川を挟んで東岸に行家と卿公円全が各千騎で、西岸には知盛・重衡・惟盛らが二万余騎で陣を張る。巳刻に平

東国・北国追討へ

18東海東山ヘ被下院宣事

19秀衡資長等ニ可追討源氏由事

邦綱の死

20五条大納言邦綱卿死去事

体制の変化

21法皇法住寺殿ヘ御幸成事

22興福寺常楽会被行事

墨俣川の合戦

23十郎蔵人与平家合戦事

家方の悪土佐全蓮が偵察に入るが怪しまれ、危ういところを逃げ戻る。平家方の動きに焦った卿公は行家を出し抜こうと先に進むが討たれる。行家も卿公を出し抜こうと二百余騎で平家の陣へ駆け入るが、打ち負かされ退く。行家は小熊に退却して陣を張り、平家は五手に分けて入れ替わり攻める。行家は退却を繰り返し、三河国矢作まで退く。行家は東国から援軍が来るとの偽情報を平家側に流す。平家側は恐れて退却し、二七日に都に戻る。

24行家大神宮へ進願書ヲ事

24行家は伊勢神宮に長文の願書（五月一九日付）を捧げ、源氏の勝利を祈る。

25頼朝与隆義合戦事

25四月二〇日、常陸国の佐竹隆義に頼朝追討の院庁下文を下すが、隆義は敗北。一方、諸国は飢饉となり、餓死者が多く出て悲惨な状況を呈す。六月三日、後白河院は園城寺御幸。二〇日、興福寺金堂の再建が始まる。

城長茂の敗北、平家方の劣勢

26城四郎与木曾合戦事

26越後国では城長茂が六万余騎を三手に分けて義仲追討に向かう。義仲は二千余騎で立ち向かう。義仲軍は一丸となって千曲川を渡し、両軍激突する。城方の笠原平五が義仲方の高山を討ち下す。富部家俊（城方）は佐井弘資（義仲方）に討たれる。富部の郎党、杵淵重光は主の仇をとる。重光は佐井の郎党に囲まれ、自刃する。井上光盛（義仲方）は赤旗を差して進み城軍を欺き、白旗に差し替えて攪乱する。城軍は退却する。長茂は会津に落ち、義仲は越後に入り、五万余騎に膨らむが、一旦信濃に戻り、横田に落ち着く。七月一四日改元、養和となる。八月三日、貞能が鎮西発向。九日、大仁王会。

27城四郎越後国ノ国司ニ任ル事
28兵革ノ祈ニ秘法共被行事
29大神宮ヘ鉄ノ甲冑被送事

大嘗会延期

30依諒闇大嘗会延引事
31皇嘉門院崩御事
32覚快法親王失給事
33院ノ御所ニ有移徙事

巻七

養和二年年頭

1踏歌節会事

天変のこと

2太白昴星事
付楊貴妃被失事幷役行者事

27二五日、長茂・秀衡は国守となるが、越後は義仲に押領されたままである。

28二六日、通盛・教経等北国発向。九月九日合戦、二八日には行盛・忠度等北国発向。都では戦勝祈願が様々に行われるが、日吉社で祈っていた覚算法印が急死。一〇月八日には太元法の修法が命ぜられる。一〇日には興福寺・園城寺の僧侶の赦免が議され、一三日に頼朝・武田信義追討が命ぜられる。諸寺の僧侶の統制も難しくなってきている。去る一一日には二十二社奉幣がなされた。

29一四日、平将門追討の例にならって、伊勢神宮に鉄の甲冑を献上するが、使者が急死し、その父の祭主は忌中となる。代わりの者が祭祀を執り行ったが、平家側に凶兆が現われる。

30高倉院が崩御して諒闇となったために大嘗会が中止され、二年もの延期となる。

31一二月三日、皇嘉門院没。

32六日、覚快法親王没。

33一三日に後白河院が御所に移徙して波瀾の一年が閉じる。

1養和二年一月は節会も踏歌節会も行われなかった。踏歌節会の由来。

2二月二三日、太伯が昴星を侵す。戦乱を予兆する天変に天下は嘆いた。この天変の後に、中国では玄宗皇帝の代に安禄山の乱が起こり、楊貴妃が殺された。本朝では宣化帝の時、臣下が天下を乱した。皇極帝の時の天変は、役行者の祈禱により兵乱を回

3於日吉社如法経転読スル事
付法皇御幸事
貞能、菊地を攻撃
4諸社へ奉幣使被立事
付改元事
寿永改元
宗盛還任
5宗盛大納言ニ還成給事
寿永二年年頭
官軍門出
6宗盛従一位ニ被叙事
頼朝義仲不和
7兵衛佐与木曾不和ニ成事

避した。役行者は讒言によって罪を受けたが、富士明神から大賢聖と称えられた。

3四月四日、顕真が日吉社で如法経一万部を転読。後白河院は山門に御幸したが、山門大衆が平家を追討するとの風聞があり、京中は騒然となる。一一日、貞能は菊地高直の城を攻め、西国の米穀を没収したために流通が断たれ、都では餓死者があふれた。一五日、重衡が三千余騎で日吉社へ参向し後白河院を迎えた。山門と平家が戦うという噂は事実無根であり、天狗の所行という。

4五月二四日、飢饉疾疫のため二十二社に奉幣使を立てる。二七日、寿永と改元。

5九月四日、宗盛は大納言に還任し、一〇月三日に内大臣となる。二一日、大嘗会の御禊、一一月二〇日、大嘗会が行われた。寿永二年一月、節会は例年の如く行われた。八条殿（二位殿）への拝賀が行われたが、批判の声もあった。二月一日、後白河院の蓮華王院の御所へ安徳帝の朝観の行幸あり。三月二五日、官軍は門出した。四月一七日に義仲追討の為に北国へ向かうためである。

6二六日、宗盛は従一位に叙され、二七日に内大臣辞任を申し出たが許されなかった。

7頼朝と義仲との間に不和あり。所領の要求を拒否された行家は、頼朝を見限り、義仲に付いた。義仲が平家方と通じているとの密告もあり、頼朝は追討に向かう。頼朝軍と義仲軍は信濃国で対峙したが、義仲は一旦軍勢を引いたので、頼朝は義仲に対し、人質として行家か義仲の子息一人の引き渡しを要求した。義仲は子息清水冠者を鎌倉に送った。今回の頼朝と義仲の不和は、武田五郎信光の讒言によるという。

官軍発向

8為木曾追討軍兵向北国事

火燧城の合戦

9火燧城合戦事
付斉明ガ還中事

義仲、白山に願書

10義仲白山進願書事
付兼平与盛俊合戦事

義仲、新八幡に願書

11新八幡宮願書事
付倶利迦羅谷大死事
幷死人ノ中ニ神宝現ル事

8四月一七日、義仲および頼朝追討のために、十万余騎の官軍が都を出発。その際、浄衣の老翁六人が現れ、六人の大将軍に、平家勝利、源氏敗北の厳島明神の託宣を告げて姿を消した。後に厳島の神主の作り事であると知れた。平家の軍勢は狼藉甚だしく、人民は恐怖に怯えた。義仲は五千余騎で越前国火燧城を固めた。

9二一日、平家の十万の軍勢は火燧城に寄せるが、攻撃の手立てがなかった。源氏方の斉明威儀師は平家方に寝返り、攻撃の段取りを平家に伝えた。平家方は軍勢を進めて城を落とし、越中国砺波山を越えようとした。義仲は五万余騎を砺波山に差し向け、白山へ願書を奉納した。

10白山への願書。五月二日、官軍優勢を伝える早馬に、都では人々が喜んだ。一一日、平家は十万余騎を三手に分けて進軍する。盛俊は五千余騎にて加賀国より越中国に入り、今井四郎兼平と合戦するが敗北。平家軍は加賀国に退却し、改めて軍勢を二手に分ける。大手は砺波山から加賀国へ、搦手は志雄坂へ向かう。義仲は越中国を越えて、池原、般若野に待機し、軍勢を三手に分け、志雄坂、黒坂口へと差し向けた。都では北陸道の逆賊追討の宣旨が下る。六月一日、義仲は平家軍を倶利迦羅谷へ追い落とす策略を立て、土地に詳しい忠綱、村高を案内者として黒坂口に到着する。途中に新八幡宮があり、義仲は覚明に願書を書かせた。

11願書を奉納すると、鳩が白旗に飛来した。義仲は三万余騎の軍勢を平家方に見えぬように隠した。源平双方は小競り合いを繰り返したが、それは夜を待つ義仲の謀で

平家軍壊滅

12志雄合戦事

斎藤別当実盛の最期

13実盛打死スル事

14雲南濾水事
　付折臂翁事

兵乱平定の祈禱

15於延暦寺薬師経読事

16大神宮へ可成御幸事
　付広嗣事幷玄防僧正事

広嗣・玄防の事

義仲、山門に牒状を送る

17木曾都へ責上事
　付覚明ガ由来事

覚明のこと

あった。日が暮れ、源氏の五万余騎が鬨を作ると、平家軍は暗闇の中で慌てふためき、七万余騎の軍勢は倶利迦羅谷に落ちていった。谷の中から火焔が上がったが、白山権現の金剣宮の御神宝であった。平家の敗北は白山権現の計らいであった。

12二日、行家は志雄の合戦において敗色濃厚であったが、義仲の五万余騎が駆けつけたため、平家の三万余騎の多くは篠原で討たれた。

13平家方の斎藤別当実盛は、手塚太郎主従と戦い、名乗らぬままに討たれた。義仲に報告して実盛と知れた。生前の言葉通りに鬢鬚を黒く染め、故郷越前での合戦ゆえに錦の直垂の着用を許されていた。平家軍は十万余騎のうち、七万余騎が討たれた。

14中国では天宝の頃、雲南の征戦に徴兵された兵のほとんどが濾水で落命した。そのため自ら臂を折って徴兵を免れた人もいた。多くの兵の死骸で埋まった倶利迦羅谷は雲南の濾水の如くである。五日、院の御所では対策が話し合われた。

15一一日、延暦寺において薬師経の千僧の読経が行われた。

16同日、後白河院より兵革鎮静のための伊勢神宮への御幸あるべしとの仰せがあった。天平一二年、広嗣の乱で初めて行幸が行われ、平定された例による。広嗣の霊は荒ぶり、玄防（玄房）の命を奪うなどしたが、吉備大臣の祈禱により調伏された。

17義仲軍は勝利を重ね、東山北陸両道より都に迫った。山門大衆の抵抗が危惧されたが、覚明が牒状を送ることを提案した。覚明は、かつて南都返牒の中で清盛の悪口を記した信救である。覚明が書いた義仲の牒状は、一六日に山上で披露された。

18木曾送山門牒状事
付山門返牒事
山門からの返牒

19平家送山門牒状事
平家、山門に牒状を送る

貞能、菊地等を帰伏させ上洛
20肥後守貞能西国鎮メテ京上スル事

源氏、近江進入の報告

惟盛とその家族
21惟盛北方事

平家、都落ちを決断
22大臣殿女院ノ御所へ被参事

後白河院、姿を消す
23法皇忍テ鞍馬へ御幸事

18木曾山門牒状。義仲の牒状に対する大衆の議論は揺れたが、源氏方に付くことに決し、義仲へ返牒が届けられた。山門返牒。義仲は返牒を得て喜び、味方に引き入れた悪僧等を先頭に立てて登山した。平家はこれを知らずに、山門に牒状を送った。

19平家山門牒状および近江国佐々木庄を寄進する宗盛書状。平家からの要請に対し、すでに山門は源氏への同心を固めていた。平家を見放す山王の神託もあった。

20一八日、貞能は、菊地、原田を帰伏させて上洛したが、東国の軍勢上洛との報に、平家の西国落ちは必至であった。七月一三日暁より京中が騒動した。近江源氏重貞から、近江国に北国源氏が攻め入ったとの報告ゆえである。資盛、貞能等の二千余騎を宇治に、知盛、重衡等の三千余騎を勢多に差し向けた。源氏の軍勢は琵琶湖を東から西へ渡った。一〇日、林六郎光明の五百余騎は、比叡山に登り、惣持院を城郭とした。三塔の大衆は同心し、平家追討の気勢を上げた。源氏の軍勢は都周辺を固めた。

21惟盛（維盛）は、家族を都落ちに同行させないことを北の方に告げ、後のことを託した。惟盛と北の方の馴れ初め。二四日亥刻、安徳帝は六波羅へ行幸。法住寺殿へ、ある北面の下臈から、小山田別当有重からの情報として、平家は都落ちに際して、後白河院を同行させる意向であるとの密告がもたらされた。後白河院は喜ばれた。

22夜更けに、宗盛は建礼門院を訪問し、帝と院、宮々とともに西国へ落ちる決意を告げた。建礼門院は涙に咽びつつ承知した。

23同夜半、後白河院は北面の者共を召し、女輿で密かに御所を脱出、鞍馬寺へ御幸。

平家、都を落ちる
24平家都落ル事

惟盛、妻子との別れ
25惟盛与妻子余波惜事

頼盛、都落ちを離脱
26頼盛道ヨリ返給事

宗盛、惟盛同行に安堵

基通、都に戻る
27近衛殿道ヨリ還御ナル事

貞能、都落ちの一行に遭遇
28筑後守貞能都へ帰リ登ル事

伊勢氏人為末が供する。二五日、平家の侍秀康は、御所を離れたわずかの間に後白河院の所在を見失った。夜が明け、後白河院が所在不明との報に、人々は慌て騒いだ。

24平家は、安徳帝と建礼門院を伴い、神璽、宝剣、内侍所を帯して都を落ちた。平家の邸宅には火が放たれた。家貞は、法性寺にある忠盛、清盛、重盛の墓所を掘り起こし、仏と共に焼き上げ、遺骨を頸に懸けて落ちていった。

25惟盛は都落ちを促され、妻子を都に残す苦渋の決断をした。同行を望む妻子は泣きもだえたが、妻子の世話を斎藤五、斎藤六に託し、惟盛は泣く泣く都を離れた。

26頼盛は出発したものの、今後に不安を覚えて都に引き返し、八条女院に参上した。頼盛は頼朝から、頼盛の母池の尼には恩義を感じているとの文を得ていた。宗盛は頼盛が都に留まったとの報告を受けても意に介さなかった。頼盛は平家相伝の秘蔵の太刀抜丸の所有をめぐって、宗盛との折り合いが悪かった。また頼盛は出立の際、不思議な童から白鳩の羽の扇を得て、天下を取る頼朝から恩賞を受けると確信した。宗盛は、惟盛兄弟が一行に合流したことに安心した。惟盛が妻子を都に残してきたことを聞き、宗盛は涙した。

27近衛殿基通は、清盛の婿ゆえ都を出立したが、白髪の老翁が現れて、春日明神の託宣と覚しき歌を詠じた。基通は悩んだが、供人の高範の判断によって還御した。

28源氏の攻撃に向かっていた貞能は、都に戻る途中で一門の都落ちに遭遇した。貞能は都落ちを批判し、あくまで都で戦うことを主張して都に戻ったが、一門の人々は都

忠度、俊成との別れ
29薩摩守道ヨリ返テ俊成卿ニ相給事

行盛、定家との別れ
30行盛ノ歌ヲ定家卿入新勅撰事

経正、青山の沙汰
31経正仁和寺五宮御所参ズル事
付青山ト云琵琶ノ由来事

平家、福原に到着
経盛の笛の沙汰
32平家福原ニ一夜宿事
付経盛ノ事
福原での懐旧

恵美仲麻呂のこと
33恵美仲麻呂事
付道鏡法師事

に戻らないので、重盛の墓を掘り、骨を拾って福原に落ちた。貞能が都に戻った際、都に残った平家を討つとの噂があり、頼盛は動揺した。頼盛を批判する落首もあった。院、帝も不在となり、京は主なき都となった。都落ちした平家一門は、さまざまな思いで淀から船出した。平家に仕えていた宇津宮等の東国武者には暇が出された。

29忠度は俊成のもとを訪れて面会し、自作の百首の巻物を預けて、勅撰集への入集を願った。後に俊成は千載集に忠度の歌二首を「読み人知らず」として入集した。

30行盛も定家に自作の和歌を託した。新勅撰集には実名で入集した。

31経正は大物より引き返して、覚性法親王のもとに参上し、琵琶の名器青山を預けた。青山の由来。十七歳の経正が宇佐宮で弾じた際、神明納受の奇瑞があった。

32平家は福原に到着、一夜を明かして清盛の墓所に詣でた。経盛は、故堀河院の追善供養の際、横笛で秘曲を吹き、叡感に与かった。経盛の弟子能方は、都落ちに同行しようとするが、経盛に説得されて都に戻った。福原の旧都はすでに荒れ果て、秋の季節とともに人々の悲しみを誘った。旧都に火を放ち、人々は船上で名残を惜しみ、忠度等は和歌を詠じた。二位殿と宗盛は、侍共に対して、主上のために尽くすよう檄を飛ばし、人々は二心なく仕えることを異口同音に述べた。人々は漂泊の思いで西国に向けて漕ぎ行くのであった。

33平家のように、栄華を極め、驕り高ぶった卿相雲客が朝敵となり、都落ちをして滅ぼされた先例として恵美仲麻呂がいる。

後白河院の動向
34法皇天台山ニ登御坐事
付御入洛事
義仲行家に平家追討の院宣
35義仲行家ニ可追討平家之由仰ラルヽ事
新帝擁立の僉議
36新帝可奉定之由評議事
京中守護のこと
37京中警固ノ事
義仲注申事

巻八

四宮の即位決定
1高倉院第四宮可位付給之由事
2平家一類百八十余人解官セラルヽ事
3惟高惟仁ノ位諍事
4源氏共勧賞被行事

34二四日、後白河院は鞍馬を経て比叡山に登った。二八日に下山、源氏が供奉し、蓮華王院の御所に入った。同日、義仲、行家等の軍勢六万余騎が入洛したが、狼藉が甚だしかった。
35二九日、義仲と行家に、平家追討の院宣が下された。
36主上が都に不在であるため、新帝を立てることが公卿僉議で決定した。後白河院の重祚も取り沙汰されたが、高倉院の三宮と四宮が候補となった。
37八月一日、京の守護として、義仲が注進した武士たちが決定した。

1寿永二年八月五日、後白河院は故高倉院の三宮・四宮と対面、後白河院に懐《なつ》いた四宮（後鳥羽帝）の即位が決定する。また、降人の処遇に不服な義仲は、特に壱岐判官知康に対する憤懣を口にした。
2六日、平家百八十二人が解官。七日、降人の忠清父子が後白河院から義仲のもとへ渡された。これは義仲の不満を受けての処置であった。一四日、義仲は源氏挙兵を促した故高倉宮（以仁王）の功績を軽んじた四宮即位に批判的な態度を示す。
3昔、惟高・惟仁両親王の間で生じた位争いを相撲で決し、惟仁が清和帝として即位したということがあった。
4一〇日、義仲は左馬頭兼越後守、行家は備後守に任ぜられたが、ともに国を嫌ったため、一六日、義仲は伊予守、行家は備前守となり、他の源氏十人も勲功の賞に与

平家の寺社詣
5平家人々詣安楽寺給事
6安楽寺由来事
付霊験無双事

7平家人々宇佐宮へ参給事

8宇佐神官ガ娘後鳥羽殿へ被召事

かった。

5一七日、大宰府へ辿り着いた平家一門は安楽寺に参詣し、望郷の念を歌に詠む。

6安楽寺は、藤原時平の讒言によって菅原道真が配流された地である。道真は都への思い、無実の罪に対する歎きを詩歌に託しつつ、配流から三年後の延喜三年二月に没した。その後、北野天神として祀られる道真の御霊はたびたび内裏焼亡を引き起こした。だが、正暦年中、大宰大弐好古を介して正一位、さらに太政大臣を追贈したところ、左遷の恥をすすぎ得たからは、国家の守護神とならんとの託宣詩が下された。こうした故事を思い起こし、平家の人々は安徳帝を擁する我々の帰洛も必ずや叶うであろうと期待するのであった。ところで、天神は祟り神と冤罪の者を救う神との両面をもつ。天暦九年三月、近江の比良宮で下された託宣では、「不信心の者が世にはびこっているので、雷神鬼神を遣わして疫病をもたらし、また、私のように無実の罪に苦しむ者を救う」と告げたという。

7二〇日、一門は宇佐宮へ参詣して還幸を祈る。参籠三日目の夜半、神殿が鳴動し、祈願拒絶の神詠があり、人々は落胆して帰途についた。

8当宮の八幡神は和歌を特に好む神であった。四宮が即位して後鳥羽と号した頃、宇佐の神官の娘が、許婚がいるにも関わらず、入内を望んでひたすら祈っていた。これを知った許婚の男があらぬ噂を流したため、娘はその男の命を奪ってほしいと一首の歌を拝殿に納めた。すると、神がこれを聞き入れ、男を死に至らしめた。その後、この詠歌がきっかけとなって女は後鳥羽院に一夜召され、さらには、出家後、生きながらにして過去帳に名を記され、ついに往生を遂げたという。これもすべては八幡神が歌を好んだことによるのであろう。

四宮の践祚

9四宮践祚有事
付義仲行家ニ勲功ヲ給事

9一八日、四宮の践祚と即位に関する議定があり、また、平家没官領が源氏に分与される。二〇日、三種の神器が揃わぬまま、法住寺の新御所で四宮が践祚する。九月二日、平家追討の祈願のため、公卿勅使が伊勢へ派遣される。

平家、九州を追われる

10平家九国中於可追出之由被仰下事

10筑紫に内裏をもうけ、ひとまず安堵した平家であったが、刑部卿三位頼輔による平家追放の命が下される。

11伊栄之先祖事

11これに応じたのが異類（大蛇）を祖先にもつ尾形伊栄《これよし》（緒方維義）。伊栄は九州勢数万騎を率いて大宰府へ発向せんとする。

12尾形三郎平家於九国中ヲ追出事

12平時忠は三種の神器を有する安徳帝と、これを守護する一門の正統性等を述べて伊栄に翻意を促すも、九州追放の院宣も下されたとして、伊栄は一気に攻め寄せる。抗戦むなしく大宰府を追われた平家は筑前の山鹿城、そして豊前の柳浦へと逃れ、さらに四国を目指す。

13左中将清経投身給事

13その折、行く末をはかなんだ清経は入水してしまう。

14平家九国ヨリ讃岐国へ落給事

14阿波民部成良は平家を讃岐の屋島に迎え入れ、板屋の御所を築造する。

頼朝に征夷大将軍の院宣下る

15兵衛佐蒙征夷将軍宣旨事

15八月七日、征夷大将軍の院宣が頼朝に下される。

16康定関東ヨリ帰洛シテ関東事語申事

16使者の中原康定は九月四日に鎌倉へ赴き、二七日に都へ戻り、頼朝の優れた人物像

17文覚ヲ使ニテ義朝ノ首取寄事

義仲の武骨さ

18木曾京都ニテ頑ナル振舞スル事

平家連勝

19水島津合戦事

20兼康与木曾合戦スル事

21室山合戦事

付諸寺諸山被成宣旨事

付平家追討ノ宣旨ノ事

法住寺合戦

22木曾都ニテ悪行振舞事

付知康ヲ木曾ガ許ヘ被遣事

等を後白河院に報告、院宣承諾の請文と平家没官領の扱いを記した礼紙（書状の上に巻く紙）がもたらされた。

17頼朝の命を受けた文学（文覚）は都に上って義朝・鎌田兵衛正清の首を請い取り、鎌倉へ持ち帰る。

18木曾育ちの義仲の言動は都の人々の嘲笑を誘う。訪ねてきた猫間中納言光隆へのもてなしは粗野、院の御所へ赴く際の着慣れぬ装束も不格好で、牛車の乗り方にも無知であった。

19屋島の平家が山陽道を制したと聞いた義仲は五千余騎を派遣、一〇月一日、備中水島で船軍《ふないくさ》となり、平家五百余艘が源氏千余艘を撃破した。この報に義仲は急ぎ備中へ向かう。

20篠原合戦で捕虜になった平家方の妹尾太郎兼康が案内役として義仲軍に同行。報復の機会を窺っていた兼康は義仲を騙して陣営を離れ、兵を集めた。しかし、真相を知った義仲勢の急襲に遭い、奮戦したものの子息兼通とともに自害する。

21行家に叛旗を翻す動きありと伝えられた義仲は都へ引き返す。これを聞いた行家三千余騎は一一月二日に都を出て、播磨の室山で重衡軍一万余騎と合戦。これに敗れた行家は和泉国へ退く。同月九日、寺社に香花の勤めを勧める宣旨が、一一日には平家の残党追討の宣旨が下される。

22後白河院は壱岐判官知康を遣わし、都での軍兵の乱暴狼藉を止めるよう義仲に命ず

23木曾可滅之由法皇御結構事

24木曾怠状ヲ書テ送山門事

25木曾法住寺殿へ押寄事

戦後処理

26木曾六条川原ニ出テ首共懸ル事

27宰相修憲出家シテ法皇御許へ参事

28木曾院御厩別当ニ押成事

るが、義仲は全く聞き入れない。

23知康の進言もあって後白河院は義仲追討を決断し、法住寺殿に城郭を構え、軍勢を召集。延暦寺・園城寺の僧兵や畿内近国の武士が味方につき、商人や無頼の若者等も加わった。これに対して義仲は、命を賭けて平家を退け、都を守護する我々に何の落ち度があろうかと対決を決意する。

24一一月一三日、義仲方の狼藉を受けた延暦寺が院側に付いたことから義仲は怠状（詫び状）を送り、助力を乞う。しかし、衆徒はこれに応じず蜂起するという。

25一九日、義仲軍が法住寺殿に攻め寄せると、院方のほとんどが逃げ出し、多くの者が討たれた。後白河院は五条内裏、後鳥羽帝は閑院殿に遷《うつ》ったが、天台座主明雲や寺長吏円恵法親王をはじめ、越前守信行、主水正近業等が射殺された。また、敵陣に駆け入って討死した加賀房源秀、信乃二郎頼成といった者もいた。法住寺殿から逃げ出し、途中で追い剝ぎにあった刑部卿三位頼輔は、居合わせた法師の衣を借りて、裸に頰被り姿という醜態をさらしたという。

26二〇日、明雲ら三百四十余人の首が六条川原に懸けられる。こうした事態を引き起こした後白河院を非難する声があがる。

27院は訪ねてきた宰相修憲から討たれた人々の名を聞き、涙する。修憲は知康の言葉を受け入れたことだけが残念であったと告げる。

28義仲自ら御厩別当となる。

29松殿御子師家摂政ニ成シ給事
30木曾公卿殿上人四十九人ヲ解官スル事
義仲追討への動き
31宮内判官公朝関東へ下事
32知康関東へ下事
付知康関東ニテヒフツク事
33兵衛佐山門へ牒状遣ス事
34木曾八島へ内書ヲ送ル事
35惟盛卿古京ヲ恋給事
36木曾依入道殿下御教訓ニ法皇ヲ奉宥事
37法皇五条内裏ヨリ出サセ給テ大善大夫業忠ガ宿所へ渡セ給事

29二一日、藤原基通の摂政を停止し、藤原基房の子息で、十三歳の大納言師家を摂政とする。
30二八日、義仲は公卿以下四十九人を解官する。
31宮内判官公朝は鎌倉の頼朝のもとへ馳せ下り、今度の合戦が知康の讒言に端を発することを伝える。
32知康も弁解のため頼朝のもとを訪れる。知康は得意のお手玉を披露した後に頼朝と対面。あれこれ弁明したが、既に真相を知っている頼朝は返事もしなかったため、慌てて逃げ帰る。
33頼朝は範頼・義経率いる義仲追討軍数万騎を派遣し、一二月二一日には延暦寺へ追討に与することを乞う牒状を送り、延暦寺の加勢を取り付ける。
34そこで義仲は平家に和睦を申し出た。しかし、平家はこれを拒絶する。
35惟盛（維盛）は都に残した妻子を恋しく思い、涙に暮れるばかりであった。
36義仲は後白河院のいる五条内裏を厳重に警備し、虜囚も監禁し続けていた。藤原基房が悪行を犯して世を治めることは困難と諭したところ、義仲は警備・監禁を緩める。
37一二月一〇日、院は六条西洞院の藤原業忠邸に遷《うつ》る。一三日、義仲は除目を行い、御厩別当、左馬頭兼伊予守となり、畿内近国の荘園等を悉く横領する。都の東西が塞がれ貢物も年貢も届かぬ危うい世情の中で年も暮れてしまった。
＊巻末に北国の合戦に勝利した義仲が加賀白山宮宛に記した寿永二年五月付の書状あり

巻九

元暦元年年頭

1院ノ拝礼幷殿下ノ拝礼無事

2平家八島ニテ年ヲ経ル事

木曾義仲追討

3義仲為平家追討欲下西国事

4義仲可為征夷将軍宣下事

5樋口次郎河内国ニテ行家ト合戦事

生飡

6梶原与佐々木馬所望事

1元暦元年の一月一日は、世の乱れの影響で、院でも内裏でも拝礼はなく、四方拝もなかった。

2先帝を擁して屋島に滞在中の平家も、正月行事は一切なく、一門の人々は都での生活を恋しがる日々だった。

3一月一〇日、三種神器を何としても京へ戻せとの院の命を受けて、義仲は屋島へ発向しようとするが、折しも東国から源頼朝が弟範頼・義経を大将軍として義仲追討軍を派遣したことが発覚。すでに先陣が不破関に至ったと知り、義仲はその対応に追われる。その隙に、平家は屋島から福原まで進攻する。

4一一日、義仲の申請によって、征夷大将軍に任ずる旨の宣が下る。

5一七日、河内で一族の源行家謀反の報が入り、義仲は樋口兼光を派遣してこれを撃破。行家は高野山へ敗走する。

6一月一〇日、義仲追討軍発向のために東国武士たちが鎌倉に集結した際、梶原景季は頼朝に向かって宇治河渡河の先陣を約束するかわりに、秘蔵の名馬「生飡」を所望する。しかし、頼朝は拒否。かわりに「薄墨」（覚一本では「する墨」）を与える。平山季重は上総介に「目糟毛」を所望して、もらい受ける。大将軍義経は、道すがら戦勝祈願をした後、伊豆の国府で範頼と合流。大軍で上洛の途につく。父の十三回忌に帰省していて、発向に遅れた佐々木高綱は、孝養と覚悟の程を頼朝に認められて、「生

宇治川合戦

7 兵衛佐ノ軍兵等付宇治勢田事

滄」を給わる。平治の合戦以来の佐々木家の忠義に対する思いもあったらしい。先行していた梶原は駿河国で「生滄」を引く佐々木の姿を見て激昂し、頼朝に対する恨みをつのらせ、佐々木を討って馬を奪おうと画策する。予め頼朝からいきさつを聞いていた佐々木は冷静に対処、「生滄」は以前から所望していたものの許可が出なかったので、今回は勘当覚悟で盗み出してきたと主張する。機嫌のなおった梶原は佐々木との絆を深めて、揃って進軍する。

7 二〇日、東国軍は二手に分かれて京に迫った。範頼率いる三万五千騎は勢多から、義経率いる二万五千騎は宇治から入ろうとした。樋口兼光を欠く木曾勢は、全軍を合わせても千騎に満たない状況だった。宇治・勢多の両橋をひいて迎え撃つ木曾勢に対し、宇治に到着した義経は渡河作戦を強行。岸近くの集落を焼き払い、大軍が一度に岸に集結できるようにした上で、平山季重・熊谷直実父子らに橋桁を渡らせて対岸の射手を攪乱させる一方、潜水の名手に河底の障害物を除去させて準備を整えた。大河を前にすくむ軍団を鼓舞するように、畠山重忠が先頭を切ると皆後に続く。中から駿馬に乗った梶原景季と佐々木高綱が抜け出し先陣を争う。前にいた梶原をだし抜いて先陣争いに勝利した佐々木は、的確な指示を出して馬筏を組んで大軍を無事渡河させることにも貢献する。義仲は院御所に参上し、御幸をうながすが、拒絶にあい断念。河原おもてで東国軍の先鋒と出会って戦うが、味方は次々と討死。義経軍の猛追にあう。

8義経院御所へ参事

木曾最期

9義仲都落ル事
付義仲被討事

10樋口次郎成降人事

11師家摂政ヲ被止給事

12義仲等頸渡事

8義経は院の御所に参上して、頼朝の名代として朝敵義仲を討つべく上洛したこと、現在義仲を追跡中であることを報告する。安堵した院は、義経に院の御所の警備を命ずる。

9義仲は院の奪取を断念し、東国軍を突破して三条粟田口から東国へ脱出。関山に着いた時にはわずか七騎となっていたが、その中には女武者の鞆絵《ともえ》（巴）もいた。義仲は乳母子の今井兼平を求めて、あえて勢多の方へ移動、打出の浜で再会を果たして元気を取り戻すと、辺りに残る味方をかき集めて最後の一戦を挑む。甲斐の一条次郎、土肥実平など次々に敵陣を突破して、粟津につくころには主従五騎になり、鞆絵もいなくなっていた。さらに勢多へと向かううちに、遂に今井と主従二騎になってしまう。この上はなんとしても主君に様よき自害をと願って防戦する今井の願いも空しく、木曾義仲は一月二一日、深田に馬を乗り入れて振り返った隙を射落とされて、落命する。主の死を聞いた兼平は、後を追って自害。粟津の戦は終了した。

10行家追討のために河内に出向していた樋口兼光は、帰途義仲の死を知り、手勢を率いて急ぎ京に引き返すが、児玉党に生け捕られる。

11一二日、摂政藤原師家を解官し、もとの摂政藤原基通が復官した。師家の任期は六十日ほどで終わった。

12二六日、木曾義仲らの首が都大路を渡され、獄門の木にかけられた。後白河院もこれを車の中から見物された。一月二七日、生け捕りになっていた樋口兼光が処刑され

義経鞍馬参詣

13義経鞍馬へ参ル事

一の谷合戦前夜

14義経可征伐平家之由被仰事

15平家一谷ニ構城郭事

16能登守四国者共討平ル事

17平家福原ニテ行仏事事
付除目行事

18梶原摂津国勝尾寺焼払事

19法皇為平家追討御祈被作始毘沙門事

一の谷合戦

20源氏三草山幷一谷追落事

た。義仲には沛公の深慮がなく、頼朝の下知を待てずに京で暴走したことの報いだと人々は噂した。

13京都を平定した後、義経は鞍馬に参詣、かっての師東光坊に見参する。その夜夢告を得た義経は、毘沙門天から白鞘巻を授かる。帰途、貴船では白羽のかぶら矢を授かる。

14一月二九日、義経は後白河院の「三種の神器を無事都へ返せ」との命を受けて、平家追討に出発する。

15室山・水島の両合戦に勝って勢いづく平家は、十万余騎の軍勢を率いて、天然の要塞一の谷に布陣した。

16平家が出国した讃岐では、源氏に味方する者が現われ、平家の背後を襲うべく出船するが、通盛・教経の猛攻にあって淡路へと逃げる。この後、淡路・阿波・備前・備後などを転戦した通盛・教経はことごとく勝利をおさめて本陣に帰る。

17二月四日、平家は福原で清盛の一周忌法要を営む。叙位・除目も行われた。維盛は、京に残してきた妻子のことが心配で、このころからふさぎがちになった。

18同日、一の谷へ向かう途中の梶原は摂津国勝尾寺を襲撃して、焼き払う。

19七日、後白河院は御所で平家追討祈願のために五丈の毘沙門天像を造りはじめられる。

20七日卯の刻に東西から一斉に攻撃という作戦を立てた源氏軍は、二月四日に大手範頼軍五万六千騎が京を出発、六日には生田森に到着した。搦手の義経軍は一万余騎で四日戌の刻には丹波三草山口に到着。ここで平家の資盛率いる七千余騎を夜討ちにして蹴散らして進軍した。義経は軍を二手に分けて、自らは七千騎を率いて中央の崖を駆け下って平家の背後をつく作戦をたて、残り三千騎を土肥実平につけて西の搦手へと遣わした。多賀久利・斧柄の翁という二人の土地勘のある人物の助けを得て、本来道のない鵯越の難所を通る術を得る。一方大手では六日の夜からすでに熊谷父子・平山季重の間で熾烈な先陣争いが発生していて、これを皮切りに合戦が開始される。功を焦る息子をかばって戦った梶原父子の一・二の懸などもこの時のことであった。義経は計画どおり七千騎で一気に平家の陣屋裏に降りて、鬨をつくったので、驚いた平家軍は自ら陣屋に火をかけ、海へと逃走。あっけなく合戦の勝負は決した。この混乱の中、教経は須磨経由で淡路へ逃げていった。

21越中前司盛俊被討事

21平家の重臣越中前司盛俊は猪俣小平六と一騎打ちとなり、一度は勝利したが、小平六の命乞いを受け容れ油断して雑談していたところをだまし討ちにされて死んだ。村上基国が改めて陣屋に火をかけたところ、西風にあおられた黒煙が大手にまで届き、敗北を悟った平家は総くずれとなって、先帝女院も船に移られた。

22薩摩守忠度被討給事

22逃げ遅れた平家一門は、そこここで討たれていく。平忠度は蘆屋を西に向かって落ちていく所を岡辺六矢田（六弥太）忠澄にみつかって組み討ちとなり死亡。平家方の赤印をすてて逃げても、なかなか逃げのびるのは困難だった。

23本三位中将被生取給事

24新中納言落給事
付武蔵守被討給事

25敦盛被討給事
付敦盛頸八島ヘ送事

26備中守沈海給事

27越前三位通盛被討給事

28大夫業盛被討給事

一の谷合戦後日譚

29平家ノ人々ノ頸共取懸ル事

23本三位中将重衡は、明石に逃げたが、馬を遠矢に射られて動けなくなったところを、乗替に乗った乳母子に見捨てられて逃げ場を失い、自害も入水もできず梶原景時に生け捕りにされる。

24平知盛は名馬に乗って逃げる途中を追撃されるが、子息知章が間に入って討ち死にを遂げる間に何とか逃げのびることができた。

25平敦盛は、まさに船に乗ろうとした時に熊谷直実に呼び戻され、組み敷かれて首を斬られた。わが子と同年の若者の、覚悟しきった死に様に心打たれた直実は、私信を添えて敦盛の父経盛に首と遺品を送る。経盛からの返信にさらに深く心うたれた直実は、遂に出家して敦盛の後世を弔った。

26師盛は配下の兵を助けようとして舟ごと転覆したところを川越重頼の配下の者に討たれた。

27通盛は東に向かって逃げたが、湊河のあたりで佐々木盛綱の一軍につかまり討ち死にする。

28業盛は、気比兄弟に討たれた。息子に命を助けられた知盛は、船中で宗盛に自らの気持ちを語り、悲嘆にくれる。

29一の谷では討たれた平家一門の首がかけられた。総数千二百余、大将クラスの首が十ほどあった。生き残って船中からこの様子を見た平家の人々の悲しみは深く、未亡人となった妻たちは、次々と出家を遂げた。

30通盛北方ニ合初ル事
付同北方ノ身投給事

31平氏頸共大路ヲ被渡事

32惟盛ノ北方平家ノ頸見セニ遣ル事

巻十

重衡大路渡し

1重衡卿大路ヲ被渡サ事

京の重衡

2重衡ノ卿賜院宣西国へ使ヲ被下事

3宗盛院宣ノ請文申ス事

4重衡卿内裏ヨリ迎女房事

30通盛の北の方は、上西門院に仕えていた小宰相という女房であったが、通盛が三年ごしの恋を実らせた恋女房で、当時は懐妊中だった。夫について戦地に赴いてきたものの、夫の死を知って深く歎くあまり入水自殺を遂げる。

31二月一〇日、義経は討ち取った首を持って京都に凱旋する。一三日、平家一門の首は、都大路を渡されて、獄門の木にさらされた。もと公卿格の者の首をさらすことに批判もあったが、義経のたっての願いで実行された。

32京にあって夫の安否を気づかう惟盛の北の方は、斎藤五・斎藤六をつかわして、首の確認をさせる。一方の惟盛も妻の不安を思いやって文をつかわすのだった。

1寿永三年二月一四日、本三位中将重衡は六条通りを東へ渡された。重衡は後白河院の命を受けた蔵人右衛門権佐定長と対面し、自分の身柄と西国へ持ち出された内侍所との交換条件を伝えられ、重代の家人平重国を一門のもとへ使者に遣わした。

2一五日、重国は三種神器の返還を求める院宣を帯して西国へ下った。

3平家一門は勅答を僉議し、二位殿の哀願もむなしく拒否と決まる。二七日、重国が帰洛し、定長が後白河院に請文を奏聞した。

4三月一日、重衡のもとに家臣の木公（木工）信時が参上する。重衡は、信時を介して昔なじみのあった女房と文のやり取りをした。その後、重衡を護衛する土肥実平の配慮によって、女房との対面を果たして最後の別れをした。

5重衡卿法然上人ニ相奉事

6重衡卿ヲ実平ガ許ヨリ義経ノ許ヘ渡ス事

7公家ヨリ関東ヘ条々被仰事

重衡関東下向

8重衡卿関東ヘ下給事

9重衡卿千手前ト酒盛事

5出家を許されなかった重衡は、懇願して法然上人を招請してもらった。重衡は法然に対して自らの悪業を懺悔し、極楽往生を果たす方法を問う。法然は、称名念仏の功徳を説いて戒を授けた。重衡は、法然に布施として双紙鏡を贈った。

6二日、義経は一谷の合戦での勲功を主張し、重衡を自らの宿所へと移させた。五日、義経は平盛国父子を捕らえた。

7七日、公家から頼朝のもとへ所領に関する下文があった。同日、板垣兼信と土肥実平は、平家追討のために西国へ下向した。

8一〇日、後白河院は頼朝の申し出を受けて、義経に重衡を関東へ下すよう命じた。重衡は梶原景時の護衛のもと関東へ下向した。関東下りの途中、重衡は池田宿の長者の娘、侍従の所に宿り、歌の贈答をした。二六日、重衡は伊豆の国府に到着した。伊豆へ狩りに来ていた頼朝は、比企能員を使いに立てて重衡と言葉を交わし、その毅然とした態度に感銘を受け、鹿野（狩野）宗茂にもてなすよう命じた。

9湯浴みを許された重衡は、頼朝に仕える女房、千手の饗応を受ける。その晩酒宴の席が設けられ、重衡は朗詠や廻骨の楽を弾くなどして心を慰めた。千手は頼朝のもとへ参上し、酒宴の席での重衡の様子を報告した。その場に居合わせた大膳太夫広元は、牡丹の花に譬えて重衡の雅を称賛し、重衡が詠じた朗詠の曲目の故事（項羽・虞氏の事）と廻骨の楽について説明した。三月一八日に武士の狼藉制止、二七日に兵糧米徴発停止に関する宣旨が出された。

惟盛高野参詣

10惟盛卿高野詣事

11惟盛高野巡礼之事

12観賢僧正勅使ニ立給シ事

瀧口入道の出家

13時頼入道々念由来事
付永観律師事

惟盛出家

14惟盛出家之給事

惟盛粉河・熊野参詣

15惟盛粉河へ詣給事

16惟盛熊野詣事
付湯浅宗光ガ惟盛ニ相奉ル事

10三月一〇日、屋島にいた惟盛（維盛）は、余三兵衛重景、石童丸、舎人武里を引き連れ、屋島を抜け出して都を目指したが、生け捕りになることを恐れて、かつて重盛に仕えていた瀧口入道がいる高野山へ向かった。

11瀧口入道との再会を果たした惟盛らは、高野山の堂塔を巡礼した。高野山の開闢と弘法大師の霊験に関する記事あり。

12観賢僧正・淳祐師弟の弘法大師礼拝に関する記事あり。惟盛らは高野山巡礼の後、その日は瀧口入道の庵室へ戻り、来し方行く末の物語をして過ごした。

13時頼（瀧口入道）は、建礼門院の雑仕・横笛を見そめたが、父の反対に遭い出家を決意する。時頼は横笛と最後の対面を果たした後、法輪寺往生院に入り二十五歳で出家した。その後時頼は、後を追って往生院に訪ねて来た横笛と歌の贈答をするが、決して対面しようとはしなかった。悲嘆した横笛は清岸寺で出家、桂川に身を投げた。時頼は往生院から、山崎宝寺、永観律師の庵室、清浄心院、蓮華谷梨子坊へと移り住んだ。

14惟盛は出家を決意し、重景、石童丸に後事を託そうとするが、二人は拒み、自ら髻を切ってしまう。続いて惟盛も出家をした。惟盛は、都に残してきた妻子の事、重代相伝の武具である小烏・唐皮の事を武里に託した。

15惟盛らは熊野を目指し、その途次粉河へ参詣した。粉河寺の由来と霊験記事あり。

16惟盛らは、藤代王子参詣の後、岩代王子の前でかつての家人湯浅宗光らとすれ違う。

17熊野権現霊威無双事
18那智籠ノ山臥惟盛ヲ見知奉事

惟盛入水

19惟盛身投給事

重衡鎌倉入り

20重衡卿鎌倉ニ移給事

京・鎌倉の動静

21兵衛佐四位ノ上下之給事
22崇徳院ヲ神ト崇奉ル事

頼盛関東下向

23池大納言関東ヘ下給事

宗光は変わり果てた惟盛の姿を見て、声をかけることもできず下馬して足早に通り過ぎた。惟盛は、岩田川や熊野本宮證誠殿の御前で、かつて重盛の熊野詣に同行した時の事を思い出した。

17熊野権現の霊威と熊野山の有様。惟盛らは、熊野本宮を発ち那智山へ参詣した。

18那智籠りの山伏の中に、平盛俊の伯父にあたる人がいた。この山伏は、安元二年の後白河院五十賀で青海波を舞った惟盛の晴姿を思い出し、今の姿を見て嘆き悲しんだ。

19三月二八日、惟盛らは浜宮王子から舟に乗り、山成島の松の木に名籍を書き残して沖へと漕ぎ出した。惟盛は入水の間際になっても妻子への恩愛を断ち切れずにいたが、瀧口入道の説経を聞いて決心し、念仏を唱えて入水した。続けて重景、石童丸も入水した。三人の入水を見届けた瀧口入道と武里は、それぞれ高野山、屋島へと戻った。

20三月二七日、重衡は狩野宗茂の護衛のもと、伊豆国府から鎌倉へ移された。頼朝から着替えなどが届けられた。

21二八日、頼朝は義仲追討の勧賞により正四位下に昇進した。

22四月一五日、後白河院は公家にも知らせず、大炊殿の跡に崇徳院の社を造営した。民部卿成範、式部権少輔範季を奉行として、後白河院宸筆の告文や御正体の鏡などが奉納された。元暦元年四月二六日、一条忠頼が討たれた。安田義定は、忠頼の父・武田信義追討のために甲斐国へ下向する。

23五月三日、池大納言頼盛は関東へ下向した。頼盛の家人平宗清は、西国にいる一門

24池大納言鎌倉ニ付給事

25池大納言帰洛之事

26平家々人ト池大納言ト合戦スル事

平家の人々

27惟盛ノ北方歎給事

28平家屋島ニテ歎居ル事

後鳥羽天皇即位

29新帝御即位事

30義経範頼官成ル事

のことを憚って頼朝との対面を拒み、頼盛に同行しなかった。

24一六日、頼盛は鎌倉に到着し、頼朝と対面した。頼朝は、かつて自らの助命を嘆願してくれた宗清に会えず落胆する。

25六月一日、義経は景時の讒言による汚名を晴らすため、密かに関東へ下向した。三日、前斎院次官親能は、義仲に加勢した美濃守義広を双林寺において搦め捕った。五日、頼盛の帰洛に際して頼朝は、頼盛の大納言還任を後白河院に奏上し、所領の回復を認める下文と多くの引出物を与えた。

26伊賀・伊勢両国の平家家人らは、頼朝に助命を求めた頼盛を討つべく、平田入道を大将軍として近江国篠原の辺りで挙兵するが敗れる。

27七月四日、惟盛の北の方は、惟盛からの便りがない事を不安に思い屋島へ使者を遣わした。北の方は、使者から惟盛の入水の事を聞いて泣き悲しんだ。

28屋島にいる平家は、敵軍襲来の噂を耳にして肝を冷やし、一の谷の合戦で一門の人々の多くを失ってしまったことを悲嘆していた。二五日、都落ちから丸一年が経過した平家は、何かにつけて伏し沈み、物思いにふけった。

29二八日、治暦四年七月の後三条院の嘉例に従い、大極殿ではなく太政官庁において後鳥羽帝の即位があった。三種神器なくして即位が行われたのは、神武帝以来これが初めてであった。

30八月六日、一谷の合戦の勧賞として、義経は左衛門尉に、九月一八日、範頼は三河

巻十一

守に任ぜられた。

31二一日、範頼は平家追討のために西国へ下向するが、直ぐに屋島を攻め立てる事はせず、播磨国の室・高砂の遊女と遊び戯れて月日を送っていた。平家軍は左馬頭行盛、飛驒守景家を大将軍として備前国小島に、源氏軍は備前・備中両国の境、藤戸の渡に陣をとった。二五日、源氏方の佐々木盛綱は、浦人から小島へ渡れる浅瀬の場所を聞き出し、翌日馬で浅瀬を渡り先陣の功名をあげる。小島の合戦に敗れた平家軍は屋島へ引き返した。源氏軍は、新中納言知盛の守る長門国引島を攻めようと、緒方伊栄(維義)の援軍を得て豊後国へと渡った。

32一〇月になり、平家は屋島で冬を迎えた。知盛は、都を懐かしむ歌を詠んだ。

33一〇月二三日、都では御禊の行幸があった。二五日には豊御衣浄《とよのみそぎ》があり、節下は徳大寺実定が勤めた。

34一一月一八日、相次ぐ合戦によって多くの人民百姓が困窮する中、大嘗会が行われた。

35頼朝は、後白河院に対して除目、平家追討、宗教政策について奏上した。

1元暦二年一月一〇日、義経は平家追討の決意を奏聞、宿所で味方を鼓舞する。平家は屋島で三年来の漂泊を歎く。一三日、義経軍は渡辺へ、範頼軍は神崎へ向かう。

2一四日、三種神器奪還の為、伊勢・石清水・賀茂へ奉幣使を立てる。一五日、範頼

3判官与梶原逆櫓立論事
4判官勝浦ニ付テ合戦スル事
5伊勢三郎近藤六ヲ召取事
6判官金仙寺ノ講衆追散事
7判官八島ヘ遣ス京ノ使縛付事

屋島合戦
8八島ニ押寄合戦スル事

軍は神崎から長門国へ向かう。
3義経は四国を目指し、大物浦で船揃えする。梶原景時が逆櫓を立てるよう進言するが、義経は反対し、互いに対立する。景時は範頼軍に合流する。
4一六日、北風に変わり好機と判断した義経は、一八日寅刻に重忠らと五艘で出帆を強行、僅か二時で阿波国蜂間尼子浦に渡る。阿波民部成良の叔父能遠が待ち構えていたが、能遠は生け捕られる。義経は勝浦の地名を知り、縁起の良さを喜ぶ。
5坂西近藤六親家から平家軍の布陣を知り、重忠・義盛等七騎は屋島へ先行した。
6義経一行は金仙寺観音講の座に乱入し講衆が逃げ出した。酒宴となり興に入った義経は講衆に三十両を授ける。
7義経は、源氏上陸を伝える宗盛宛書状を帯した使者を捕らえる。源氏はその日、阿波と讃岐の境、山口に陣取る。
8翌日、田内左衛門成直を大将軍とする屋島の城を攻める。義経軍接近の報に一門は乗船する。惣門前の渚に源氏七騎が到着し、義経は「返せ」と呼びかけ、宗盛は教経に応戦を指示、畠山重忠以下七騎が名乗り、両軍遠矢の戦いとなる。義経を守るべく佐藤三郎兵衛継信・四郎忠信、後藤兵衛実基・子息基清らが奮戦する中、継信が射られた。首を取ろうとした菊王丸が忠信に射殺され、教経はその遺骸を船に投げ入れた。虫の息の継信は、無念の思いを義経に遺言して絶命する。義経は秘蔵の馬「大夫黒」を料として後世を弔う。勝浦の源氏勢が合流し、折からの霞に源氏勢を大軍と見た平

9余一助高扇射事

10盛次与能盛詞戦事

11源氏ニ勢付事
付平家八島被追落事

志度合戦

12能盛内左衛門ヲ生虜事

平家追討の吉兆

13住吉大明神事
付神宮皇后宮事

家は海上へ退却した。

9平家方より船一艘が寄せ、船べりに立てた扇を射よと誘う。那須余一資高が射手に命じられ、悪条件を克服して見事に鏑矢を的中させた。両軍感歎の中、舳先で舞った平家の老武者を資高が射殺する。丹生屋十郎が悪七兵衛景清に錏を引きちぎられる。平家二百余騎が上陸、源氏三百余騎と戦う。義経は海に落とした弓を危険を冒して拾い、味方に咎められる。自身の弓の貧弱さが後に敵味方の語り草とならぬための行動と弁明する。その夜は膠着状態だったが、寅剋に義経が攻めた。

10越中次郎兵衛盛次は義経の素姓を批判、伊勢三郎能盛（義盛）は北陸合戦での平家軍の敗走を非難して「詞戦」となる。平家の奮戦に源氏は多く討たれた。

11天候に足止めされていた源氏勢、白鶏勝利の鶏合の結果に従った熊野別当堪増軍、河野通信軍らが義経軍に加勢、平家は海上へ逃れ、義経軍は屋島に三日間逗留した。

12成直の捕縛を命じられた能盛は、僅か十五騎で成直軍三千余騎と対峙、父成良が降人となったなどと騙《かた》り、成直は降人となった。父成良はこれを知って源氏に寝返り、九国勢も源氏に靡き、平家は海上を漂い、歎く。

13三月一九日、住吉神主長盛は一六日丑刻神殿から西方へ鏑矢が飛んだと院に奏聞した。院は神功皇后が住吉・諏訪両神を艫舳に立て、新羅征伐を遂げた先例を想起し、頼もしく感じ入る。臨月の神功皇后は、三韓出征時、胎児に宣命を下し出産を二ヶ月延ばした。皇子とは応神天皇であり、今の八幡大菩薩である。

檀浦合戦

14平家長門国檀浦ニ付事

15檀浦合戦事
付平家滅事

14範頼は長門国で待機、緒方三郎惟栄（維義）は大陸へ渡る海上を封鎖した。知盛は運命が尽きたと察知、兵を唐船に忍ばせる陽動作戦を謀る。義経軍は赤間関に着く。15三月二四日、檀浦（壇浦）で両軍数十万騎が鬨を作って開戦。知盛は義経誅伐と東国勢攻略を下知、成良の返忠と成敗を宗盛に進言した。成良が召されたが、宗盛は戦意高揚を促すのみで不処分とした。平家は山鹿藤次秀遠を一陣、成良の四国勢を二陣、平家公達を三陣、菊池・原田の九国勢を四陣に布陣する。成良が平家軍を離脱し、船の陽動作戦を暴露する。兵船を攻撃され女房達が騒ぐが、知盛は冷静に戯言を言う。戦況不利を察した義経が八幡大菩薩を礼拝したところ、白雲下って白旗となり、さらに海面で白海豚となる奇瑞が起きる。海豚の群れが平家方に向かう。宗盛は清基に尋ね、海豚の船下通過を以て敗戦の予兆と知る。二位殿は命運をさとり、宝剣・神璽を携え安徳帝を連れて船端に立つ。行先を尋ねる先帝に「極楽」と答え、来世引接を祈念し共に入水した。女院も跡を追うが、渡辺番・昵父子に引き揚げられる。内侍所を納めた唐櫃を開けようとした兵が鼻血を流す霊験が起こる。先帝入水の報に、教盛・経盛は共に入水、重盛遺児の忠房・資盛・有盛も既に討ち死にしていた。宗盛は逡巡していたところを海へ落とされ、子の右衛門督清宗は追って入水した。清宗は能盛に捕らえられ、清宗を追った宗盛は能盛の船に引き揚げられる。宗盛の乳母子・景経は主を救おうとしたが討たれる。教経は敵を悉く倒して大童となり、生け捕りとして鎌倉へ移送せよと訴えながら義経を追うが、義経の早業に逃げられる。大力の男三人が

生け捕られた一門

16平家男女多被生虜事

17安徳天皇事
付生虜共京上事

三種の神器の行方

18内侍所神璽官庁入御事

19霊剣等事

教経を襲うが、教経は二人を両脇に挟んだまま海に入った。知盛は戦況の始終を見た満足の言葉とともに乳母子・家長と入水、侍六人も続いた。

16義経は生け捕りの交名を注させ大将軍の威風である。宗盛を始めとする三十八人が生け捕り、季貞・盛澄・成良等が降人となり、二十三人の女房が捕らわれた。

17亡くなられた先帝は安徳帝と言い、受禅の日には様々な怪異が起き、在位三年間は前代未聞の三災七難が度重なった。四月三日、義経は三月二四日以来の次第を院に奏聞する。院は五日に藤判官信盛を西国に遣わす。一二日、義経は喪失した宝剣を取り戻すため宇佐宮へ願書を奉じ、安芸前司景弘と海人に捜索を命じた。一六日、義経軍は明石浦に着き、帥典侍と大納言典侍がその悲しみを詠じた。人々は昔の菅原道真以上の苦境に悲嘆しつつ都に上った。

18二四日、内侍所と神璽が都入りし、太政官庁に納められた。神璽は海上から取り上げられていた。

19神代より伝わる宝剣には草薙剣・天蠅斫剣《あまのははきりのつるぎ》・取柄剣《とつかのつるぎ》の三つがある。素戔烏尊が出雲国で取柄剣で大蛇を退治した際、尾の中から取り出した剣が、天孫降臨以来、鏡と共に帝の御守となる天叢雲剣《あまのむらくものつるぎ》である。また素戔烏尊が当地で色々な雲が湧く光景を見て詠じたのが、大和歌三十一文字の起源である。崇神天皇の代、天照大神の社壇に剣が納められた。これを鋳替えたのが今の宝剣である。景行天皇の代、日本武尊は東征出立の際、社壇の天叢雲剣を拝領した。尊は駿河国で賊徒の謀略により火に囲まれたが、剣で草を薙ぎ伏せて難を逃れたので草薙剣と改名された。宝剣は、捜索や祈禱の甲斐なく発見されない。有識の人々は帝運の危機には至らぬと述べ、ある儒士は出雲国の大蛇が安徳天皇に成り、失った剣を取り返したのだとも言った。

戦後の諸相

20二宮京ェ帰入セ給事

20即位の可能性もあった高倉宮の二宮が帰洛し、人々は無事を喜ぶ。

21平氏生虜共入洛事

21二六日、生け捕られた平家一門が入洛、大路を渡される。大勢の見物人が集まり、法皇・公卿・殿上人らも見物した。六条堀河の義経宿所で宗盛父子は共に泣き伏した。

22建礼門院吉田へ入セ給事

22建礼門院は上洛し、東山吉田辺の法橋慶恵の房に入り、悲しみに沈んでいた。

23頼朝従二位シ給事

23二七日、頼朝は宗盛追討の勧賞として従二位に叙せられた。

24内侍所温明殿入セ給事

24その夜、内侍所が温明殿に入って三晩の臨時神楽となり、多好方は勅命により神楽の秘曲「弓立客人」を演じた。

25内侍所由来事

25内侍所は、天照の天磐戸隠れの折に鋳られた鏡の一つ。代々伝わり、近年温明殿に据えられるようになった。天徳四年の内裏焼亡の折は、自ら脱れて小野宮殿実頼の袖に宿った。

26時忠卿判官ヲ聟ニ取事

26平時忠は、頼朝の鎌倉方に読まれては困る書状を収めた革籠を取り返そうと、義経に姫君を差し出した。義経は姫を愛し、革籠を返却する。直ちに革籠は焼却された。

27建礼門院御出家事

27五月一日、建礼門院は阿称房印西を戒師として出家、安徳帝の形見である御衣を布施とした。比類ない出家の志であった。今年で二十九歳となる若さと美貌を捨て、出家した功徳は後世安楽を保証するほどと見えたが、過去を追慕する歎きの涙は止まず、

28重衡卿北方事

29大臣殿若君ニ見参之事

生け捕りの一門、鎌倉へ

30大臣殿父子関東へ下給事

31判官女院ニ能当奉事

32頼朝判官ニ心置給事

33兵衛佐大臣殿ニ問答スル事

一門の処分

34大臣殿父子幷重衡卿京へ帰上事
付宗盛等被切事

硯箱の蓋に歌を記す。

28重衡の北の方は日野の地に隠棲していたが、再会の希望はなく、泣くばかりである。頼朝よりも義経の功績を讃える都の評判に、鎌倉の頼朝は義経を非難した。

29生け捕りの中に五歳の童と記された者は宗盛の子で、母の北の方は産後七日で亡くなったが、宗盛は「副将」と名付け大切に育てると誓っていた。翌朝の関東移送を前に宗盛は、副将との面会を願って許される。

30七日暁、義経は生け捕りを連れて関東に下向した。河越小太郎は副将を桂川で溺死刑にする。宗盛は都を出て、東海道の関・宿所・景勝地の故事を偲びつつ、鎌倉に向かう。道中、宗盛は命乞いし、義経は助命を嘆願しようと告げた。

31義経は情けある人で、女院に対して身の回りの心遣いをして、先帝の形見も全て返却する。女院は形見を見て、なおも悲嘆に暮れる。

32一七日、宗盛父子ら生け捕り一行は鎌倉に到着する。頼朝は義経と打ち解けず、義経には金洗沢での待機を命じ、その後鎌倉に入れなかった。

33頼朝は宗盛と対面し、以前平家に助命された自身には私の意趣なく、平家追討は院宣によると告げた。宗盛はただ畏まっていたが、清宗は毅然と自らの斬首を促した。

34二七日、「文治」と改元。父子共に自害する様子なく、六月九日、義経は生け捕りを連れ京上する。篠原到着後、父子は別にされる。宗盛は本覚房湛敬から授戒、なお念仏を中断し清宗のことを尋ねつつ、重代の家人橘三郎公忠に斬られた。清宗は父の

35重衡卿日野ノ北方ノ許ニ行事

36重衡卿被切事

37北方重衡ノ教養シ給事

38宗盛父子ノ首被渡テ被懸事

39経正ノ北方出家事
付身投給事

最期を聞いて安心し、堀弥太郎に斬られた。頸は義経が都へ送り、骸は橘公長によって父子とも一つ穴に埋められた。

35南都の大衆へ引き渡される重衡は奈良へ向かう。途中、日野の北の方との面会を許され、思い残すことなき心境を語り、後世の弔いを頼む。北の方は一夜の逗留を乞い、着替えを勧める。重衡は別れに一首詠じ、北の方は夫の小袖を形見と慕う。重衡は意を決して発つが、北の方は悲歎し悶え焦がれる。北の方は木公（木工）馬允時信らに遺骸の回収を依頼し、法戒寺から上人を請じて出家する。

36南都大衆らは重衡南都下向の報に、斬首は武士に任せ、奈良坂での懸首を決定する。重衡は近隣から阿弥陀三尊を請じて手に糸を結び、十念を唱えて、木津川畔で斬られた。

37信時らは骸を日野に持ち帰り、遺骨は高野に送った。首は南都大衆によって晒されたが、北の方が春乗房（俊乗房）上人から乞い請けたので高野に送られた。

38二三日、宗盛父子の首は大路を渡され獄門に懸けられた。生前死後の恥はどちらも劣らぬ様であったが、殊に三位以上の人の懸首は先例のないことであった。

39経正の六歳の若君も斬首された。若君を追慕する北の方は、首を懐ろに入れ続けたため、「髑髏尼」と呼ばれ、遂には渡辺川に入水した。女院の吉田での仮居は六月半ばに至り、一門の処分などを身近に聞くにつれ、深山に身を移そうと思われた。

巻十二

大地震

戦後処理と大仏開眼

平家残党の運命

1平家が滅び西国も鎮まった文治元年七月九日、都を大地震が襲った。建物はみな倒れ多くの人々が死に、被害は甚大だった。これほどの地震は初めてで、人々は平家の怨霊の仕業だと噂した。

2この地震の時に、比叡山に龍が降りてきて、昔、雷が持ち去った瑪瑙の扉を返し、そのかわりに七宝の塔婆に安置してあった仏舎利を持ち去った。衆徒の夢にあらわれた水海の龍神は、それが伊勢の海の龍の仕業だと伝えた。

3建礼門院は、そのころ吉田におられたが、住まいも地震によって被害を受け、心細さが増すばかりであった。

③八月一日には東大寺開眼の宣旨が下された。同二八日には、後白河院の臨席の下、大仏の開眼供養が執り行われた。

4八月一四日の除目では源氏の六人が恩賞として受領になったが、義経に与えられたのは伊予国のみで、義経の不満が募っていた。頼朝が義経を討つのではないかという噂も広まっていた。

6九月二三日には、平家の生け捕りたちがそれぞれの配所に送られた。

7①生け捕りのうちの一人である時忠から使いを送られた建礼門院は、彼の遠方への配流をさとり思いに沈む。時忠は清盛にとっては義弟でもあったため、官位官職は思いのままであった。心猛き人で、非情な行いも多かったので、後白河院も故建春門院の兄弟ではあったが配流なさったのだということだ。

7②建礼門院小原へ移給事

⑦阿波民部幷中納言忠快之事

頼朝と義経の対立

8判官与二位殿不快事

9土佐房昌俊判官許へ寄事

10参河守範頼被誅給事

11原田大夫高直被誅事

7②そのころ建礼門院は、都に近い吉田から北山の奥小原の寂光院に移った。到着した夜は、日頃の嘆きから絶入なさるほどであったが、小原での女院の寂寞とした暮らしが始まったのである。

⑦阿波民部成良は鎌倉で殺された。門脇中納言の子の忠快が斬られる寸前には、頼朝の夢に大日如来が現れ、忠快の首を斬るなら頼朝の首も斬ると、杖で頼朝の首を押さえつけた。覚めて後、忠快の信仰の深さに感じ入った頼朝は、許して京へ送り返した。

8一〇月に入り、頼朝と義経の不和が伝えられた。そもそもの発端は、舟の逆櫓をめぐる梶原との対立だという。義経は法皇から頼朝追討の宣旨を受け取った。

9頼朝は土佐房昌俊を刺客として送り込んだ。怪しんだ義経は弁慶に昌俊を迎えに行かせ、対面する。昌俊は、義経の前では潔白を証するために七枚の起請文を書き、そのうち一枚を焼いて飲んで見せたが、宿所に戻ると夜討ちの支度を始めた。胸騒ぎを覚えた義経が出陣、昌俊は敗走して鞍馬に逃げ込むが、義経によしみのあった鞍馬の大衆がこれを捕らえて差し出した。

10昌俊の失敗を聞いた頼朝は、別の一手として三河守範頼を大将軍として上京させることにした。頼朝に義経の二の舞をするなと警告された範頼は千枚の起請文を書くが、結局頼朝によって討たれる。代わって北条時政が三万余騎を従えて都に向かった。

11かつて平家に加担した原田高直は一縷の望みを持って降参してきていたが、一一月一日に斬られた。

12九郎判官都ヲ落事
13義経可追討之由被下院宣事
14諸国ニ守護地頭ヲ被置事
15吉田大納言経房卿事
六代捕縛
16平家ノ子孫多ク被失ハ事
17六代御前被召取事

12義経は都での合戦を避け、院宣を手に西国へ下ろうと大物浦から出航しようとするが、折からの大風で叶わず、摂津国の豊島冠者らに敗れて吉野山に逃げ込む。最後まで付き従っていた静は都へ帰されるが、義経がつけた郎等に途中で裏切られて蔵王堂に逃げ込み、吉野法師に送られて都に戻った。

13一二月六日には、今度は義経追討の院宣が出された。

14同七日、北条時政が上洛して頼朝の意志を伝え、諸国に守護地頭を設置することが許された。

15そのころ中納言だった吉田経房は、時の権力者に諂うこともない立派な人で、平家の世の時も重用されていたが、頼朝の奏聞もこの方が取り次ぐようになり、後白河院が病気になられた後も、この方に様々仰せ置かれたとのことであった。

16頼朝や北条は各地に潜んでいる平家の子孫の捜索に勧賞を懸け、七十人ほどが捕らえられ殺された。

17中でも惟盛の長男六代の捜索には力が注がれた。大覚寺の北に隠れ住んでいる事がわかり、北条は自ら逮捕に向かった。母上は離そうとしなかったが、若君が母を慰め、自ら出頭していった。斎藤五と斎藤六の兄弟が若君に付き従った。乳母の女房は思いあまって六波羅の方に尋ねていこうとしたが、その道すがら、やはり養君を北条に捕らえられたという尼にあい、高雄の文学（文覚）上人に頼むことを勧められ、連れだって文学に頼み込む。連れ去ったのが北条だと知った文学は助命を引き受け、さら

18六代御前関東へ下給事

19六代御前被免給事

20六代御前大学寺ヘヲハスル事

21斎藤五長谷寺へ尋行事

行家・義憲の最期と六代の熊野参詣

22十郎蔵人行家被搦事
付人々被解官事

に若君と対面してそのたたずまいに魅入られ、よしみのある頼朝に助けを求めに行くことを決意する。斎藤五は母上にそのことを報告、母上は乳母と手をとりあって喜んだが、約束の二十日間を過ぎても何の音沙汰もなく、再び不安がつのる。

18一二月一六日に、北条は六代を伴って六波羅を出立し東に向かった。斎藤兄弟も泣く泣く同行した。六代は不安な旅を続けたが、とうとう駿河国千本松原で斬られることになった。

19しかし、その場に文学が到着し、六代を許すという内容の頼朝からの文を見せる。こうして六代は京に戻り、文学の宿所に到着した。

20夜になって六代は大学寺（大覚寺）を訪ねたが、そこには母達の姿はない。長谷寺に行ったという噂に斎藤五は奈良に向かい、六代は高雄に戻った。

21斎藤五は観音経を読んで通夜している母達を探し出した。六代の無事を告げると観音の利生と、この上なく喜んだ。大覚寺の住まいに戻ると六代が会いに訪れる。互いに尽きせぬものは涙ばかりであった。一二月一七日に義経と関わりのあった公卿たちの解官が発表された。同三〇日には解官と配流の宣旨が下った。その前の二七日には、頼朝が議奏に関わる人の交名を注進した。兼実、実定等の名があった。

22その頃行家とその兄義憲が河内国に隠れているとの情報が北条に届いた。北条は都の警備に置いた甥の平六時定に命じて捜させる。和泉国八木郷にいることがわかり、常陸坊昌命という西塔法師を派遣した。行家と昌命は組み合うが、昌命の下郎の宗安

23六代御前高野熊野へ詣給事

建礼門院の隠棲と後白河院の訪問

24建礼門院之事

25法皇小原へ御幸成ル事

26建礼門院法性寺ニテ終給事

平家の残党の討伐

27頼朝右大将ニ成給事

が大きな石で行家の額を割り、首を取った。行家の兄義憲も自害した。二月七日、頼朝が兼実を摂政に推薦し、内覧の宣旨が下った。

23六代は、父に似てすべてに優れた青年に成長していった。母上は早い出家を望んだが、文学上人が惜しんでさせなかった。十六歳になった年に、文学に別れを告げ、山伏の姿になって高野山へ行き、父の最期に立ち会った瀧口入道に会い、さらに熊野へと足を延ばして父を偲んだ。そののち高雄で出家し三位禅師と名乗った。

24建礼門院は、出家後、小原の奥の寂光院におられた。

25文治二年の四月、後白河院がお忍びでその寂光院をお訪ねになった。わびしい住まいの様子などをご覧になっていると、後ろの山から、女院が墨染めの衣をまとい、花を持っておりてこられた。思いもかけぬ後白河院の訪問に驚かれる女院であったが、やがて、問われるままに自らの来し方を六道に喩えて語るのであった。長い物語がようやく終わる頃、寂光院の入相の鐘が鳴り、後白河院は名残を惜しみつつ還御なさった。

26その後法性寺に移って、承久の乱など都の様子に心を痛めていた女院であったが、貞応三年の晩春に六十八歳の生涯を閉じられた。その時紫雲がたなびき、雲の上に音楽が聞こえた。往生は疑いない。

27建久元年一一月、頼朝は大納言と右大将を拝任したが、すぐに両職を辞して鎌倉に戻った。同三年三月一三日に後白河院がお隠れになった。

28薩摩平六家長被誅事

29越中次郎兵衛盛次被誅事

30上総悪七兵衛景清干死事

31伊賀大夫知忠被誅事

32小松侍従忠房被誅給事

28同六年三月一三日に、東大寺大仏の供養があり、頼朝は南都に赴いたが、集まった人々の中にいた怪しい者を捕らえたところ、平家に仕えていた薩摩平六家長という者だった。家長は後に都で斬られた。

29越中次郎兵衛盛次は但馬国の気比権守道弘のもとに匿われていたが、通っていた女を通じて在所が知れてしまった。頼朝の命で、召し捕られて鎌倉に送られ、遂に斬られた。

30上総悪七兵衛景清は降人になって和田義盛に預けられていたが、不遜な態度で義盛を手こずらせていた。後に出家し常陸の国にいたが、東大寺供養の七日前から断食し、供養の日にとうとう死んだ。

31建久七年七月一〇日、法性寺一橋のあたりに謀叛者が立て籠った。大将軍は伊賀大夫知忠という二十歳の若者で、故知盛の子であった。後藤基綱が派遣され、散々に戦ったが平家方が敗れた。頼朝が知忠の首を、七条の女院に仕えているその母に見せたところ、泣く泣くそれとみとめたのであった。

32重盛の子息の忠房が、紀伊国の湯浅宗重の許に隠れているとの噂が広まり、周辺にいた平家の家人たち五百人ほどが集結してこもった。頼朝はこれを知り熊野別当堪増を派遣したが、湯浅の城も、立て籠っていた者たちも屈強で攻めあぐねていた。そこで、兵糧攻めに転じたところ、皆落ちていった。頼朝は忠房らをだまして降参させ、結局近江の瀬田で斬った。

33土佐守宗実死給事

34阿波守宗親発道心事

35肥後守貞能預観音利生事

文学・六代・法皇・頼朝のその後

36文学被流罪事
付文学死去事
隠岐院事

33また、重盛の末子の宗実は、平家滅亡後養家を出され、東大寺の春乗坊（俊乗坊）上人を尋ねて弟子入りを請い、後には高野山蓮華谷で生蓮房といって暮らしていた。しかし忠房の事件があったために鎌倉に連行されることになり、その途中飲食を断ち、足柄山関本というところで亡くなった。

34阿波守宗親という宗盛の末子は、平家滅亡後出家し、高野山や唐の国で修行を積み、帰国後は都から遠く離れて住んでいた。妹の理円坊という尼が気にかけていたところ、神崎の辺りでみすぼらしい姿でみつかった。喜んだ妹は山里に庵を結び小法師をつけて住まわせたが、ある日いなくなった。彼は居所も定めぬ無極の道心者であり、諸国を迷い歩いて平家一門の後世をとぶらったのであった。

35平家重代相伝の家人であった肥後守貞能は、紀伊国に隠れ、かねてからの観音信仰を深めて等身の千手観音を作り朝夕お参りしていた。しかし、とうとう露見して鎌倉に連行されることになり、観音を清水寺にお送りした。貞能はついに由比ヶ浜で斬られることになったが何度振り下ろしても太刀が折れてしまう。そのころ頼朝のうたた寝の夢に観音が顕れて自分が身代わりになるから貞能を許すよう語っていた。感じ入った頼朝は貞能を赦し、宇都宮が預かることとなった。そのころ平家の残党の謀叛が相次いだので、人々は六代の事を心配するようになっていた。

36さて、文学（文覚）はもともと心猛き人で、天皇の政治にまで口を出していた。正治元年一月一三日に頼朝が亡くなった後、院勘を蒙って佐渡に流された。一旦は鎌倉の取りなしで高雄に帰されたものの、不遜な態度は変わらず再び隠岐へ流され、そこで亡くなった。その十一年後に栂尾の明恵上人の夢に現れ、廻文を認《したた》めるための紙を所望したので、明恵は高雄にある文学の墓で紙を焼き上げた。四、五日後、再び明恵の夢に現れた文学は承久の乱を予告して消える。後鳥羽院の御謀叛は文学の霊の仕業だということだ。

37六代御前被誅給事

37文学の死後、高雄に戻っていた六代御前は、召し捕られて駿河国千本松原で斬られた。これでとうとう平家の子孫は絶えてしまったのである。

38法皇崩御之事

38建久三年三月一三日、後白河院が崩御された。

頼朝の幸運

39右大将頼朝果報目出事

39そもそも頼朝は幸運な人であった。平家を滅ぼし、奥州を鎮め、日本国を立派に治めた。幼い頃に伊豆に流された時は誰がこうした幸運を予想したであろうか。清盛も予想できなかったから赦したのであろう。人間の運命など簡単に決めてかかってはいけないものなのだ。

延慶本平家物語所収文書一覧

巻一

1. 安元三年二月九日付白山宮衆徒衙宛留守所牒状「欲早被停止衆徒参洛事」（二十五）
2. 安元三年二月九日付留守所衙宛白山中宮大衆政所返牒「来牒一紙被載送神輿御上洛事」（二十五）
3. 安元三年二月二十日付山門宛白山衆徒等牒状「欲被裁許奉上白山神輿於山上目代師経罪科事」（廿七）
4. 久安三年四月日付山門の衆徒等の奏状「延暦寺衆徒等解請院庁裁事」（卅）
5. 久安三年四月二十七日付山門の衆徒宛院宣（平泉寺は白山の末寺たるべし）（卅）
6. 安元三年四月二十日付執当法眼御房宛院宣（加賀守師高流罪）（卅九）
7. 同院宣の禁獄人交名尻付（卅九）

巻二

1. 平重盛宛平判官康頼書状（廿七）
2. 熊野権現への平康頼祭文（卅）

巻三

1. 治承三年二月二十六日平宗盛の大納言大将辞任上表（十四）
2. 治承三年四月日付異朝の大王宛平重盛寄進状（廿三）

巻四

1. 治承四年四月日付源頼朝宛以仁王令旨（清盛および従類追討）（八）
2. 治承四年五月日付源頼朝施行状（源氏糾合）（八）
3. 治承四年五月十七日付山門宛園城寺牒状「欲殊致合力被助当寺仏法破滅状」（十四）
4. 治承四年五月十七日付興福寺宛園城寺牒状「請蒙殊合力被助当寺仏法破滅状」（十四）
5. 治承四年五月二十一日付園城寺宛興福寺返牒「被載来牒一紙為清盛入道静海欲滅貴寺仏法由事」（十四）
6. 治承四年五月日付東大寺宛興福寺牒状「欲早駈末寺末社被共奉今明中発向洛陽救園城寺将滅状」（十四）
7. 治承四年五月十六日付天台座主御房宛院宣（以仁王への加担制止）（十四）
8. 治承四年五月二十二日付山門宛院宣（園城寺への荷担制止）（十四）

巻五

1. 治承三年三月日付勧進僧文学敬白「請蒙殊貴賤道俗助成高雄霊地建立一院令勤修二世安楽大利子細状」（四）
2. 治承四年七月六日付源頼朝宛院宣「可早追討清盛入道幷一類事」（八）
3. 同院宣異本所収院宣（平家追討）（八）
4. 治承四年九月十六日付官府宣「可早追討伊豆国流人源頼朝幷与力輩事」（廿一）
5. 治承四年九月二十八日付高倉上皇厳島願文（廿八）
6. 治承四年院宣（円恵法親王天王寺別当停任）（卅一）

7．治承四年七月日付山門の大衆法師等奏状「請被特蒙天恩停止遷都子細状」（卅六）
8．治承四年十一月八日付宣旨（源頼朝追討）（卅六）

巻六

1．治承五年一月十六日付宣旨（東国源氏追討）（十二）
2．治承五年一月十七日付宣旨（東国源氏追討）（十二）
3．治承五年一月十九日付宣旨（内大臣平宗盛補惣官職）（十二）
4．治承五年二月八日院庁下文（東国・北国の賊徒追討）（十八）
5．治承五年四月十四日付宣旨（高直追討）（廿二）
6．治承五年五月十九日付源行家伊勢大神宮願書（廿四）
7．養和元年十月八日宣下状（朝敵追討の修法）（廿八）
8．養和元年十月十三日宣旨（源頼朝・信義追討）（廿八）

巻七

1．寿永二年四月廿八日付白山への源義仲願書（十）
2．寿永二年六月十日付恵光房律師宛源義仲牒状「奉親王宣欲令停止平家逆乱事」（十八）
3．寿永二年七月日付源義仲宛山門大衆の返牒（源氏への与力）（十八）
4．寿永二年七月日付座主僧正宛平家牒状「可以延暦寺帰依准氏寺以日吉社尊崇如氏社一向仰天台仏法事」（十九）

巻八

1．寿永二年八月日付宣旨（源頼朝任征夷大将軍）（十五）
2．同院宣の請文（十六）
3．同請文の礼紙（十六）
4．寿永二年十一月九日付宣旨（諸寺諸社香花の勤を致すべし）（廿一）
5．寿永二年十一月十一日宣旨（平家の余党追討）（廿一）
6．寿永二年十一月十三日付天台座主宛源義仲怠状（廿四）
7．寿永二年十二月廿一日付延暦寺宛源頼朝牒状「欲被且告七社神明且祈三塔仏法追討謀叛賊徒木曾義仲与力輩状」（卅三）
8．寿永二年五月日付後白河院宛源頼朝奏状（白山宮領安堵）（卅七）

巻九

1．寿永三年二月八日付平内左衛門尉宛熊谷直実書状（廿五）
2．寿永三年二月十四日付熊谷直実宛左衛門尉平家長返状（廿五）

巻十

1．元暦元年二月十四日付院宣（三種の神器の返却要請）（二）
2．元暦元年二月廿八日平宗盛奏状（三種の神器返却拒否）（三）
3．元暦元年三月七日源頼朝宛公家よりの下文（平家ならびに東国の所領処分）（七）
4．源頼朝奏状（諸社諸寺の沙汰など）（卅五）

巻十一

1．元暦二年四月十二日付宇佐宮への後白河院の願書（宝剣帰洛）（十七）

巻十二

1．元暦二年八月一日付宣旨（東大寺開眼事）（三）
2．文治元年十二月六日付院宣（源行家・義経追討）（十三）

研究史

総説

清水由美子

一　はじめに

軍記・語り物研究会が毎年三月に発行している機関誌『軍記と語り物』には、直前の一年間に発表された、軍記や語り物に関する著作や論文のリストが掲載されている。例えば、最新の第四十四号は二〇〇八年三月の発行であるが、二〇〇六年一〇月から二〇〇七年九月までに発表されたものを挙げており、その中で「平家物語」の項にリストアップされている単行本九点のうち二点が書名に「延慶本」とあり、論文八十六本中九本の題名に「延慶本」という語句が入っている。ちなみに、「覚一本」という名が題名に入った論文は一本のみである。もちろん、題名に異本名を断らずに論述した論文で各異本について述べているものも多いであろうし、教材としての読み方などを論じたものは、概ね覚一本を対象としているいると考えていいので、この九本と一本という数字には、具体的な意味など見出せないというほうが正確かもしれない。しかし、やはり、数ある平家物語の異本の中でも、延慶本に関する関心が他に比べても高い、という印象が強い。

こうした傾向は近年に限ったものではない。一九八〇年代にさかんに論じられた延慶本と四部合戦状本（以下、四部本）の古態論争以来の傾向と言ってよいだろう。延慶本が最古態を示す可能性を持つ異本として注目を集めたためである。また、そうした注目に伴い、その記事や説話の持つ歴史的背景や宗教的背景などが、細部についての専門的な考察に応えうるものとして、延慶本を取り上げることも増えてきたのではないかと思う。中世文学研究全体が細分化・専門化していった時期でもあり、そうした流れに沿うものでもあったと思われる。

特に、近年は、本文についても、『校訂延慶本平家物語』に続いて、『延慶本平家物語全注釈』が毎年一冊のペースで刊行され、現在三冊が上梓されている。『大東急記念文庫善本叢刊』のシリーズにおいても、延慶本の影印の覆刻が刊行された。今、延慶本平家物語研究が、平家物語に関する研究の大きな流れの一つであることは間違いない。

平家物語を研究している我々にとっては当たり前のようになっているこの事実をまず確認しておきたいと思う。各種の古典文学の全集や文庫に入って一般読者向けに書店に並び、中学・高校の教科書に採用されているのが覚一本であることを考えると、やはり、この事実は平家物語の研究の現況として特筆すべき事だろうと思う。

『校訂延慶本平家物語』の刊行も、こうした平家物語研究の現況を承けて、さらに広い読者に向けて開かれたテキストにすることを目指してのことである。本書も同様である。従って、この「研究史」ももちろん延慶本を基軸とするものであり、各論において様々な視点からその研究の流れを辿るものであるが、最初に「総説」ということで、平家物語研究全体の中で延慶本に注目が集まることをどのようにとらえるか、ということについての私見を二、三述べてみたい。なお、個別の事象についての詳細な説明や、具体的な著書名、論文名などはいずれも省略した。各論を御参照頂きたい。

二　成立論・古態論・諸本論について

本書所収の平藤・原田・牧野各氏の論文にもそれぞれ記述されているように、延慶本の研究史を辿ろうとする時、水原一氏によって口火が切られた古態論は避けて通れない。平家物語全体の成立や古態に関する研究史へと枠を広げたとしても、ある時期からのそれは延慶本を軸に展開してきた。後出の、増補された一異本とみなされていた延慶本が一躍注目を浴び、研究の主流に躍り出たという感が強い。それは、最も古い形態を見せてくれる可能性をもった異本だという見方に期待が高まったからであろう。そして、水原氏の説話形成論に基づく延慶本最古態説は、それまで多くの研究者の持っていた、むしろ四部本の叙事的で簡潔な表現こそが古態であるという認識と対立し、議論の深まりの中で、古態とは何かという根源的な問題を研究者に突きつけていった。

それ以来、延慶本について論じる時には、扱うものが一つの傍系説話であっても、必ずその記事についての他諸本との先後関係について明らかに出来る範囲を確認してから次の段階に進む、という手順が定石のようになっているように思う。時にそれが四部本を相対化しがちであったことから、軍記作品以外を研究対象とする古典文学研究者から「どうして平家物語を研究する人は延慶本と四部本の比較ばかりするのか」という疑問をしばしば投げかけられたものである。

なぜ、平家物語の研究者は、様々な方法で、現存の本文の中に、成立したての姿を探すことにこだわったのだろうか。頭のかたすみで、その全体像などは永遠に姿を現さず、結局は幻に終わるのではないかという疑念がだんだんふくらんでいくのを感じながら、という研究者も中にはいたのではないかと想像する。

今からおよそ八〇〇年程前のできごとを目の当たりにした人々や伝え聞いた人々の、驚き・悲しみ・同情・鎮魂といった気持ちやそこから得た教訓といったものを、語り伝えたもの、手紙として書き送ったもの、記録したものなどが、そうした体験と直接の関わりを持たない人々にとっても何らかの意味を持つ一つのまとまった物語として、ある次元を超える決定的な瞬間、筆者はその離陸の一瞬を見たいと思う。なぜ、源平の抗争についての記録や伝承が、平家の「物語」になったのか。大仰な言い方になるが、文学というものの持つ意味や意義まで示唆されていそうに思うのである。それは、例えば源氏物語の、紫式部の手によるオリジナルな形を追い求めるのとは、また違った方向から、文学というものの側面、そして本質を見せてくれるように思えてならない。

もちろんこれは筆者の回答であって、なぜ古態にこだわるのかという問いに対する回答は、研究者によって様々だろう。しかし、例えば、平家物語諸本の系統図を描くことができて、その一番上に位置する異本の名前を決められればいいというのではない、何かそれぞれ特別な期待があったのではないかと思う。そのために、古態を探る研究には特別なエネルギーを傾けた研究者が多かったのではないだろうか。

そのエネルギーが、延慶という年号の入った奥書を持ち、覚一本の洗練された文体とは遠く、雑多な記事が並ぶ延慶本に向けられたのは、当然だったと言えるかもしれない。そのうち、現存の応永書写の延慶本の中に、鎌倉時代も後半の、または室町時代に近い色合いを持つ部分が見出されはじめ、櫻井陽子氏の実証的な論証によって、そのすべてが延慶書写時のものであって諸本の中で最古態であるという可能性は否定されたとしても、結局、そうした出発の時の形の一部分を延慶本に求める作業は続けられるであろうし、そうした作業によって成立時の形に限りなく近い平家物語の様相が明らかになる日もくるだろう。

しかし、これからの平家物語の成立論・古態論・諸本論はそれのみを目指すものでいいのだろうか。応永書写延慶本に延慶書写時とは違う形の記事が書き込まれ、または書き換えられている部分があるということを証明したのは、本文細部の検討によってであった。長門本、源平盛衰記、覚一本などとの本文の比較検討によって、現存延慶本の素性がだんだん明らかになってきている。中でも、先ほど触れた櫻井氏の論証は、書誌的な再検討によって、覚一本に近い本文の混入が明らかになるというものであった。それは、虚心坦懐に伝本に接することの重要さを再確認させるものであったとともに、各本文の部分的な古態性の追究の積み重ねによってしか、その諸本の古態性について語ることが出来なくなっていることをあらためて認識させるものでもあった。

ただ、そうした積み重ねの果てに、古態とは何かという問題に対する解答は用意されているのだろうか、と考えてしまうのである。渥美かをる氏や山下宏明氏、信太周氏らが四部本に認めた素朴さや記録性や叙事性を古態と見る見方、または、水原氏が主張した説話形成論に対して我々は回答を用意できているのだろうか。いずれかの一異本全体を古態と認定することが不可能だということと、彼らが提唱した古態というものの定義の是非は、無関係なのではないだろうか。部分的な本文の比較検討といった作業とは別の次元で、平家物語における古態とは何かという根源的な問題についても考え続けなくては、平家物語が「物語」として成り立った一瞬はいつまでも見えてこないようにも思う。その意味で、四部本古態説あるいは延慶本古態説とされる諸説が提唱されたことの、変わらぬ価値を確認したい。また、延慶本古態説が平家物語研究全体に与えたインパクトも見逃せない。これをきっかけに、平家物語の持つ魅力に改めて引き寄せられた研究者も多いはずである。増補・雑多などという先入観を取り払って延慶本を読み直すことは、覚一本などの洗練された物語世界とは違う魅力を見出すことにつながり、研究全体を活性化したのである。

三　歴史・宗教・思想などの研究について

延慶本は膨大な量の記事、説話を持つ。物語の本筋を離れるものも多く、平家以外の、源氏方の人物やそれ以外の人についても饒舌に語る。牧野論文に詳説されているように仏教関連のものが多いのが他の諸本と比べても特徴的であるのだが、それ以外にも神祇信仰に関するもの、和歌説話、女性説話など、様々な話が盛り込まれている。そのことも延慶本の魅力であると言える。延慶本は、そうした意味でも研究材料の宝庫なのである。

物語の本筋からの連想といった形で展開することが多い説話は、一見、平家物語としての主題や構想からは無関係のように見えるが、逆にストーリーの束縛を受けないからこそ、それを読み解くことで、延慶本が成立し流動していった時代の社会の様相を如実に教えてくれる話が多い。史実ではない作り話であっても、その話が作られたという事実や取り込まれたという事実は歴史の一断面を必ず語っている。記録や書状などといった史料ではわからない、当時の人々の精神生活の実際が見られることも多いと思う。その意味で、延慶本は精神史、宗教史、思想史などの貴重な資料でもあるのだ。そして、これまで、延慶本研究によって、仏教に関わる史実を中心に多くの指摘がなされ、中世社会の様々な様相が明らかになってきた。

これは延慶本に限ったことではないが、平家物語の記事や説話からその歴史的背景を探る研究は、一見、平家物語の作品論からは拡散し、歴史の一つの事実を指摘するのみのように見える。しかし、やはり、最後は平家物語論に収斂し得るものだと思う。なぜならば、そこで示される社会は、とりもなおさず、平家物語を享受し、育んだ社会だからである。平家物語の成立・流動に関わった複数の人物は必ず、平家物語を読み、聞き、その一部を絵画化したものを見た同時代の人々の反応を頭の片隅で意識しつつ、手を加えていったことだろう。時に、それは一部の限定された地域や限定された階層の人たちであった場合もあり、ある宗教の教えに聞き入る人たちであった場合もあるかもしれないが、平家物語の成立・流動に、その時代の人々の実状が反映されていることに違いはない。したがって、平家物語研究にとって、そうした享受者たちの実状の究明は欠かせない大きな要素となる。

その意味で、今後も、平家物語諸本の中での延慶本研究のもつ意味や期待される成果は大きい。成立論、古態論、諸本論、と相互に関連しつつ、さらに広く様々な中世社会の様相を明らかにしていくことができるだろうと思われる。

四　今後の課題について

以上述べたような理由で、平藤・原田・牧野各氏の論文でまとめられたこれまでの延慶本研究の流れは今後も変わらず継承されていき、平家物語研究の主流であり続けると思われる。我々は、明日も、延慶本の本文を読解し、他の諸本と比較し、史実との距離を計り、その背景となった歴史事実や社会状況、宗教的立場について様々な考察を試みるという作業を続けていくことだろう。

しかし、さらなる進展のためには、それと同時に、これまであまり試みられなかった方法を取り入れる努力もなされなくてはならない。

例えば、松尾葦江氏を代表者とする「汎諸本論構築のための基礎的研究――時代・ジャンル・享受を交差して――」（平成十六年度〜十八年度科学研究費補助金　基盤研究（C）課題番号16520112）の取り組みなどは、諸本研究における新しい試みとして評価されるべきだろう。平家物語の諸本の流動を、同時代におこっていたであろう他ジャンルの文学作品の動向と連動するものとしてとらえるというのはこれまでなかった方法である。先に述べたように、諸本の流動は必ずその時代の状況や、その時代の人々の求めるところの影響を受けている。同じ時代に読まれた他のジャンルの作品も同じ歴史的状況の中にあったのであるから、いくつかのジャンルの作品を横に並べてみることから分かってくることは多いはずである。今後もそのような試みを続けることで大きな収穫が期待される。

また、新しい方法の開拓という意味で、今回、国語学の吉田論文、歴史学の松島論文が寄せられたことの意味は大きい。

まず、国語学に関して言えば、山田孝雄以来、鎌倉時代の言語を残すとして延慶本が注目されていたことはよく知られていたし、国語学の成果を取り入れようとする国文学研究者の意識は高かったとは思うが、二つの分野の研究者が共同で何らかの成果を目指そうとする試みは、これまであまり多くはなかったと言えるのではないか。その意味で、吉田氏の「各テキストの性格付けは諸本論の成果を援用するよりも、語学的立場から諸本論へ発言する方向で考えたほうがよいと思う。」という発言は非常に重い。

確かに今回の応永書写延慶本の翻刻・校訂の作業においても、国語学の成果の援用が不可欠であることを実感する場面が多かった。また、例えば変則的な漢文体で書かれた四部本や源平闘諍録などを読み進めようとする時には、国語学の知識や研究方法の援用が特に不可欠である。特異な用語・用字はその異本の成立の場や時期をどの程度の範囲で限定してくれるのか。特異な言葉遣いは、その成立に関わった人々の、当時の社会における階層を指し示しているのか、あるいはまた、ある地域に独自のものなのか。こうしたことの解明に関して、国語学の研究は、われわれ国文学研究者を遮る扉を開けてくれることになるのではないだろうか。

延慶本を国語学と国文学の研究者が同じテーブルで読解していく、などという機会を熱望するのは私だけではないのではないか。少なくともその有効性や必要性は認めてもらえるだろう。

同様に、歴史学における研究とのさらなる情報の共有も求められている。実のところ筆者は、松島論文を一読するまでは、歴史学の論文において、「平家物語の中で最も古態を示す」という冠を付けられた延慶本の記事が、史実であるが如く引用されている事が多いような漠然とした印象を持っていた。そうした印象に反して、松島氏が専門分野が異なる平家物語諸本研究の動向に注意を払っておられることに、大きな敬意を持ったのであるが、同時に、松島論文で詳細に論じられた、例えば、延慶本に引用された文書の検討など、延慶本研究それ自体に大きな意義を持つであろう成果が、国文学研究者に提供されるもっと太いパイプがほしいとも切実に思ったのである。

国語学にしても、歴史学にしても、そこでの研究成果は実証的であるという特長がある。それが、国文学研究にとって大きな力を与えてくれることは間違いないであろう。

もちろん、国語学・歴史学との研究の共有を図る試みはこれまでもなされてきている。軍記・語り物研究会の例会・大会などでも、そうした企画が度々実現して大きな成果をもたらしているし、『延慶本平家物語全注釈』にしても、これらの分野での研究の最新の成果を積極的に取り込もうとしているように見受けられる。今後もこうした交流から多くの成果がもたらされることが期待できるだろう。さらに考えれば、延慶本研究に資する研究分野は他にもあるかも知れない。もっと、広く、多くの学問の領域を越境した延慶本研究が望まれる。

五　おわりに

改造社や勉誠社から出版された延慶本の翻刻は、長くよりどころとして延慶本研究を支えてきた。初めに述べたような延慶本の本文をめぐる現状を考えれば、『校訂延慶本平家物語』の完結した今、延慶本研究は一つの画期を迎えているといってもよいだろう。研究者は数種の翻刻を比較検討でき、大学でも手軽にテキストとしての延慶本を手に取れる環境となった。長きにわたる研究の積み重ねが、こうした状況を作ってくれたと感じざるを得ない。延慶本を読み解く膨大な試みの一つ一つが研究の土台を築いてくれ、この手強《ごわ》いとも思われた平家物語の一異本を身近な存在にしてくれたのである。

この土台の上で延慶本研究はこれまで以上のスピードで展開していくだろう。考えてみれば、延慶本はその分量の多さや雑多な記事の多さから、文芸的に高度な達成をとげていると言われる覚一本の対極に位置づけられがちだったが、延慶本には延慶本なりの物語世界がある。多方面にわたる詳細な研究を積み上げて、覚一本のそれに匹敵するような作品論を構築していく作業は、その行く手の遠さを想像すると、始まったばかりとも言えるかも知れない。

しかし、また、延慶本研究が延慶本研究として完結してしまっていいのか、とも思う。初めに述べたように、今延慶本を手にするのはほとんどが研究者か大学生・大学院生であろう。あいかわらず、一般に広く知られているのは覚一本の平家物語だし、覚一本の完成度を考えれば、今後もこうした状況に変わりはないと思われる。そうした中で延慶本を読み、研究することの意味は問われ続けられなくてはならないだろう。古態論・諸本論の中で延慶本の位置づけを確認しつつ、延慶本研究から得られる成果や情報を平家物語論の中でも意義あるものにしていくことが最終的には求められていると考える。道のりは遠い。

成立論と古態論

平藤　幸

一　成立論

『平家物語』（以下『平家』）の成立に関しての中世における代表的言説としては、『徒然草』第二二六段がある。そこに伝えられる、「後鳥羽院の御時」の信濃前司行長・生仏合作説は、近代以降の『平家』研究においても重要視され、行長と生仏の人物比定も熱心に行われることとなる。この他中世には、『尊卑分脈』が伝える葉室時長作者説、『醍醐雑抄』が伝える「佐渡院（順徳）之御時」の時長二十四巻本作者説、「後嵯峨院御在位之時」の時長・源光行合作説ならびに吉田資経十二巻本作者説、『臥雲日件録抜尤』が伝える菅原為長・性（生）仏合作説（文安五年〈一四四八〉八月十九日条）ならびに悪七兵衛景清・平時忠・為長・玄会（恵）合作説（文明二年〈一四七〇〉正月四日条）、『平家勘文録』が伝える六人作者説（うち四人が信西子息）等の伝承がある。いずれも関心は作者自体に向いており、現存諸本の何れを対象とした立言であるかも分明ではなく、信憑性に疑問を抱かざるをえないものである。

近世には、林羅山『徒然草野槌』が「凡此物語に数本有」として、盛衰記の他に長門本や「和州より来る本」の存在を挙げ、時長を盛衰記作者、行長を十二巻本作者であろうと述べて、中世以来の伝承作者を各伝本に結びつけた理解を示している。一方、菅茶山『筆のすさび』は、『平家』の成立を「鎌倉将軍藤氏二代の中」とし、盛衰記は『吾妻鏡』を取り入れた後出本とした。この他、『参考源平盛衰記』『那須家蔵平家物語目録』等によって、この期に存在した多くの諸本の存在を伝えるが、成立・作者の追究は為されていない。

近代に入ると、山田孝雄が本格的な本文研究に着手し、『平家』研究は画期的な進化を遂げる。一九一一年、鎌倉時代の国語史料として『平家』の語法を研究する目的で基礎作業を行った山田は、成立年代を「承久以前に成立し、藤原氏の将軍の頃に増補」と結論づけ、三巻本→六巻本→十二巻本の段階成立説、灌頂巻特立本後出説を提示したのである。(1) 作者については、中世の諸伝承を網羅的に検証した結果、『徒然草』の信濃前司行長を藤原行隆男下野守行長に比定しつつ、作者の可能性として行長・時長・光行・資経の名を挙げ、平曲の開祖を『徒然草』の記す生仏とし、当該人物を綾小路資時に比定した。

山田はその後、一九一八年に『兵範記』紙背文書(東山御文庫蔵)を発見紹介し、仁治元年(一二四〇)には「治承物語六巻 号平家」が存在していたことを明らかにした。(2) ここでいう「六巻」本と現存六巻形態の延慶本との距離は詳らかではないが、これにより山田の段階成立説は補強され、三巻本原本説はともかく、六巻本から十二巻本へという見極めの有効性は暫時、一九六〇年代後半に至るまで失われることはなかったのである。なお、後に赤松俊秀は同文書の言う「六巻」本が現存延慶本の祖本である可能性を指摘し、延慶本に古態性を見た。(3) その指摘自体は現在では受け容れられていないが、後述のとおり、延慶本研究史上に重要な意味を持つものであり、その点でも山田の発見が『平家』研究に与えた影響は大きかったと言えるのである。

これに対し、山田の行長・生仏の人物比定を疑問視する後藤丹治の論も出されたが、(4) 筑土鈴寛は山田の行長人物比定を肯定し、さらに成立の場を慈円建立の「大懺法院」と想定した。(5) 佐々木八郎も山田の行長人物比定を認めたが、生仏の綾小路資時説は疑問視して、『徒然草』の記述を重要視し、「東国の武士にゆかりの深い人物」と解すべきとした。(6) また、渥美かをるも「原平家」作者を下野守行長とし、現存諸本の作者と成立年代について、たとえば『醍醐雑抄』が伝える吉田資経十二巻本に該当するのは四部本でその成立は一二四〇年頃、闘諍録は源光行作で成立は一二三〇年頃とするなど、大胆な仮説を立てた。[7]さらに、冨倉徳次郎は『徒然草』の行長・生仏合作説、『醍醐雑抄』の時長・光行合作説を採り、前者を「語りもの系」の、後者を「読みものの平家物語として」の「芽生え」とし、二元的な成立を想定したのである。[8]

これらの作者考証は、基本的に『徒然草』以下の中世の作者伝承を肯定的に採用したものだが、もちろんそれに対する批判もある。福井康順は法然義が盛り込まれているという『平家』の思想的側面に着目し、法然と山門および慈円との対立の峻烈さを考えれば、『徒然草』の言う慈円が扶持した行長を作者とする説は考え難いとしてこれを否定し、[9]小西甚一も「はなはだしく時代を異にする所拠不明の伝聞」で、「内証の裏づけをも伴わない単なる外証」であり、「信憑性はまったく無し」と痛烈に批判したのである。[10]福井説には渡辺貞麿・石田吉貞・小林智昭等から反論が相次ぐが、小西の反論はより説得力のある外証と内証との要求であり、同時に「閉鎖的な軍記研究者たちの方法を批判」[11]するものでもあった。現代でも五味文彦に行長作者説は受け継がれ、[12]近年には『仁和寺文書』所収系図の注記から行長作者説を評価する佐々木紀一の論なども提出されており、[13]「伝承」として切り捨てている状況にないことは確かであろう。

さて一九七四年、横井清により、先の『兵範記』紙背文書と並ぶ成立に関する重要な外証――『普賢延命鈔』紙背深賢書状（藤井永観文庫蔵）――が発見された。これにより、正元元年（一二五九）九月以前には「平家物語合八帖 本六帖 後二帖」が存在したことが明らかとなったのである。[14]しかし、「後二帖」の解釈をめぐっては、想定する形態に異説が併存することとなった。すなわち、「後二帖」を本篇六帖（六巻）に対する後篇二帖（二巻）と捉えて計八巻と見る横井の説と、延慶本の「旧態六巻」に吸収される前の未整理状態の素材文、「古反故」の集合体と捉える水原一の説である。[15]そして、後に牧野和夫は、深賢を中心に張り巡らされた「学僧のネットワーク」を浮かび上がらせ、そこに根来大伝法院の頼瑜の存在を結びつけた。[16]同書状に言う「八帖」本と延慶本との「学問」の「場」が「相接し、共有する」ことが明らかにされたのである。深賢書状は、延慶本の生成を考える上でも極めて重要な史料であると言えよう。

右の牧野の論に代表されるように、近年では作者の固有名よりも、成立の場や状況の解明に重点が置かれている。たとえば武久堅は、成立以前の「発生」を建久年間（一一九〇年代）の、後白河院近習による院の追善供養が行われた長講堂周辺に求める。[17]日下力は、後堀河朝・四条朝の宮廷社会で平氏血縁の人々が優遇されていた状況下、すなわち一二三〇年前後に誕生したと考えている。[18]

ところで、特定の作者や成立圏の追究が為されてきた一方で、早く、如上の「作者」という考え方とはまったく発想を異にする仮説を唱えたのが柳田国男であった。[19]複数の自称「有王」が、高野聖や肥前盲僧らの形姿を借りて俊寛の悲劇を語り歩き、それが物語に吸収されたとする独創的な発想は、その後、双林寺の康頼周辺を説話発生源と見る冨倉徳次郎から批判されもする。[20]しかし、統合的作品に至る以前の伝承管理者の実在を、物語中の特定の人物に求める民俗学的思考法は、後の唱導的研究や文芸論的研究に広範な影響を与えたのである。そういった、『平家』成立論からは拡散する傾きを持つ論ばかりでなく、『平家』成立論に遡及していく論でも、この柳田の発想を受け継いだと言えるものがある。それが、後述する水原一の説話形成論である。その点からも、柳田の説は、研究史上に閑却されない価値を有するものと言ってよいであろう。

二　諸本論と古態論

近代以降の『平家』の諸本論は、初めは和歌や他の物語などの古典作品と同様に、分類と系統を明らかにすることに多くの研究者の力が注がれて、系統の図示も試みられてきたが、おおよそ一九六〇年から七〇年頃を境として、その方向は修正されていったと見てよいのであろう。それはまた、『平家』の成立論が、「原典」への遡源や「原作者」の特定を目指すことを理念上はもちろん棄却することはないものの、しかし実際上は各伝本の本文について、相対的に何れがより古い形を残しているのか、といった「古態論」にその理念を担わせていく傾向の顕在化と軌を一にすると見て大過ないであろう。

諸本は語り本と読み本の二系に分かたれ、各系の中で更に細かい分類が行われて、部分的には伝本間の系統も明らかにされた。その中で、語り本系の屋代本の古態説が先行し、また、古典文学の大系・全集類がその底本として、成立が明確でかつより整った本文を持つ覚一本をこぞって採用したこともあって、長く語り本系の、「古態論」における優位という通念が存した。しかし、一九六〇年代以降には、読み本系の四部本と延慶本に関する論が「古態論」に大きな比重を占めるようになり、七〇年代以後の後者の古態をめぐる論争が、現在の『平家』研究の状況を導くこととなった、と言えるであろう。以下に、延慶本の位置づけを視座に据え、諸本論と古態論の研究史を振り返ることとする。

山田孝雄は、屋代本を応永年間（一三九四〜一四二七）の書写と推定、「根源の本」ではないものの「現存諸本中最も古きもの」[21]と位置づけた。延慶本については、応永書写本の転写本三本を調査した結果、「諸本を集成」したもの、流布本に比べて「著しく内容の増加」されたものではあるものの、現存諸本中「最も信憑すべきもの」「鎌倉時代の国語史料として採るべきは延慶本のみ」と高く評価した。この時点では、延慶本は長門本・盛衰記とは分類上別門とされていたが、後二者との距離の近さを指摘した点も含め、山田の仕事は、現在の延慶本評価の先駆と言えるものである。[22]

改造社から出版された『応永書写延慶本平家物語』[23]は、山田の調査当時未発見であった応永書写延慶本の翻刻であり、以後延慶本はより広く研究対象とされることとなる。同書の解題を執筆した冨倉徳次郎は、第二中（巻四）奥書に「写本事外往復之言文字之謬多之雖然不及添削大概写之了」とあること等から、応永書写本を延慶書写本の「忠実なる模写」と判定し、延慶書写本もまた、延慶二年（一三〇九）以前に成立した原本を「そのまゝ伝へたもの」であるとした。その上で、その原本はいくつかの異本を集成した「増補本」であること、長門本とは「兄弟関係」にあり、両者の共通祖本は承元二年（一八六八）から天福元年（一八九三）の間に成立した「旧延慶本」であること等を想定した。そして、延慶本・長門本・盛衰記の中では、「旧延慶本の単なる増補」である延慶本が最も古い姿を伝えているとも述べた。この「旧延慶本」の仮説は、以後長く受け継がれることとなる。

さて、高橋貞一(24)は先の山田の分類を「詞章を無視した形式的な分類」で「諸異本の整理統一及び諸異本の関係を考察するに困難」であると批判し、「一方流諸本」「八坂流諸本」「増補されたる諸本」に大別した。山田の灌頂巻特立本後出説に対して灌頂巻の原在を主張、「一方流最古本」の覚一本が現存諸本中最古本であるとし、山田が古態本とした屋代本は八坂流甲類諸本の最後出本と位置づけたのである。延慶本についても山田とは対照的な評価で、「増補」本の盛衰記をさらに改訂増補したものであると位置づけている。

渥美かをる(25)は諸本を「語り系」と「増補系」に大別し、前者を主軸とする高橋の系統論を基本的に踏襲しながらも、平曲史に沿った系統を立てて修正した。屋代本を「語り本中最古の伝本」として一二五〇年頃の成立と見、灌頂巻を特立する一方系諸本は後出であるとする。山田の段階成立論を踏まえ、最初から語りの目的で作られた「原平家」の存在を想定し、「増補系」諸本もその分派と捉えている。さらに、「増補系」諸本の成立順序を、闘諍録・四部本・南都本・長門本・南都異本・延慶本・盛衰記の順に整序し、諸本の体系化を図ったのである。渥美の示した系統図が後続の研究に与えた影響は少なくない。闘諍録を一二三〇年頃の源光行作と見て「現存増補系諸本中最古」とし、四部本を一二四〇年頃の吉田資経作と見て闘諍録の成立と「極めて接近」するものと捉え、この二者と屋代本とは、「平家物語の原形を推考する上に重要な伝本」と位置づけたのである。渥美の四部本に対する「素朴で実直」「原平家の意図するところを尊重し、それを忠実に受け継ぎ、さらにそれを発展させようと努力している」という評価はやがて、山下宏明・信太周等による四部本古態説へと発展することになる。

ところで、岩波日本古典文学大系『平家物語』（一九五九～六〇）の解説は、平曲と譜本の説明に多く筆を費やしている印象を受ける。『平家正節』によって本文の清濁を決定している点にも、「語り」を重んじる姿勢が窺える。三省堂国語国文学研究史大成『平家物語』（一九六〇）も同様で、平曲の研究史・研究文献を独立させ、圧倒的紙量を以て詳述している。先述の渥美の諸本系統論も、平曲史に関連づけたものであった。これらに象徴されるように、一九六〇年前後までは語り本研究に比重が置かれていた。これには、永積安明らによる国民文学運動も少なからず影響しているのであろう。すなわち、『平家』が「語り」をとおして、ひろく「国民」的な場所へ持ちだされ、その反射として、「国民」的な文学に成長した[26]」との主張は、必然的に「語り物」たる『平家』に本質を見ようとする傾きを生じさせることとなったのである。簡略な形態の原態から増補成長したとする段階成立論も、結果として、語り本に比べ大部で多様な記事を持つ延慶本・長門本・盛衰記を「後期増補本」（大系解説）と位置づけさせ、現存延慶本は盛衰記を参考にさらに増補改筆された「増補系諸本中最終成立」（大系解説）と見なすこととなったのである。

このように厖大な諸本群の系統化に連動する形で、古態論が具体化・多様化していく。語り本研究に主軸が置かれてきた中で、前述のとおり渥美の説を受けて、まず四部本が古態本であると唱えられたのである。その主唱者山下宏明は、四部本や闘諍録を「初期諸本」とし、四部本が簡略で物語性が稀薄なこと、生の資料に密着してはいるが史実そのままではなく虚構も見られること、記録性・叙事的性格・写実性が濃厚なこと等を指摘し、原平家そのものではないものの、延慶本や長門本に先行することは確かで、遅くとも十三世紀末までには成立していたであろうと推認した[27]。信太周も、四部本の「史実密着」傾向の強さを根拠に、現存諸本中「最も古態を残すもの」と結論づけた。(28) 山下による、四部本のような本文を琵琶法師達が自らの語りに取り込み、庶民への語りかけを更に積極化する語りの方法を用いてそれを再生する過程で、現存の語り本に見るような「語り」が成立した、との仮説は、単純・年代記的・叙事詩的な原平家が、琵琶法師の語りによって劇的・抒情的な方向に傾斜して国民的に広まっていった、とする永積の叙事詩論とも響き合って(29)広く支持されることとなった。一九六〇年代後半から一九七〇年代前半の時期、四部本古態説は『平家』論の前提と言えるほどの力を持っていたのである。

そういう状況下に、水原一は四部本古態説を批判、延慶本古態説を唱えたのである。(30) 山下は四部本の変体漢文を「貴族男子の、日常の記録のための漢字表記」に近似すると見るが、(31) 水原はこれを「正格漢文の知識について、乏しいか、または無視して拘泥せぬ者」による「公卿の日記の如き和臭漢文でさえもない真字文体」であると評して「擬装漢文体」と名づけた。この観点から水原は、かつて渥美が唱えた四部本資経作者説も、弁官経任というその官途に照らして否定し去る。さらに、四部本古態説の論拠として重視された史実的正確度について、水原は、屋代本等の語り本系に対して四部本古態を説く範囲内ならば容認できても、延慶本を対照させてみるとむしろ延慶本の方が正確な箇所があって認め難く、そもそも史実的正確度は古態的要素の一基準にしか過ぎないとして、四部本を古態とする論拠たりえないことを指摘する。また、簡略性は古態なるが故の未熟さなどではなく、「旧態延慶本の別途増補本（現存延慶本と兄弟関係になる）」に依拠し、略述した結果であるとする。水原も言うように、四部本古態説は語り本に対しては成り立ち得るものの、増補本とされてきた延慶本の評価をそのままにして、その延慶本との対照が不十分であったため、十全さを保ち得なかったと言えるのである。

水原は、「一作者による一作品としての〝原平家物語〟追求を放棄して、この作品の多元的発生をこそ想像すべき」と提言し、独自の説話形成論を軸に延慶本の古態性を主張した。従来、義仲を始めとする物語内の人物像の矛盾を如何に捉えるべきかがしばしば問題とされてきたが、それを、各地に、各時期に、各人によって多元的に発生し、発達した様々な話材が物語へ取り込まれた結果と考え、編集意識が消極的な延慶本には、そのような説話の原型が保存されていると考えたのである。この仮説には、柳田の有王論同様、従来の諸本観のみならず作者観・作品観をも揺さぶる発想の新しさがあった。

ただし、延慶本の語法的古態性は早く山田孝雄によって指摘されていたし、(32)佐々木八郎も部分的古態性については触れていた。(33)赤松俊秀は、史学の立場から『愚管抄』が延慶本の「祖本ともいうべきもの」を直接参照したと主張していたのである。(34)この主張自体には無理があり、古態認定の方法の相違から冨倉や水原との間で論争もあったが、一九六八年時点での「延慶本が『平家物語』のうちで最も後出本といわれているのは根拠が薄弱である」、「諸本間の系統論は根本に立ち帰って吟味し直す必要がある」との批判と警鐘は、もっと聞き入れられて然るべきであった。「今後の国史の分野でも延慶本が活用される可能性が存する」とも述べており、延慶本に後続の史学研究者の注意を向けた意義も大きいと言わねばなるまい。

一九七〇年代に四部本と延慶本をめぐる古態論争が繰り広げられる中で、次第に延慶本への関心が高まっていく。独自の形成論により延慶本の遡及的解明を試みる武久堅、(35)延慶本成立圏に安居院流唱導を直結させる小林美和、(36)延慶本に統一的構想を読み取ろうとする生形貴重、(37)各説話の検証から延慶本の古態性を見出す佐伯真一(38)・今井正之助(39)等の多角度からの具体的な分析により延慶本の古態性がいっそう追究され、同時に四部本の最古態性は次第に疑問視され、(40)一九八〇年代には、延慶本古態説は遂に定説化へと向かうこととなった。

ところで、現在、一般に「延慶本」と言い慣わしているのは、周知の如く、正確には「応永書写延慶本」である。早く笠栄治は、「延慶年間成立から応永の書写までの百年間に成長増補されたのではないか」と疑問を提出し、「延慶本の最も信じ得べき資料価値は応永書写本が書写された時に位置づけるべき」と慎重な態度を示していた。[41] しかし先に冨倉は、応永書写本の奥書からこれを延慶書写本の「忠実なる模写」とし、延慶書写本も原本を「そのまゝ伝へたもの」と判定しており、[42] 水原も応永期の書写態度を、「あくまでも延慶の底本の再生産を目標とするもの」であり、「ことさらに新たな資料を加えるとか、主観的な解釈や好みで書きかえるとかいった、積極的な改作の方向を見いだす事はできない」として、冨倉同様、応永書写本の「原本尊重の姿勢」「延慶底本に対する忠実な書写態度」を認めていた。[43] そこには「一種の敬虔さ」さえ汲み取れると極めて高く評価する。これにより、笠のような慎重意見は「潔癖な批判」であるとされ、水原によって「一体応永書写本の形のどこにどのような書写上の問題が見出されるか、そうした具体的な考察をさし置いたままでの意見や批判は、精密な見かけを持つとしても所詮は空論でしかあるまい」として、退けられてしまったのである。奥書の文言を尊重し、応永書写本と延慶書写本、延慶書写本とその底本との距離の開きを疑わない態度は、延慶本古態説が浸透していく中で以後の研究にもしばらく引き継がれた。[44]

このような、ほとんど「応永書写本＝延慶書写本」であるとの認識が通念化する中で、櫻井陽子がこれに疑問を呈したのである。[45] 櫻井は応永書写本の貼り紙や摺り消しを調査した結果、それは応永書写時の改編・訂正を示すものであると認定した。具体的には、第四帖（第二中〈巻四〉）の咸陽宮説話の本文に貼られた貼り紙において、貼り紙の下の本文が長門本に近く、貼り紙に書かれた本文は覚一本と同文であること、さらに、第一帖（第一本〈巻一〉）の願立説話の本文に施された摺り消しや補入も、覚一本的本文による訂正であること、を指摘する。この現象は「延慶本の古態性を全面的に否定するものではない」ものの、これにより、「必ずしも応永書写本は延慶書写本の忠実な書写本とはいえ」ず、「応永書写者が覚一本的本文によって延慶書写本の本文を差し替え、新しい本文を作っている」ことを確認した。覚一本は応安四年（一三七一）校定の跋を持つので、延慶書写時（延慶二〜三年〈一三〇九〜一〇〉）には存在していないが、応永書写時（応永二十六～二十七年〈一四一九～二〇〉）に参照されていたとしても矛盾はない。これまで信じられてきた第二中（巻四）の奥書「写本事外往復之言文字之謬多之雖然不及添削大概写之了」の再検証も促されたわけである。ただしかし、そもそもこの奥書の文面が、親本の忠実な書写を示すほどの書きようであるのか、他の古典作品の本文研究で蓄積された知見をも援用しながら、見直してみる必要があるのであろう。ともあれ、応永書写本は延慶書写本の再生産を目ざしたものではなく、「異種本文の混態によって新たな本文を形成していくという平家物語の特性から免れる本では決してない」（櫻井）ことが明らかにされたのである。先に見た笠栄治の慎重な態度はむしろ、一般的な書誌学の方法に鑑みても妥当だったのである。

もっとも、既に牧野和夫は、鎌倉中～後期、根来寺の前身である高野山伝法院方において延慶本に禅宗非難の加筆整理がなされた可能性を指摘していたのでもあった。[46] つまり伝法院や根来寺の人々は、延慶本を保管・書写するのみならず、内容にも手を加えていた可能性があるというわけである。応永書写本が親本の忠実な写しであるとする従来の見解を鵜呑みにさえしなければ、当初から延慶書写時・応永書写時に様々な手が加わっていた可能性を十分に考えてよいのでもあった。延慶本古態説の定説化に伴い、水原の「たとえ百年が二百年・三百年経ていようとも、保存された古本を以て直接に忠実な転写本を作る作業の中に、諸本流動史は入りこんでいるはずはな」く、応永書写者による改作は「具体的形跡に裏付けられる事はできない」との断言が、長きにわたって過信されてきた感は否めず、応永書写本の書誌的な検討を十分に経ぬまま、延慶書写本と等価として扱う傾向になずんでいたと言わねばならない。

古態論は、諸本の価値を見定めるのに有効であり、『平家』の実質的成立論として有用であることは疑いないが、そもそも部分的な古態性を相対的に比較検証してきたものに過ぎないことも忘れてはならないであろう。佐伯真一は、延慶本古態説の定説化は「全く正しい方向」と認めつつも、しかし延慶本にも誤脱や独自加筆はあるのだから、まずは各部分の古態・原態を部分に即してその都度検討し、解明してゆくことが「古態論の目標」であると述べた。[47] ある部分の古態の証左が全体の古態を保証することにならないのは当然であるが、しかし逆に、本質的に全体の古さを包括的に証明する手段がない以上、部分的「古態」をできる限り精密に論証していくことが求められているのである。

今後の具体的な課題の第一は、延慶本の再評価であろう。松尾葦江が警鐘を鳴らしているように(48)、延慶本古態説を再吟味する必要がある。それは、とりもなおさず水原説を再検証することでもある。応永書写本を書誌学的方法を取り入れつつ詳細に追究しつつ、併せて他の伝本に対する評価、たとえば四部本や覚一本を再考察することも求められるのであろう。四部本について言えば、延慶本との古態の優位をめぐる論争の軛から解き放って、新たな面から光を当てていくべき時期にきているのであろう。言うまでもなく伝本研究の成否は、『平家』各伝本に対する各説を絶えず相対化して、より高みへと統括していく意志の有無にかかっていると言って過《あやま》たない。

研究者間のある種の葛藤を伴いながら、不必要な紆余曲折を経てきたかに見える『平家』の成立論と諸本論・古態論も、各段階ではそれぞれに必要であった議論と修正を経て今日に至っていることは間違いなく、大きな枠組みで捉えれば、『平家』研究の基盤を確固たるものへと導いてきたのであり、今後も研究の主軸であり続けなければならないのである。

注

＊各論文の副題は省いた。

(1)『平家物語考』(国語調査委員会、一九一一年)。
(2)「平家物語考続説」(『国学院雑誌』二四―四、一九一八年四月)。
(3)『平家物語の研究』(法蔵館、一九八〇年〈初出は一九七〇年〉)。
(4)『戦記物語の研究』(筑波書店、一九三六年〈初出は一九三二年〉)。
(5)『復古と叙事詩』(青磁社、一九四二年)。
(6)『平家物語の研究　上』(早稲田大学出版部、一九四八年)。

（7）『平家物語の基礎的研究』（三省堂、一九六二年）。
（8）『平家物語研究』（角川書店、一九六四年）。
（9）「平家物語の仏教史的性格」（『文学』二七—一二、一九五九年一二月）。
（10）「平家物語の原態と過渡形態」（『東京教育大学文学部紀要』七二、一九六九年三月）。
（11）松尾葦江「平家物語研究の軌跡と課題」（『国文学』四七—七、一九八二年六月）。
（12）『平家物語、史と説話』（平凡社、一九八七年）。
（13）「信濃前司行長『平家物語』作者説の為に」（『文学』二—二、二〇〇一年三月）。
（14）『中世日本文化史論考』（平凡社、二〇〇一年〈初出は一九七四年〉）。
（15）『延慶本平家物語論考』（加藤中道館、一九七九年）。
（16）『新潮古典アルバム13 平家物語』（新潮社、一九九〇年）、『延慶本『平家物語』の説話と学問』（思文閣出版、二〇〇五年〈初出は一九九二年〉）。
（17）『平家物語発生考』（おうふう、一九九九年〈初出は一九九一・九二年〉）。
（18）『平家物語の誕生』（岩波書店、二〇〇一年〈初出は一九九四年〉）。
（19）「有王と俊寛僧都」（『文学』八—一、一九四〇年一月）。
（20）注（8）所掲書。
（21）「平家物語異本の研究（一）」（『典籍』二、一九一五年七月）。
（22）注（1）所掲書。山田の調査当時応永書写本（大東急記念文庫蔵）は未発見。検討を加えたのは松井本（応永書写本の転写本。静嘉堂文庫蔵）・朽木本（松井本の転写本。国立公文書館内閣文庫蔵）・大膳亮本（朽木本の転写本。国会図書館蔵）。この直線系統を明らかにしたのは小川栄一（『延慶本平家物語の日本語史的研究』〈勉誠出版、二〇〇八年。初出は二〇〇〇年〉）で、山田は松井本と朽木本を兄弟関係と考えていた。
（23）翻刻吉澤義則、解題冨倉徳次郎（一九三五年）。

(24)『平家物語諸本の研究』(冨山房、一九四三年)。
(25)『平家物語の基礎的研究』(三省堂、一九六二年)。
(26)永積安明『中世文学の展望』(東京大学出版会、一九五六年〈初出は一九五四年〉)。
(27)『平家物語研究序説』(明治書院、一九七二年〈初出は一九六四年〉)。
(28)「〝歴史そのまま〟と〝歴史ばなれ〟」(『文学』三四―一一、一九六六年一一月)。
(29)注(26)所掲永積書。
(30)『延慶本平家物語論考』(加藤中道館、一九七九年〈初出は一九六九年〉)。
(31)『平家物語の生成』(明治書院、一九八四年〈初出は一九七四年〉)。
(32)注(1)所掲書。
(33)注(6)所掲書。
(34)注(3)所掲書(初出は一九六七年)。
(35)『平家物語成立過程考』(桜楓社、一九八六年〈初出は一九七〇年〉)。
(36)『平家物語生成論』(三弥井書店、一九八六〈初出は一九七七年〉)。
(37)『平家物語の基層と構造』(近代文芸社、一九八四年〈初出は一九七八年〉)。
(38)『平家物語遡源』(若草書房、一九九六年〈初出は一九七八年〉)。
(39)「「大塔建立」と「頼豪」」(『長崎大学教育学部研究報告』二九、一九八〇年三月)。
(40)その後、四部本は真名本『曾我物語』や『神道集』と共通の東国文化圏で完成したことが明らかにされている。諸本の原型に近いとは言い難いものの、部分的古態性は時に延慶本に優る場合もあり、「なお検討すべき課題を多く抱えている異本」(注(38)所掲佐伯書)であることには間違いない。
(41)「厳島神社蔵平家物語断簡をめぐって」(『糸高文林』五、一九五七年二月)。
(42)注(23)所掲書の冨倉による解題。

(43) 注(30)所掲書。
(44) 代表的なものとして小林美和『平家物語の成立』(和泉書院、二〇〇〇年〈初出は一九九三年〉)等が挙げられる。
(45) 「延慶本平家物語(応永書写本)本文再考」(『国文』九五、二〇〇一年八月〉)、「延慶本平家物語(応永書写本)の本文改編についての一考察」(『国語と国文学』七九―一一、二〇〇二年一一月)等。
(46) 注(16)所掲『延慶本『平家物語』の説話と学問』(初出は一九七七年)。
(47) 注(38)所掲書(初出は一九八六年)。
(48) 松尾は、水原の延慶本古態説が「強固なもののように」見える一つの理由として、「部分的に文献による立証を果たす一方で、伝承文芸論を応用した大胆な平家物語成立過程の臆測を立てて、相互に補完させている」ことを挙げ、水原説に「発想の新しさ」と「一種の幻惑」が併存することを指摘する(『軍記物語原論』〈笠間書院、二〇〇八年〉)。

〔付記〕本稿を成すにあたり、これまでに数多く公刊されてきた『平家物語』の研究史を参考にした。中でも、佐伯真一による延慶本の解説(『大東急記念文庫善本叢刊　中古中世篇　別巻一　重要文化財　延慶本平家物語(六)』〈汲古書院、二〇〇八年〉)には多くを負っている。記して感謝申し上げる。

平家物語諸本との関係

原田敦史

これまでの『平家物語』研究が、諸本群の中に延慶本をいかに位置づけようとしてきたか。その歴史を概観するための一つの視点となりうるのは、現在でも一般に「読み本系」として延慶本と同じ分類をされる諸本との関係であろう。特に長門本や源平盛衰記は、延慶本との近さを指摘されることが多いが、これら三本が多くの共通記事を有していることは、研究史の中でも早くから注目されてきたことである。一方で、これらの諸本と、今日「語り本系」と呼ばれる諸本の関係がいかに把握されてきたかということにも、注目しなければならない。また、如上の研究史が、平家物語の古態をめぐる研究の歩みと不可分であることはいうまでもなく、したがって本稿は、本書所収の研究史「成立論と古態論」と補いあうものである。延慶本が相対的に古態を多く残す本として今日に認められるようになるまでに、特に四部合戦状本との関係をめぐっては、多くの議論の積み重ねがあった。よって、四部本との関係をどのように捉えてきたかという点もまた、研究史を振り返るための一つの軸となりうるであろう。

『平家物語』研究の初期において、諸本を論じる際には、語り本のあり方が基本とされることが多かった。灌頂巻の有無を指標として諸本を分類した山田孝雄［一九一一］［一九一四］では、「諸本の系統上の関係を論ず」の章を立てて（前篇第四章）異本相互の関係について論じている。その中で、延慶本・長門本・盛衰記の関係に言及し、多くの傍系的説話を持つこれら三本の「系統の大略」が、長門本は「流布本の如きもの」に増補をして成ったもの、延慶本は「八坂本の如きもの」に増補をほどこしたもの、盛衰記はこれら二流を集成して取捨、増補を試みたものとしている。また、延慶本と長門本に共通記事のあることにも触れてはいるが、山田の諸本分類の立場にとっては、灌頂巻を持たない延慶本とこれを特立した長門本とでは「全然一致するものとはいふべからざる」ものであり、むしろ長門本と四部合戦状本との共通記事を列挙して、両者を「近き縁故ある本」とみなした。

高木武［一九二七］も、延慶本・長門本・盛衰記を、いずれも幾種かの異本の集大成と見、延慶本は「八阪《ママ》系統の本」に、長門本と盛衰記は「一方系統の本」にその編次を拠っているとして述べている点においては、山田に類する捉え方といえるだろう。その上で、記事の重複、文脈の齟齬などが、上記三本において延慶本、長門本、盛衰記の順で多くなる例を挙げ、成立もまたこの順序であるとした。その後、三本ともに『東関紀行』に依拠する共通記事の検討から、同様の結論を補強している（高木［一九三四］）。

一方、藤岡作太郎［一九一五］は、灌頂巻の有無ではなく記事の「詳略」を目安として、盛衰記と延慶本・長門本・南都本を一束と見、これらに比して他の諸本には改編や省略があることを数例挙げ、盛衰記などの形から他諸本が派生したものとしている。なお、盛衰記と延慶本・長門本の先後については決していない。

すでに山田の研究において「増補」の語が用いられているように、分量の少ない語り本的な形態からふくれあがったものとして延慶本などを捉える見方は、近代における『平家物語』研究の始発から存在していた。後に広く受け入れられてゆくことになるこうした認識に対して、藤岡が読み本系からの省略という逆の方向性を、この時期に考えていたことは注目してよいだろう。長門本・盛衰記との関係については、高木、藤岡はその近さを認めているが、灌頂巻の有無を諸本分類の指標とした山田は積極的ではない。一方で、四部本と延慶本との関係についての踏み込んだ言及は、この時期にはまだ見られない。

上記のような状況の中で、現在まで通説的な位置を占めている、延慶本・長門本共通祖本の存在にはじめて言及したのが、冨倉二郎（徳次郎）である。冨倉［一九三四］［一九三五］の二つの論考（前者は後者にほとんど包含される内容である）では延慶本・長門本・盛衰記を「増補せられた平家物語としては一群の異本」と捉え、特に延慶本と長門本とについて、延慶本の形から長門本の形へ改作されたと思われる箇所と、その逆を想定しなければならない箇所の双方の例を挙げ、両者が兄弟関係にあるとした。その結果、両者の共通祖本として「旧延慶本」の存在が仮想されるのであるが、こうした想定の上で、延慶本は「旧延慶本」の単なる増補、長門本は灌頂巻を特立する異本との混淆、盛衰記は「旧延慶本」をも参照しつつ、数種の異本を集大成したものと見ている。

この「旧延慶本」仮説は多くの研究者に受け入れられ、以後延慶本と他諸本との関係を論じることは、「旧延慶本」の位置を奈辺に見定めるか、そして「旧延慶本」の下流にあるものとして、現存延慶本や長門本、盛衰記などを含めた諸本の関係をいかに捉えるかということと不可分となる。そして、こうした仮説を打ち出した冨倉自身が、延慶本を「八阪《ママ》系統の書の増補」とみなしていた（冨倉［一九三五］）ように、延慶本に対する「増補本」という性格規定は、以後も引き継がれて行くこととなる。(2)

諸本を大きく「一方流」「八坂流」「増補せられたる諸本」の三つに分けた高橋貞一［一九四三］の諸本論は、延慶本を南都本・南都異本・大島本・四部本・闘諍録・長門本・盛衰記とともに、「増補せられたる諸本」に分類した。これら七本を一群と見た点では、灌頂巻の有無という形式上の分類による山田孝雄の諸本体系から大きく踏み出したものであり、その中で高橋もまた、延慶本・長門本・盛衰記の間に想定原本を考えている。これらの諸本に対する基本的な認識は「増補」の語に明らかだが、高橋の論においては、整った覚一本こそ最古態であるとして流動の基点に据え、そこから派生した百二十句本や屋代本などの「八坂系甲類本」を基として増補されたものとして、延慶本に至る過程を捉えた点が、独自の主張であろう。さらに、多くの例を挙げつつ、延慶本が盛衰記を参看して増補されたこと、その際に長門本をも参照していることなども論じているが、延慶本と盛衰記の関係についての高橋の説は、日本古典文学大系の解説（高木市之助ほか［一九五九〜一九六〇］）にも受け継がれ、延慶本は「最後出本」と位置づけられた。

佐々木八郎も、冨倉や高橋の論を踏まえて延慶本・長門本・盛衰記を遡る原本を想定している（佐々木［一九四八］）が、新古の判定は本それ自体ではなく個々の本文を対象にすべきだとの立場から延慶本にも検討を加え、部分的には八坂本（佐々木の論では屋代本を含む）や流布本より古い姿が保存されていることを指摘し、延慶本は、八坂本や流布本自体ではなくそれ以前の本を基として作られているとしている。

以上見てきたように、冨倉の「旧延慶本」仮説以降、延慶本と長門本、あるいは盛衰記をも含めて、これらを遡る共通祖本を想定することは広く受け継がれたといえる。同時に、語り本中心の研究動向の中で、これらの諸本を「増補」という概念によって捉えることも、この時期には一般的な見方となったようである。分量の少ないものから多いものへという方向で諸本の流動を考えることは、確かに受け入れられやすい発想だろう。その一方で、延慶本に部分的な古態を見る論はあっても、盛衰記や延慶本のような形からの略述によって語り本系の本文のあり方を捉えようとする、かつての藤岡作太郎のような考察は、この時期にはほとんど見られなくなっている。

以後の研究史においても、「旧延慶本」の概念は引き継がれるが、四部本（および闘諍録）など、読み本系の中でも簡略な諸本を古態とする議論が台頭する中で、「旧延慶本」もまた、主に四部本との関わりの中でその位置づけが模索されるようになる。渥美かをる［一九六二］は、琵琶の語りとして作られた語り本として「原平家」を想定、そこから分派したものとして「増補系」を考え、「増補系」七本の成立を「闘諍録　四部合戦状本　南都本　長門本　南都異本　延慶本　盛衰記」の順序で把握する。渥美もやはり延慶本と長門本との母体たる「原初延慶本」を想定し、諸本の関係を示した系統図では、「原初延慶本」を源平闘諍録や四部本の下位に置く。[3] 素朴な詞章を持つものとして「原平家」を考えていることや、「語り系」現存最古本の屋代本は四部本の影響を受けて作られたものであるとするなど、「語り系」「増補系」の分派を現存諸本を遡った段階に想定して両系統の関係を捉えているのは、前述の高橋などとは異なる視点である。

山下宏明［一九七二］は、これらの成果を受け継ぎながらも、「増補本」の呼称は、延慶本・盛衰記やその周辺の本文に限定すべきとの立場をとる。山下の諸本体系において、これらの諸本は「四部本のような本文」を母体として成立したものであり、その背後には、四部本や闘諍録のように簡略で日録記事的、叙事的なものが古態であるという認識と、「成長・増補」という点にこそ伝承文学としての『平家物語』の本質があるとする理解があった。[4] 延慶本と他諸本の細かい関係については、延慶本と長門本とを遡った位置に「旧延慶本」を置き、「旧延慶本」と盛衰記とを「ある種の兄弟関係」とする見解が示され、諸本を繋ぐ関係は、系統図にまとめられている。現存語り本についても、「叙事記録的な叙述」の抄出によって成り立っているものとして、四部本のような本文との関係で考えている。なお、延慶本・長門本の成立に盛衰記が関わっているとの言及もあったが、この点は後に修正を加えている（山下［一九八四］）。服部幸造［一九六九］［一九七一］もまた、冨倉の「旧延慶本」仮説を受け継いだ形で、延慶本と長門本の共通祖本を想定し、その親本として四部本的な本文を考えた。

四部本などの古態を前提としたこれらの論においても、延慶本は主に「増補」の視点によって捉えられるものであった。また、系統図を描くことによって諸本関係を明示しようとしている点も、この時期の研究の多くに共通することである。

しかし、山下の諸本論の背景に永積安明らの叙事詩論（永積［一九五六］など）があったように、素朴なもの、叙事的なものからの成長という視点で、四部本などを基準に延慶本を捉えたことは、漠然と語り本の形態を基準と見なしてきた感のあるそれまでの説に比して、『平家物語』の成立から流動までを見通す理論的視座を得た点において、明らかに議論の深まりがある。現存の語り本系諸本の母体としても四部本のような本文の存在を想定し、その略述や語りによる洗練を経て作られたものであることを具体的に論じた点とあわせ、一つの大きな変化であったと見ることができよう。

これらの論に対して、延慶本の「全体的古態性」を論じて四部本本文を批判するとともに、多くの説話について延慶本の古態を論証し、延慶本の形から語り本などへ展開してゆく道筋を示したのが、水原一［一九七一］［一九七九］である。水原は諸本分類についても、語り本や四部本・闘諍録の「略本系」に対して、延慶本・長門本・盛衰記を「広本系」とするという見解を示している。しかし、「延慶本の、部分のみならぬ作品全体の古態的現象の重要さ」を主張する水原にとって、延慶本と長門本・盛衰記・四部本の関係は、これらが「至近の間にそれ〴〵共通の分岐点を持ち合うもの」であることは認められても、「延慶本との関係は、並列される兄弟本という関係で処理できるものではない」というものであった。なお、四部本との関係についてはより詳しく、現存延慶本と兄弟関係にある「旧態延慶本」を増補したものが四部本であるとの発言がある。

ほぼ同時期に、『愚管抄』との関係から延慶本の古態性を主張した赤松俊秀［一九八〇］がある。その論証自体は必ずしも広く受け入れられるものとはならなかったが、「延慶・長門両本はそれぞれに後補・省略・脱漏があるが、共通の祖本は原本に最も近いか原本そのものと考えてよい」と述べているように、延慶本・長門本の共通祖本については視野に入れており、「十三世紀に成立した本」として延慶本・長門本・盛衰記を挙げている。また、読み本系から語り本系が成立したことは疑いないとして、四部本を、延慶本と語り本系の間に介在するものとする見通しを示す。

『平家物語』の流動と、その中における延慶本の存在を「増補」という概念で捉えていた当時の主流に対し、延慶本の形を基準に、略述・改編によって他本の形が生じるという正反対の方向性を見出し、説得力に富む論証を展開した水原らの説の影響力は甚大で、以後、延慶本を重視した研究が相次いだ。多くは本書所収の研究史「成立論と古態論」に譲るが、そうした論考によってもたらされた多大な成果は、『平家物語』の諸本を論じようとするとき、延慶本を避けて通ることをほとんど不可能にしたといえる。特に語り本系との関係については、千明守［一九九三］が、「小督」説話を取り上げ、水原の論を踏まえた上で屋代本と覚一本の本文を比較し、両者の源に「延慶本のような、雑多な内容の記事をたくさん取り込んだ未整理な形態の本文」の存在を考えているが、こうした想定は現在も、語り本系の本文について考えようとする者にとって基本的な発想となっているといえるだろう。志立正知も、千明の論を受けて、延慶本的本文から語り本的本文へという方向性を踏まえて、延慶本に近いものとして語り本・読み本共通祖本を仮想するとともに、現存の語り本が繰り返し延慶本のような本文を参照しながら作られていることを論じている（志立［二〇〇四］第五、六章）。

松尾葦江［一九九六］第三章―一も、延慶本、屋代本、覚一本の漢文学的要素を検討し、特に屋代本について、かつて四部本との関係で捉える論があったことに対して「延慶本以上に四部本と屋代本の近さを想定すべき理由は一つも見いだせない」と述べている。ただし松尾は、延慶本―屋代本―覚一本という直接のルートを考えているわけではなく、冨倉徳次郎の二元成立論をも踏まえて、語り本系は現存延慶本より前の段階から分岐したものであるとの見通しを示すとともに、「延慶本古態説、広本系先行説をとるならば、広本系から十二巻本への転換の説明が、成立論の上では不可欠となる」という問題提起を行っている（松尾［一九九六］第三章―三）。

水原らによる延慶本古態説を受けて諸本論が見せた方向性はおよそ上記のようなものであったが、こうした方向で定着するよりやや早く、独自の方法によって延慶本本文を分析し、他諸本との関係についても積極的に踏み込んで言及したのが、武久堅［一九八六］である。延慶本における「伝承部と著述部」とを識別し、伝承部から編集句を摘出することで、『平家物語』の淵源に迫ろうとした武久は、読み本系七本（渥美の増補系に同じ）の成立・展開について、延慶本と長門本の共通親本としての「旧延慶本」仮説を受け継ぎ、「「旧延慶本」から延慶本・長門本を経て源平盛衰記へ」という見取り図を提示、その「旧延慶本」が、「旧闘諍録」・「旧四部本」・南都本の三本に加え、屋代本・平松家本との交流を経ていることをも想定し、「「旧延慶本」は読み本三本と語り本二本の、大がかりな合成本」とする見解を示した。これらの諸本関係は最終的に、「語り本系諸本と読み本系諸本の交流」を図示した系統図（第二編第六章）にまとめられている。なお同書では、延慶本・長門本に、巻十のみの零本である南都異本を加えて三者の関係の検討も行っており（第二編第一章）、長門本・南都本の共通親本として「旧南都異本」を想定、「旧南都異本」と延慶本の共通親本として「旧延慶本」を位置づけた。延慶本・長門本・南都異本の関係のみに限っていえば、その結論は松尾葦江による考察（松尾［一九八五］第三章―五）と、近似するものである。

また、平家物語の編年記事は『吉記』に拠って書かれているとする独自の立場から諸本の比較を行った平田俊春［一九九〇］は、「読みもの系」が「延慶本・長門本を含む旧延慶本系」と「四部本・闘諍録・盛衰記を含む旧四部本系」に分けられ、延慶本・四部本がそれぞれ最も多く古態を残していること、これらとは別に「原平家」から分かれ出たものとして南都本があり、語り本系はこの南都本の系統に属するものであることなどを論じて、繰り返し系統図を提示している。

武久も平田も、その考察の結果を、多くの諸本を繋ぐ系統図という形でまとめている点において、水原より前の諸本系統論に類する側面を見せるのだが、こうした方法に対する発言としてここで注目しておきたいのは、武久の論に対する佐伯真一の批判である。佐伯［一九八八］は、武久に対する批判としては、本文を腑分けするという方法が、延慶本以外の諸本には用いられないまま議論が進められていること、省略という可能性を軽視していることなどを挙げている。しかし、ここでさらに注意すべきは、武久が描いた系統図に対して、「現存本を上下に繋ぐ系統図を書かねばならぬという前提に立った諸本系統論の枠内では、少なくとも読み本系諸本に関する限り、どのような判断を下すことも誤りとならざるを得ない」という発言とともに、「我々は、もうそろそろ、何が何でも現存本を上下につなぐ諸本系統図を描かねばならぬという強迫観念から解放されても良いのではなかろうか」という言葉があることである。佐伯は、このような立場から『平家物語』古態論の方法自体を問い直し、「部分的な古態の証明はその部分の古態の証明に過ぎない」ことを論じて、水原説以降その古態性が注目を集めていた延慶本についても、「従来指摘された延慶本の古態を理由に、延慶本の、未だ検証されていない部分・側面の古態を言うことはできない」ことを明確に示した（佐伯［一九九六］第一部第一章）。かつての佐々木八郎にも通じる見解といえようが、同書第一部に収められた論考とともに、『平家物語』の古態論と諸本論とに対するこのような視点が明らかにされたことは、研究史における一つの画期と見てよいだろう。(5)

以後、かつてのように系統図によって諸本関係を示そうとする考察はほとんどなくなり、延慶本本文をめぐる研究は、延慶本が他本に比して相対的な古態を多く残していることを認めた上で、部分ごとの検証をより精密に行う方向へと移り、他諸本との関係をめぐる議論もまた、その中で深められるようになってゆく。「小督」説話をめぐる前掲の千明守のように、延慶本的な形を基として他諸本への展開を考える論もあったが、中でも近年特に多くの成果を挙げているのは、延慶本の後次的な改編を示す箇所を洗い出す試みであろう。黒田彰［一九九五］Ⅱ—一が、『和漢朗詠集』注や太子伝との関連から発言していることにも注目すべきだが、中でも延慶本本文の再検証を精力的に行っているのは、櫻井陽子である。

櫻井［二〇〇一］［二〇〇二］［二〇〇三］が覚一本的本文との混態を指摘したことの重要性については本書所収の研究史「成立論と古態論」に詳しいが、延慶本と他諸本との関係というテーマに限っていうならば、如上の成果を踏まえて延慶本の「古態性」を問い直す、以下の二論考に注目しなくてはならない。延慶本の頼朝挙兵譚に改編のあとを見出す櫻井［二〇〇六a］、延慶本・四部本になく、後の付加とされてきた忠度辞世の和歌が、むしろ延慶本が省略したものであることを論じる櫻井［二〇〇六b］において注意されるのは、延慶本・長門本共通祖本としての「旧延慶本」をも念頭に置きつつ、盛衰記をも加えて、三本の関係から「読み本系祖本」を措定する可能性に踏み込んでいることである。これらのうち「二本に共通本文・表現が濃厚に見出されるときには、残る一本が改編・増補を行っている可能性がかなり高い」として、共通する二本の姿に「読み本系祖本」の面影を見出そうとするのである。さらに、覚一本を「「読み本系祖本」に再構成を施しつつ立ち上がってきた本」として、「読み本系祖本」の具体相を知る補助線たり得ることをも述べている。もっとも、こうした想定があくまでモデルケースにすぎないことは、櫻井自身が、延慶本と盛衰記のみに共通する巻八の記事が増補されたものであることを論じる中で明らかにしている（櫻井［二〇〇七］）。同時に、「現存延慶本の形成過程において、盛衰記に近い読み本系の本文が影響を与えることも十分に考えられる」としていることも、延慶本と他諸本の関係を考える上で、新たな提言となっているだろう。

また、櫻井と平行する形で延慶本本文の再検証を行っている谷口耕一も、主に長門本との対比から延慶本の再編性を明らかにするとともに、長門本本文の古態性を再評価すべきであることを述べている（谷口［二〇〇一］［二〇〇五］）。

谷口が、延慶本の本文に対する疑義を正すのに役立つのが一に長門本、次いで盛衰記であると発言している通り、如上の成果は、共通記事を多く持つこれらの諸本と対比させることによって得られたものが多い。読み本系諸本の系統図を描くことが不可能であるならば、部分ごとに延慶本と他諸本との関係を精緻に見極めてゆくことが、正しい方向性なのは間違いないだろう。その中で、「旧延慶本」仮説は未だその有効性を失っていない。しかし、相対的な古態部分を多く持つ、という評価のもとで延慶本へ注目が集まることの一方には、叙事詩論を背景に、四部合戦状本を中心として築かれたかつての諸本論が持っていたような、『平家物語』諸本全体の流動史を論じようとする視座が、埋没しがちであるという側面があることも、看過してはならないだろう。特に、松尾葦江が課題としていた、延慶本的、広本的なあり方から語り本への転換をいかに説明するのかという問題については、いまだ十分な見通しが得られているとは言い難い。前述のように、千明守は語り本系「小督」記事の源に延慶本的な本文を想定し、櫻井陽子は「読み本系祖本」へ遡ろうとするとき、覚一本をも補助線として用いることが可能であることを示した。現存語り本系諸本の随所に、読み本系の影響が見られることは確かであろう。しかし、部分のみに留まらない、『平家物語』の流動という一つの文学史の中の問題として、「語り本の成立」をどのように捉えるかということについては、研究者の間にも共通理解は得られていないのが現状である。部分ごとの本文検証によって得られた成果を、成立論の問題として、あるいは文学史の問題として、特に語り本の成立ということとの関係でどのように捉えていくかは、今後の課題であろう。

注

（1）ただし、長門本について、流布本そのものではなくそれを遡る古い本に基づいているとの指摘があり、現存本そのものに対する増補を想定しているのではないと思われる。

（2）後に冨倉は、文字を通して享受されることを目的とした作品としての「読みもの系」（源平闘諍録・四部本・延慶本・長門本・盛衰記）と「語りもの系」とを区別し、それぞれの芽生えを二元的に考え、両系が密接に関連しながら成長してきたとする独自の成立論を通して、諸本の関係を把握した。その中で、諸本に共通する説話の中にも母体を「読みもの系」に持つものがあることを論じ、延慶本や長門本に古い形が見られる場合があることについても指摘している（冨倉［一九六四］）。さらに、現存の「読みもの系」諸本は「語りもの系」に増補をして成ったものではなく、「読みもの系として自ら成長」したものであって、「増補系」と呼ぶべきではないと明言し、四部本についても、「旧延慶本」に極めて近いものを基に整理されたものと見ている（冨倉［一九六八］）。

（3）後年の論考では、巻一の冒頭六章段について、長門本、盛衰記に比して延慶本が最も原型に近いことを論じ、巻六の「慈心房説話」についても、その意義が生かされているのは延慶本のみであるとするなど、延慶本の位置づけに変化が見られる（渥美［一九七九］七、九）。

（4）四部本と闘諍録との間には共通祖本が想定されている。

（5）同氏にはまた、長門本と延慶本の関係を論じる中で「旧延慶本」仮説についての研究史をまとめた佐伯［二〇〇〇］や、延慶本影印の解説として、やはり研究史をまとめた、佐伯［二〇〇八］があり、本稿も多大な学恩を蒙った。

文献（論文の場合、副題は省略した）

赤松俊秀［一九八〇］『平家物語の研究』（法蔵館）
渥美かをる［一九六二］『平家物語の基礎的研究』（三省堂）
渥美かをる［一九七九］『軍記物語と説話』（笠間書院）
黒田　彰［一九九五］『中世説話の文学史的環境　続』（和泉書院）
佐々木八郎［一九四八］『平家物語の研究』（早稲田大学出版部）
佐伯真一［一九八八］「書評　武久堅著『平家物語成立過程考』」（『伝承文学研究』三五）
佐伯真一［一九九六］『平家物語遡源』（若草書房）
佐伯真一［二〇〇〇］「長門本と延慶本の関係」（『長門本平家物語の総合研究第三巻　論究篇』勉誠出版）
佐伯真一［二〇〇八］『大東急記念文庫善本叢刊　中古中世篇　別巻一　重要文化財　延慶本平家物語（六）』解説（汲古書院）

櫻井陽子［二〇〇一］「延慶本平家物語（応永書写本）本文再考」（『国文』九五）
櫻井陽子［二〇〇二］「延慶本平家物語（応永書写本）の本文改編についての一考察」（『国語と国文学』七九—一一）
櫻井陽子［二〇〇三］「延慶本平家物語（応永書写本）における頼政説話の改編についての試論」（『軍記物語の窓　第二集』和泉書院）
櫻井陽子［二〇〇六ａ］「平家物語の古態性をめぐる試論」（『中世軍記の展望台』和泉書院）
櫻井陽子［二〇〇六ｂ］「忠度辞世の和歌「行き暮れて」再考」（『国語と国文学』八三—一一）
櫻井陽子［二〇〇七ａ］「延慶本平家物語と源平盛衰記の間」（『駒澤国文』四四）
志立正知［二〇〇四］『『平家物語』語り本の方法と位相』第五、六章（汲古書院）
高木市之助ほか［一九五九～一九六〇］日本古典文学大系『平家物語』解説（岩波書店）
高木　武［一九二七］「平家物語延慶本・長門本・源平盛衰記の関係について」（『東亜の光』二二）
高木　武［一九三四］「東関紀行と平家物語延慶本・長門本・源平盛衰記の関係」（『国語国文』四—四、四—六）
高橋貞一［一九四三］『平家物語諸本の研究』（冨山房）
武久　堅［一九八六］『平家物語成立過程考』（桜楓社）
谷口耕一［二〇〇一］「延慶本平家物語における文覚発心譚をめぐる諸問題」（『千葉大学日本文化論叢』二）
谷口耕一［二〇〇五］「長門本平家物語の再評価に向けて」（『海王宮』三弥井書店）
千明　守［一九九三］「屋代本平家物語の成立」（『あなたが読む平家物語1　平家物語の成立』有精堂）
冨倉二郎（徳次郎）［一九三四］「延慶本平家物語考」（『文学』二—三）
冨倉二郎（徳次郎）［一九三五］『応永書写延慶本平家物語』解題（改造社）
冨倉二郎（徳次郎）［一九六四］『平家物語研究』（角川書店）
冨倉二郎（徳次郎）［一九六八］『平家物語全注釈下巻（二）』解説（角川書店）
永積安明［一九五六］『中世文学の展望』（東京大学出版会）
服部幸造［一九六九］「旧延慶本平家物語」の成立に関する一考察」（『名古屋大学国語国文学』二五）

服部幸造［一九七一］「旧延慶本平家物語」の成立年代についての疑問（『名古屋大学国語国文学』二九）
平田俊春［一九九〇］『平家物語の批判的研究』（国書刊行会）
藤岡作太郎［一九一五］『鎌倉室町時代文学史』第二期第十一章（大倉書店）
松尾葦江［一九八五］『平家物語論究』（明治書院）
松尾葦江［一九九六］『軍記物語論究』（若草書房）
水原　一［一九七一］『平家物語の形成』（加藤中道館）
水原　一［一九七九］『延慶本平家物語論考』（加藤中道館）
山下宏明［一九七二］『平家物語研究序説』（明治書院）
山下宏明［一九八四］『平家物語の生成』（明治書院）
山田孝雄［一九一一］『平家物語考　平家物語に就きての研究前篇』（国語調査委員会）
山田孝雄［一九一四］『平家物語の語法　平家物語に就きての研究後篇』（国語調査委員会）

仏教と延慶本平家物語

牧野淳司

一　延慶本が書写・管理された場

数多くある平家物語諸本の中で、仏教と最も関係が深いのが延慶本である。そのことを端的に示すのが延慶本の書写奥書で、それによれば、現存する延慶本は、応永二十六〜二十七年（一四一九〜二〇）に紀州の根来寺で写された。さらに、そのもとになった本は、延慶二〜三年（一三〇九〜一〇）に、同じ根来寺で栄厳という僧が書写したものであった。つまり、延慶本は寺院で書写・管理されたことがはっきりしている本である。

ところで、ここでいう「書写」とはどのような行為であったのか。もとの本をそのまま写すだけであったのか、それとも何らかの手を加えたのか。これを、延慶年間と応永年間、双方について考えてみることが必要である。なぜなら、そのまま写す「書写」であれば、根来寺は単なる物語伝来・享受の場となるが、手が加わる「書写」であったならば、現存延慶本を作り上げた場ということになるからである。

最初に本格的な延慶本の研究を行った山田孝雄［一九一一］は、延慶・応永書写を、もとの本を忠実に写す作業であったと考えた。このうち、延慶書写については異論もあったが、応永書写についてはごく最近までこの説が継承された。ところが応永書写本は、必ずしも延慶書写本の忠実な写しではないことが櫻井陽子［二〇〇一］によって明らかにされた。

このことは、仏教と延慶本との関係性を考えるに当たって、重大な意義を持つ。根来寺は物語享受でなく、物語成長・改編の場であったことになるからである。さらに言えば、応永書写の実態からして、延慶書写作業も物語への積極的な働きかけを伴っていたと考えるのが自然であろう。現存の延慶本は、延慶と応永という二度の「書写」を通して、寺院文化圏の中で生み出された物語であると言える。

物語が根来寺で大きく姿を変えた可能性があるとして、それでは、延慶書写の際にもととなった本は、どのようなものであったのか。明確な姿は不明である。だが、根来寺に近接する寺院文化圏に、ごく早い段階から「平家物語」が存在したことは明らかになっている。それが醍醐寺の深賢周辺に存在した「平家物語合八帖」（本六帖、後二帖）である。正元元年（一二五九）書写『普賢延命鈔』の紙背に「平家物語合八帖」の存在を示す深賢書状があることが横井清［一九七四］によって紹介された後、牧野和夫［一九九〇・一九九二］が、醍醐寺深賢を中心とする僧侶のネットワークが根来寺と緊密に結びついていたことを解明した。これにより、平家物語生成の場として深賢周辺が一躍注目されることになった。八帖本平家物語が延慶書写本と系譜的繋がりを持つかどうかは不明であるが、根来寺と交流が深い醍醐寺に八帖の「平家物語」が存在した事実は重要である。まだ十二巻になる以前の平家物語が寺院に存在し、それが根来寺とごく近接する場であったことは、寺院文化圏が物語改編にとどまらない、物語生成の場であったことを示すのである。

そもそも、仏教（寺院文化圏）は平家物語とどのように関わったのか。このような問題は、延慶本を通してこそ具体的かつ実証的に追究していくことができる。本稿は、仏教と延慶本平家物語に関連する研究史を辿りつつ、今後の展望を述べるものである。なお、（延慶本に限定されない）平家物語一般と仏教に関する研究史・展望としては、今成元昭［一九七〇］（一九七〇年以前まで）と日下力［一九九四］（一九九〇年代前半まで）がある。合わせ御参照いただければ幸いである。

二　一九七〇年前後まで

本節では一九七〇年前後までの研究を取り上げる。

ごく早い段階で延慶本について述べたものとしては、筑土鈴寛［一九四二］が重要である。筑土が描いた平家成立の見取り図は、当初記録的であったのが、聖の階級に属する人々が参加することによって仏教文学的色彩が濃くなっていったというものである。延慶本には印西のような念仏聖や、あるいは高野聖といった聖の話が多く見られる。それでは、これら聖の話はどのようにして物語に参加していったのか。その鍵となる人物が慈円である。慈円は大懺法院建立の起請に示されるような怨霊回向の考えを持ち、多くの遁世者、説経・声明・音曲に堪能の者を召しかかえた。信西一門であり、唱導の名手でもある澄憲・聖覚といった人々も慈円の近くにいた。これら大勢の人々の参加を得つつ、愚管抄に示された道理史観や、怨霊回向の願いに沿って、物語に統一性が与えられた。このようにして生まれた本、すなわち聖の話を色濃く反映すると同時に、慈円の思想をもっともよく体現している本が延慶本であると言うのである。筑土論には、後の延慶本研究で重視される論点の多くがすでに提示されている。例えば、信西一門・安居院流唱導・高野聖・得長寿院説話・無明法性合戦状・六道講式などである。これらは大勢の研究者により個別に研究されていくことになる。

なお、筑土の言う「記録的なもの」の内実には注意しておく必要がある。なぜなら、「記録」は識者の手になるものではあるが、現場を体験したものの語りや、また合戦死亡の含霊を現じて慰めるための口写しの語りを含むからである。何も、編年体の歴史叙述のみを指すのではない。筑土は、平家物語は怨霊回向の祈りの物語であり、そこにこそ物語本来の宗教性があるとした。「宗教性」は物語の根幹に関わるものとされる。平家物語は成立当初、どの程度、仏教と関係していたのか。仏教色の薄い編年の記録体のようなものであったのか。それとも当初から目に見えない世界（神仏・霊魂の世界）と深く関係するものであったのか。後の研究者は、それぞれに大きくまた微妙に異なるイメージを提示していくことになる。

この点で、「怨霊を鎮める意図」を強調したのが福田晃［一九七二］であった。福田は「古い平家物語が編年体形式であるにしろ、歴史に密着しているにしろ、平家一門の怨霊を鎮める唱導物語を踏習して成っていること」は動かせないとした。初期の物語は、今日見ることができる物語よりずっと唱導的なもので、横死者の霊を鎮める伝統にしたがっていたと見るのである。そこに描かれていた人物群は、現存物語に比べ、より誇張され、グロテスクなものであったかもしれないが、そのようにして描かれた怨霊の成仏が信じられた時、宗教的な「深い感動」がもたらされる。後に物語が洗練されて「文学性」が前面に出てきたあとも、発生段階で内在した唱導性は平家物語の枠となって、その文学的性格を規制し続けたと言うのである。そして、福田の想定する初期の平家物語がもっていた体質をもっとも強く感じさせる本が延慶本であった。たしかに延慶本は、例えば覚一本に比べ文学的に洗練されているとは言えない。だが、そこにこそ文学性とは異なる宗教的感動があるとしたら、それをいかに説明するか。その後の研究で重視される課題が示された。

延慶本の唱導性について、早い段階で重要な指摘をしたのが渥美かをる［一九六二］である。渥美は延慶本が中国講史の軍談語りに接近した口語りの台本的性格を持つと述べた。事件を敵味方平等に扱うところや、院宣宣旨・寺社縁起類・発心譚・高僧譚・仏教説話・音楽譚・合戦譚・故人譚などさまざまな独立性の強い物語を加えていくところに、中国講史の影響を見たわけである。その背景に、中国・朝鮮から受け継いだ唱導の伝統を見ていた渥美は、アジア世界の中に平家物語を位置づけていこうという壮大な目論見を持っていた。渥美が目指した方向性は、その後しばらく継承されることが無かったが、ここ数十年の間に、敦煌資料や俗講の影響の中で延慶本を読み解いていく研究（後述）や、宋版一切経など中国・朝鮮経由の文物の流通の中で延慶本を読み解こうとする研究（牧野和夫［二〇〇一］など）が現れており、渥美の指摘が重要であったことがあらためて確認される。

渥美はまた、延慶本にある個別の章段についての具体的な検討も行っている。例えば、第一本（巻一）「後二条関白殿滅給事」の章段について、日吉山王神道関係の資料を提示、延慶本に「山王神道の押し出し」があることを指摘した（渥美かをる［一九七五］）。一九七〇年代から、個別説話について、その成立圏を論じる研究が盛んになるが、そのような研究を切り開くものと位置づけられる。

三　一九七〇年代以降一九九〇年代前半まで

延慶本古態説が台頭した一九七〇年代、その仏教的側面についての研究も一気に盛んになる。その特色は、一言で言えば、個別的かつ具体的であるということである。すなわち、それまで盛んに論じられた法然浄土教の教義的問題や、無常観など仏教思想に関わる抽象的問題は後退し、その代わり、個別の説話や人物に即して、当時の宗教界の動向・実態を踏まえつつ考察するものが多くなった。延慶本自体が、鎌倉時代の仏教に関連する具体的かつ詳細な記述を多く持っており、まずはそれら一つ一つを考証することが優先されたのである。これらの研究を大きく分類すると、説話・縁起研究、唱導研究、成立圏研究に分けることができよう。ただし、それぞれの領域は相互に入り組んでおり、分類はあくまで便宜的なものである。また、以下で取り上げるのはこれらの一部であって、全ての研究を網羅したものではないことをお断りしておきたい。

説話・縁起研究とは、個別の説話集や縁起と、延慶本との関係性を論じたものである。説話集では唱導と密接に関わる

『宝物集』が重要である。四部合戦状本・延慶本を中心に『宝物集』依拠の問題を論じた今井正之助［一九八五］は、平家物語が成長・発展のいくつかの段階にわたって『宝物集』を参照したとした。縁起では、延慶本にある日吉山王関係記事・安楽寺関係記事・粉河寺関係記事を武久堅［一九七六～八六］が分析している。第一本（巻一）「後二条関白殿滅給事」にある日吉山王関係記事が『日吉山王利生記』『山王霊験記』を依拠資料とすること、第四（巻八）「安楽寺由来事」が『北野天神縁起』諸本や『北野天神託宣記文』などの縁起・説話・託宣類を駆使していること、第五末（巻十）「惟盛粉河へ詣給事」が和文『粉河寺縁起』の影響を受けていることが明確にされた。こういった研究により、延慶本独自の説話や縁起記事の依拠資料が次々と明らかになっていったのである。それらを一々列挙することはできないが、概して言えることは、延慶本は多くの場合、一章段を構成する際に、単に一つの資料に基づくのではなく、複数の資料を直接・間接に摂取して独自の記事を構成しているということである。それぞれの記事の成立を依拠資料の成立年代から推定することも試みられているが、一つの章段が何段階にもわたる手を加えられてできた可能性もある。

唱導研究では、安居院流唱導との関係が重要である。平家物語や源平盛衰記が『澄憲表白集』を出典とする記事を持つことは、すでに早い段階で後藤丹治［一九三六］が明らかにしていたが、延慶本に即して詳細な検討を行ったのが小林美和［一九八六］である。小林は、延慶本が持つ『澄憲作文集』『転法輪鈔』『言泉集』との同文箇所を指摘し、安居院流唱導書との密接な交渉関係を示した。また、第一末（巻二）、鹿谷陰謀事件で流罪になった成経と康頼の物語が、『言泉集』などの唱導書にみえる恩愛・孝養のテーマと共通性を持つこと、第六末（巻十二）、建礼門院説話の記事が、出家受戒作法を記した『出家作法』や、生死無常を説く『澄憲作文集』の文に拠っていることも指摘している。延慶本のほぼ全体にわたって対句を駆使した表白句が鏤《ちりば》められていることは、武久堅［一九七八］も、その加筆時期と合わせて検証しており、安居院流を始めとする唱導書と延慶本との交渉は確実である。安居院流は澄憲・聖覚を祖とする天台の唱導であるが、その表白句をまとめた『転法輪鈔』や『言泉集』は、宗派を越えて繰り返し書写され、広範に流布した形跡が認められ、延慶本が生み出された場ではこれらを容易《たやす》く利用できたものと思われる。

安居院流唱導が、最勝講や法華八講などの国家的法会や、権門勢家の追善仏事を中心に展開したのに対し、体制から離脱した「聖」と呼ばれる人々の唱導との関係性についても、研究が深まった。融通念仏聖や時衆の聖、高野聖が物語中で大きな役割を果たしていることは他の平家物語諸本にも言えることであり、ここでは取り上げないが、延慶本に固有の説話・物語からは、ある特徴的な「聖」の姿が浮かび上がってくる。例えば、第三本（巻六）「大政入道慈恵僧正ノ再誕ノ事」「白河院祈親持経ノ再誕ノ事」の清盛追悼話群は、天台中興の祖である慈恵僧正賞賛記事と高野山を再興した祈親上人賞賛記事を合わせ持っているが、佐伯真一［一九八〇・一九九四］はこれらの話群の背後に法華経持経者や勧進聖といった、宗派の枠を越えて活動する聖の姿を見た。あるいは第一本（巻一）、物語の冒頭近くを飾る「得長寿院供養事」には、延暦寺根本中堂の薬師如来の化身である「無縁貧道」の浄僧が登場するが、阿部泰郎［一九九一］は同じ話型を持つ説話が唱導世界で豊かに息づいていたことを示してみせた。得長寿院説話は「院」の「清浄の御善根」を賞賛するものであるが、武久堅［一九九六］が指摘するように、延慶本には唱導家から見た理想の法皇（院）が描かれている箇所がある。「院」に寄り添い、その王権を荘厳した清浄の「聖」の唱導がどのようなものであったのかが追究されると、延慶本の輪郭はより明確になると思われる。

唱導はまた、寺院における学問・注釈と不可分の領域である。『和漢朗詠集』『本朝文粋』『白氏文集』などは、寺院において盛んに書写され、注釈が作られた。その学問成果の一部が、対句を駆使した華麗な表白文へと結実するのであるが、和漢の学問は必然的に、中国・朝鮮の文物への広い関心を誘う。そもそも、唱導自体が中国・朝鮮で行われた俗講などの伝統を引き継いだものであった。例えば、平家物語冒頭の「祇園精舎」の背後に、唱導を含めた中世の学問世界が広がっていることを黒田彰［一九九〇］が明らかにしている。同時に、「祇園精舎」の一節に登場する「漢の王莽」に関連して、延慶本を含む読み本にある奇怪な王莽説話（第一本〈巻一〉「清盛繁昌之事」）が、朗詠注に見るような中世史記の王莽伝に取材していることも指摘された。延慶本の王莽説話については、その後、柳瀬喜代志［一九九七］が変文「前漢劉家太子伝」を一原拠としていることを指摘、これを受けて黒田彰［二〇〇一］は敦煌変文を源流とする説話のアジア的広まりの中で王莽説話を再検討している。延慶本は、中国・朝鮮から受け継がれ、日本の中世寺院で熟成された唱導と学問の中で読み解かれなければならない。

個別の説話・縁起研究、唱導研究が多くの依拠資料を明らかにしていく中で、それらの資料を駆使して物語を生み出した場が問題となった。延慶本については、特に真言圏と天台圏が注目された。一九九三年から四年に刊行された『あなたが読む平家物語』全五冊のシリーズのうち『平家物語の成立』は、比叡山を中心に論じた名波弘彰［一九九三］と、真言圏を中心に論じた麻原美子［一九九三］（いずれも書き下ろし）を収めている。名波は比叡山宗教圏の問題、麻原は高野山・弘法大師関係説話の考察を継続して追究したが、次第に他宗教圏との交渉も視野に入れた考察を展開するようになっていった。一つの宗派・地域にとらわれず、それらの間の往還・交渉の中で物語の生成を考えていこうとする立場は、次の世代の研究者にも引き継がれていく。

そのような中で、醍醐寺・根来寺・東大寺・比叡山など拠点となる寺院を越境し、相互に交流し合った僧侶のネットワークを詳細に追究することで、延慶本と八帖本が生み出された場の様相を着実に明らかにしているのが牧野和夫である。寺院における学問・注釈活動についての膨大な業績のうち、延慶本の場に関する研究は牧野和夫［二〇〇五］にまとめられた。一九八〇年代から精力的になされた仕事の一到達点をそこに見ることができる。

四　一九九〇年代後半から最近の動向まで

延慶本研究が盛んになった一九七〇年代以降は、日本史の分野で寺院史研究・聖教研究が発展した時期でもあり、延慶本と関わりの深い高野山や醍醐寺、あるいは延暦寺や東大寺といった大寺院の組織・経営や、そこに所属した僧侶たちの活動、あるいは挙行された仏事法会の次第などが次々に明らかにされていった。それと同時に思想史の分野でも、中世仏教の再評価・見直しが進められた。現在にまで続くその流れは、文学研究の他、民俗学的研究（儀礼研究など）や美術史的研究（絵巻・図像研究など）とも連動して、多くの学際的研究が生まれている。一九九〇年代ころからの延慶本研究は、それらの成果を踏まえて、また相呼応する形で進展している。他分野の研究を幅広く参照することで、これまで個別的・部分的になりがちであった説話研究・成立圏研究を、より広い視点から捉え直すことが可能になってきているのである。とはいえ、中世仏教に関しては未解明のことが多いのも事実で、それらの具体的追究も継続して続けられている。一方で詳細な実態解明に取り組みつつ、一方で延慶本全体を仏教的視座からいかに捉えるかを考察する、その両方向が同時に進行しているのが現状であろう。

延慶本全体を仏教の立場からいかに理解するかということについて重要な問題提起をしたのが、仏教文学会で二〇〇三年に行われたシンポジウム「軍記と仏教―『平家物語』を中心に―」である（源健一郎［二〇〇四ａ］・牧野和夫［二〇〇四］・武久堅［二〇〇四］）。発題者の一人である源健一郎は、各部分では特定の宗派の教義や主張を含みつつ、全体としては（時には矛盾する）さまざまな立場を合わせ持つ平家物語は、「汎仏教的」性格を持つとし、宗派の枠組みにとらわれず、中世の諸宗兼学の実態に即した考察を展開する必要性を説いた。その意味では、シンポジウムのもう一人の発題者であった牧野和夫の仕事は、宗派を越えて交流した僧侶のネットワークに一貫して光を当てるものであり、その重要性があらためて認識される。

延慶本が山門や真言圏の主張を同時に合わせ持つという点について、稿者は、鎌倉後期に成立した『七天狗絵』を視野に入れて考察した（牧野淳司［二〇〇三］）。天魔・天狗・怨霊への視座は、「驕慢」批判と関わって、延慶本を貫く一つの軸と言えるだろう。この点について、久保勇［二〇〇四］は、俊寛と康頼の「禅宗問答」など、禅宗関係記事も視野に入れた考察を行っている。また、源健一郎［二〇〇四b］は特定宗派の立場がいかなる形で表出されているか、延慶本と源平盛衰記を比較しながら考察している。宗派間の主張の対立ということで言えば、鎌倉時代後期に頻発していた寺院間の相論（訴訟）も無視できない。稿者は、各寺院で相論に関わって作成された縁起や訴訟文書に着目して延慶本を読み解く作業を行った（牧野淳司［二〇〇七］）。これらはいずれも鎌倉時代の仏教界の全体的動向の中で延慶本を位置づける試みと言える。

ところでシンポジウムでは、コメンテーターであった大隅和雄氏から重要な指摘がなされた（武久堅［二〇〇四］を参照）。それは我々が使用してきた「仏教」という言葉が、近代的価値観を含んだ用語であるということである。それは多くの場合、教義経論、つまり高度な精神的所産をイメージして用いられる。対して中世ではどうか。一般的であったのは「仏法」という言葉で、これは寺も僧も、儀礼も含みこむもので、必ずしも高度な教義・思想に限定されるものではない。今後は、寺院とその場におけるもろもろの活動、すなわち唱導・芸能・儀礼・音楽・信仰に関わる縁起や絵巻などを、「仏法」という範疇で捉え直した上で、延慶本との関係性を考察していくのがよさそうである。広大なカテゴリーを含む「仏法」という言葉は、仏教と文学という対立的な見方を崩す視座をもたらしてくれるであろう。

そもそも延慶本が根来寺に伝来したということは、延慶本自体が「仏法」を構成する一部であったことを示す。とするならば、寺院の書庫において、それはどのようなものとして扱われていたのか。軍記・語り物研究会二〇〇六年大会シンポジウム「鎌倉・室町の書物と書写活動」は、そのような問題意識を含んで企画された。発題者の一人、山本真吾［二〇〇七］は寺院における書物の型態や、表記形態から延慶本を捉えるための方法・材料を提示した。また、寺院においては独特の歴史叙述が編纂されたが、それらの中で延慶本を位置づける試みを、源健一郎［二〇〇四ａ］や稿者は行っている（牧野淳司［二〇〇八］）。

延慶本研究にとって重要な「唱導」も、「仏法」を構成する領域である。出典・個別説話中心に展開した研究を受け止めつつ、現在では、唱導の方法との共通性あるいは差異を通して延慶本の特質を読み解く試みがなされている。例えば牧野和夫［一九九四］は、唱導と延慶本に「先例列記」の手法が共有されていることを指摘しているし、稿者は唱導の「釈」の手法が、第二本（巻三）「法皇御灌頂事」の章段に活かされていることを指摘した（牧野淳司［一九九八］）。そもそも「唱導」の指す範囲は広く、高野聖など遊行の聖や、澄憲など王家主催の法会に勤仕した僧侶、法然など新しい宗を立てた祖師など、多様な教化を含むものである。その方法・メディアも言葉・絵画・身体など、多岐にわたる。最近は、それらを「唱導文化」として総合的に研究しようという試みもある。唱導は延慶本研究にとって今後も大きな可能性を秘めた領域である。

その他、比叡山延暦寺・高野山・弘法大師説話・熊野信仰・粉河寺参詣・西大寺流律などについて、個別の研究が数多く発表されている。神祇信仰、特に八幡信仰も無視できない。あるいは、延慶本に収録される牒状など文書類の注解や、根来寺における延慶本享受を論じたものもある。これらについては重要なものが多いが、紙数の都合で割愛せざるを得ない。延慶本は実に雑多な「仏法」関係記事を有しており、各記述について個別の実証的研究がなお必要である。それら全てを総合的に展望するためには、もう少し時間がかかりそうである。ただし、延慶本にはデータベース的な知のあり方が相応しい面もあるかもしれない。その点、幸いなことに我々は国文学研究資料館や国会図書館のデータベースを利用することができる。それらも利用しつつ、文献目録を作成していくことも必要であろう。本稿は、文献を列挙したものではなく、あくまで研究の大きな動向を示したものに過ぎないことを再度、断っておきたい。

五　今後の課題

日下力［一九九四］は、延慶本が仏教界から創出されたとして、ストーリー展開や人物形象といったより根源的な作品の要素に仏教思想がどのように関わったのか知りたいと発言している。一体、平家物語の物語としての核はどこにあるのか。そこに仏教がどのように関わったのか。仏教は物語の核を形づくるものなのか、それとも後で付け加わったものに過ぎないのか。「仏教と平家物語」という問題意識の根本に横たわっている問題である。もちろん、原本が失われている以上、結論を得ることは容易ではない。より古い形の物語を想定するためには推論を伴わざるを得ないし、その場合、論者の「文学」観・立場が大きく作用してくる。

しかし、このような問いに向かい合うための状況は少しずつ整備されてきている。延慶本の個別部分についての研究が精力的に続けられた結果、多くの部分で物語の成り立ちが明らかになってきている。同時に、日本史や思想史など他分野の研究の進展も目覚ましい。これらを総合的に参照することにより、物語の発生・生成・成立・成長・改編の各段階・局面で、仏教がどのように関わったか、より精緻に分析していくことが可能になりつつある。物語の文学性と仏教とがどのように交錯しているのか、実証的かつ意欲的に論究していくことができる状況になってきているのである。

また、「仏法」という概念・カテゴリーは、従来の「仏教」と「物語」（文学）という対立図式を崩すものであった。これにより「宗教」と「文学」という近代的学問領域の規制にとらわれない立場を模索することが可能になったのである。「仏教」ではなく、「仏法」をいかに評価するか。これまでの物語研究は、「文学」に価値を置いて、それと「仏教」を対立的なものとして扱ってきた。しかし、そのような価値観とは異なるところに、「物語」を位置づけてみることができるのではないか。「仏法」という概念の導入は、「文学」的に洗練されていないと言われてきた延慶本の新たな評価に向けて、大きな可能性を提示してくれると予想されるのである。

＊文中、敬称は略した。

文献〔著者名［初出刊行年］・タイトル・収録雑誌もしくは出版社の順に示した。単行本に収録されたものは、単行本収録時のタイトルを記し、初出の雑誌名などは省いた。〕
麻原美子［一九九三］「平家物語の形成と真言圏」（栃木孝惟編『平家物語の成立』有精堂）
渥美かをる［一九六二］『平家物語の基礎的研究』（三省堂、笠間書院から再版一九七八）
渥美かをる［一九七五］「延慶本平家物語に見る山王神道の押し出し」（『軍記物語と説話』〈笠間書院、一九七九〉に収録）
阿部泰郎［一九九一］「唱導と王権―得長寿院供養説話をめぐりて―」（水原一・廣川勝美編『伝承の古層―歴史・軍記・神話―』桜楓社）
今井正之助［一九八五］「平家物語と宝物集―四部合戦状本・延慶本を中心に―」（『長崎大学教育学部人文科学研究報告』三四）
今成元昭［一九七〇］「平家物語と仏教」（市古貞次編『諸説一覧　平家物語』明治書院）
日下　力［一九九四］「平家物語と仏教」（『仏教文学講座　第九巻』勉誠社）
久保　勇［二〇〇四］「延慶本『平家物語』の成立をめぐる宗派性の問題―〈禅宗〉覚書《メモ》―」（栃木孝惟・久保勇編『続々・『平家物語』の成立』〈千葉大学大学院社会文化科学研究科研究プロジェクト報告書第一〇三集〉）
黒田　彰［一九九〇］「祇園精舎覚書―注釈、唱導、説話集―」（『中世説話の文学史的環境　続』〈和泉書院、一九九五〉に収録）

黒田　彰［二〇〇一］「王莽覚書―変文と軍記―」（『国語と国文学』二〇〇一・五）
後藤丹治［一九三六］『改訂増補　戦記物語の研究』（筑波書店、磯部甲陽堂から改訂増補初版一九四四、大学堂書店から改訂増補再版一九七二）
小林美和［一九八六］『平家物語生成論』（三弥井書店）
佐伯真一［一九八〇］「延慶本平家物語の清盛追悼話群―「唱導性」の一断面―」（『軍記と語り物』一六）
佐伯真一［一九九四］「勧進聖と説話―或は「説話」と「かたり」―」（水原一編『平家物語　説話と語り』有精堂）
櫻井陽子［二〇〇一］「延慶本平家物語（応永書写本）本文再考―「咸陽宮」描写記事より―」（『国文』九五）
武久　堅［一九七六〜八六］「維盛粉河詣の成立と『粉河寺縁起』」・「平家安楽寺詣の展開と『北野天神託宣記文』」・「「願立」説話の展開と『日吉山王利生記』」（『平家物語成立過程考』〈桜楓社、一九八六〉に収録）
武久　堅［一九七八］「延慶本平家物語の唱導的連関」（『平家物語成立過程考』〈桜楓社、一九八六〉に収録）
武久　堅［一九九六］『平家物語の全体像』（和泉書院）
武久　堅［二〇〇四］「シンポジウム軍記と仏教―平家物語を中心として―」（『仏教文学』二八）
筑土鈴寛［一九四二］「平家物語についての覚書」（『筑土鈴寛著作集　第一巻　復古と叙事詩』〈せりか書房、一九七六〉に収録）
名波弘彰［一九九三］「平家物語と比叡山」（栃木孝惟編『平家物語の成立』有精堂）
福田　晃［一九七二］「平家物語の文学性―その社会性とのかかわりから―」（『軍記物語と民間伝承』〈岩崎美術社、一九七二〉に収録）
牧野淳司［一九九八］「延慶本『平家物語』「法皇御灌頂事」の論理―道宣律師と韋茶天の〈物語〉とその〈釈〉を手掛かりに―」（『軍記と語り物』三四）
牧野淳司［二〇〇三］「延慶本『平家物語』「法皇御灌頂事」の思想的背景―思想的背景としての『天狗草紙』―」（『説話文学研究』三八）
牧野淳司［二〇〇六］「延慶本『平家物語』における歴史物語の構築―寺院が発信する歴史認識との比較を通して―」（武久堅先生古

稀記念論文集『中世軍記の展望台』和泉書院）
牧野淳司［二〇〇七］「延慶本『平家物語』と寺社の訴訟文書―寺院における物語の生成と変容―」（『中世文学』五二）
牧野和夫［一九九〇］『新潮古典文学アルバム　平家物語』（新潮社）
牧野和夫［一九九二］「深賢所持八帖本と延慶本『平家物語』をめぐる共通環境の一端について」（牧野和夫［二〇〇五］に収録）
牧野和夫［一九九四］「唱導と延慶本『平家物語』―その一端・類聚等を通して―」（牧野和夫［二〇〇五］に収録）
牧野和夫［二〇〇一］「十三世紀中後期をめぐる一つの「文学的」な場について―意教上人頼賢「入宋」の可能性より延慶本『平家物語』と達磨宗の邂逅をめぐる一、二に問題に至る―」（牧野和夫［二〇〇五］に収録）
牧野和夫［二〇〇四］「応永書写・延慶本『平家物語』研究の現在―その一側面の一隅より―」（『仏教文学』二八）
牧野和夫［二〇〇五］『延慶本『平家物語』の説話と学問』（思文閣出版）
源健一郎［二〇〇四a］「平家物語の汎仏教性―寺院における歴史叙述生成との連関―」（『仏教文学』二八）
源健一郎［二〇〇四b］「『平家物語』における仏法的立場の表出―延慶本・源平盛衰記を例として―」（『四天王寺国際仏教大学紀要』人文社会学部、三七）
柳瀬喜代志［一九九七］「禿童異聞考―「童謡」と平清盛像象形の関係―」（『日中古典文学論考』〈汲古書院、一九九九〉に収録）
山田孝雄［一九一一］『平家物語考』（文部省内国語調査委員会、勉誠社から再版一九六八）
山本真吾［二〇〇七］「鎌倉時代における寺院経蔵文献とその書写活動」（『軍記と語り物』四三）
横井　清［一九七四］「『平家物語』成立過程の一考察―八帖本の存在を示す一史料」（『中世日本文化史論考』〈平凡社、二〇〇一〉に収録）

史料として見た延慶本平家物語

松島周一

一

史料としての延慶本を論ずる以前に、そもそも日本人の歴史意識の上では平家物語一般が、諸本の差異といったことにあまり拘泥《こだわ》らないまま、史料以上の存在になっていたことを認識しておく必要があると思う。源平合戦の時代をイメージするに際して、人々がまず拠ったのは（それが史実かどうかは別として）平家物語が醸し出す雰囲気であり、日本史の研究者であってもこうした「民族の神話」の埒外《らちがい》には出られないという状態が、長くわれわれの社会ではつづいてきたのではなかろうか。

勿論《もちろん》近代歴史学の出発にあたって、平家物語は史料として用いることに堪えられるものなのかという点に、目が向けられなかった訳ではない。たとえば星野恒は明治二十三年（一八九〇）の「平家物語源平盛衰記考」(1)において既に、『参考源平盛衰記』に載るだけでも十一種類に及ぶ平家物語の諸本があり、その内容にもかなりの異同が存すること、「清盛ハ残暴、重盛ハ仁孝、源氏ハ勇健、平氏ハ懦弱」といった視角があらかじめ設定され、それに沿う記述が作られたことなどの基本的指摘を行なっていた。しかし、平家物語全般を「附会紛飾極テ多ク、保元平治物語ニ比スレハ、更ニ一層ヲ加フ」「其附会矯誣、演義三国志ノ甚シキニ至ラサルモ、決シテ正面ノ史料ニ充ツルヘキ者ニ非ス」と評して史学の立場からは否定的に捉えたこともあってか、以後平家物語の史料論が進展するといった状況にはならなかったと思われる。そして、具体的な検討が深められることはないまま、陰に陽に平家物語の記述が源平合戦期の歴史像に影響してきたことは否めない。たとえば清盛の強権的な振舞いが強調される一方、富士川の戦いに象徴されるような平家軍の弱体さが東国武士たちの強健さと対比されて描き出されるなど、まさに星野が指摘した通りのストーリー操作によって、横暴でありながら懦弱《だじゃく》な平家の没落は、歴史の当然の帰結であると、無意識のうちに多くの人々が納得してきたといえよう。

頗る大雑把な言い方になることを許していただくなら、近年の源平合戦に関わる諸研究は、具体的な事実の把握と検討によって、こうした軛《くびき》から脱しようとする方向性を共有しているのではないか。元木泰雄(2)や高橋昌明(3)が従来の理解にとどまらない、時代の転換点に立って「闘う」清盛像を力強く提示し、その武家政権としてのあり方を評価している（勿論両氏の描く清盛や平氏政権の姿は、それぞれの時代像の捉え方と連動しているため、必ずしも重なり合わない部分もある(4)）こと、川合康(5)が源平合戦期の戦争の実態に迫り、それが社会や政治体制に与えた影響を鋭く捉えていること、曾我良成(6)が近年の貴族社会研究の達成を踏まえながら平家物語の描く平氏の「専横」ぶりの虚構性を明らかにしたこと、松薗斉(7)が平家物語では簡単に進行したように描かれている朝廷での平氏の官職の上昇は実際には如何に大きな職務の負担を伴う困難なものであったかを指摘したことなど、その多岐にわたる成果は、現在の歴史研究と「平家物語の時代」との付き合い方の水準を示すものといっていい。それらは、「平家物語史観」から歴史研究を解き放つ作業であった。

勿論歴史研究にとって、平家物語がマイナスの意味ばかりを持ったのではない。物語作者（たち？）の構想がどのように影響をもたらしたにせよ、この作品があることでわれわれは多くの出来事が錯綜する内乱の時代の大状況を瞥見《べっけん》し、武家政権の登場という日本史の新たな段階についてまとまった歴史像を描くことが可能となっていたのである。断片的な史料のみからこの時代を描こうとしたのなら、研究の進展状況は現在とまったく異なったものになっていたであろう。要は平家物語という多くの貴重な情報を蔵した作品に、どのようなスタンスで臨むのかという研究者の姿勢の問題なのであり、その意味では歴史研究の側に、意識的な検討を抜きにしたまま平家物語を「史料」として「つまみ食い」するような面があったことも否定できない。ただ、以下で述べるように、その中で目的意識的に平家物語の史料性を問おうとする研究がなされてきたことも確かなのである（現在はそうした研究史の上に、漸く「平家物語史観」から自立した一定の歴史像が語られるまでになった段階と総評できるのではなかろうか）。そして歴史研究の立場から平家物語の史料性を検討しようとした時、平家物語には多くの諸本があってそれらの異同は無視できず、その中でも史実の探究の上では延慶本が大きな意味を持つとの認識も深まってきたと思われる。小稿のテーマである「史料として見た延慶本平家物語」という問題が歴史研究の現場において明確になってきたのは、それほど古いことではなかった。以下、まずその流れを簡単に辿ってみるところから話をはじめたい。

なお、小稿では必要な場合、歴史学関係の文献にしぼって取り上げ、言及することとする。学ぶべき国文学の業績が数多《あま》《た》あることは論を俟たないが、紙幅の関係から最低限の整理とするためである。あらかじめご了解をいただきたい。

二

『参考源平盛衰記』の編纂は水戸藩による『大日本史』編纂事業の中で行なわれ、元禄二年（一六八九）には成立していたという。近代以降の歴史研究者ならばそうした先駆的な平家物語研究があって、そこで諸本の差異が指摘されていることは当然分かっていた筈だといわれるかもしれない。そして、国文学においては、以後もさらに多数の諸本が紹介され研究されていることも。しかし、おそらく歴史学の側で意識的にそうした議論がなされることは少なかったと思われる。既に述べたように星野恒は諸本の存在には目を向けつつも、それらを「平家物語」として括り、源平盛衰記については「平家物語ノ重修ナリ」として「晩出」のものと位置づけていた。但し、それら全体を「史料」としては否定的に見ていたのであるが。以後も、そうした捉え方が一般的であったろう。

その意味では、一九六〇年代後半になって赤松俊秀(8)が延慶本に着目し、これを古態として論じる作業を行なったのは、個々の論点の当否はともかく、歴史研究者からの発言としては珍しく、貴重なものであったといえる。本来、史料批判は歴史研究の基本であるが、平家物語に対してはそれが如何に長く等閑視されていたか、この経緯にも示されていよう。

ただ、歴史研究の側から「史料として見た延慶本平家物語」を注目するようになった契機は、こうした諸本の性格や原本の探究といった議論への正面からの参加によるものではなかったと思われる（このような議論が歴史研究者から積極的に提示される状況も、特に進展することはなかった）。むしろ延慶本の中に引用されている多くの文書史料が、源平の内乱史を検討する上で貴重な「新出」の史料であると認識されたことが重要であった。その事実を明らかにしたという点から、「史料として見た延慶本平家物語」を語る上で最も大きな研究史上の存在が石母田正であると位置づけることに、異論は少ないであろう。赤松についても、以後の源平合戦史の研究に残した足跡として重要なものを挙げるならば、やはり氏が延慶本から発掘した平家没官領に関する新史料(9)に指を屈しなければならないのである。

三

一九五〇年代後半、石母田正は鎌倉幕府成立史に関わる一連の仕事の中で、従来その分野では注目されることの少なかった延慶本を積極的に用いる姿勢を見せた。「平氏政権の総官職設置(10)」や「頼朝の日本国総守護職補任について(11)」などの論考で、延慶本所収の宣旨を原史料として取り上げ、新たな政治史像を作り出すことに成功したのである。前者においては、周知のように治承五年（一一八一）正月十九日付の、平宗盛を「天平三年の例に任せて」惣官に任じた宣旨を検討し、原史料として使用することが可能としている。近年になって、この宣旨は『警固中節会部類記』にも引用されていることが学界に紹介され(12)、石母田の学問の確かさが改めて証明されたことは記憶に新しい。後者では、『吾妻鏡』所収の文治元年（一一八五）十一月廿五日行家・義経追討宣旨と「日付および形式を異にするが、内容は右の宣旨と一致するところの」十二月六日付宣旨を延慶本から取り上げ、それらが口宣と宣旨正文であるとして、その日付の間隔に京と鎌倉の両政権の葛藤を窺《うかが》う。これらの作業は、石母田が強調する如く「延慶本の作者が、この時期の宣旨について、信憑性ある資料を入手し得たこと(13)」を、学界に広く承認させたと思われる。石母田の描いた鎌倉幕府成立史そのものについては、史料の解釈や史実の措定など、その後の研究から批判を受けている部分もあるが、ここでは触れない。小稿にとって重要なのは、石母田が平家物語一般ではなく延慶本に限定して、歴史研究の上での史料的な価値を明確にしたことなのであり、そうした研究動向の出発点としての意義は失われることがないであろう。換言すれば、石母田の業績こそが、「史料として見た延慶本平家物語」を歴史研究の側に強烈に印象づけることになったのである。特に宣旨という具体的な原史料が引用されていると確認できたことで、延慶本が「史書」としての性格を有するとの推測が可能となったのであり、やや大袈裟な言い方をすれば、石母田以後の歴史学にとって、延慶本は他の諸本とは異なる特別な位置を占める存在と化したともいえるのである。

　そののちも、上横手雅敬(14)が寿永二年十月宣旨関係の新史料を延慶本から見出しているし、石母田の方向性とは異なるが、赤松俊秀が延慶本の中に新史料を発見していることも、前記の通りである。一般的にいって源平内乱期のような古い時代については、原史料といえるようなものは僅かしか知られていないのが普通であるし、まして新史料が頻出するなどということは想定しがたい。まさしく平家物語一般ではない延慶本に着目することで、源平内乱期の政治史・制度史研究は常識の枠を越えて新史料を発掘し、その検討によって大きく進展したといい得よう。そうした研究動向は時として「新紹介の史料に対する一種の偏愛」と評されるほどでもあった。(15)

なお誤解の無いように付言すると、以上に述べたことは、少なくとも平氏政権や内乱の時代を歴史研究として描き出そうとする者にとって、延慶本が他の諸本以上に史料としての価値を有する存在であると実感できるとの意であって、それ以上の問題、たとえば延慶本がどれだけ古態かどうかというような話ではない。筆者自身は、歴史を研究する上での史料性は、その作品の古さや原本との近さを示す尺度に、直ちにはならないのではないかと考えている。(16)むしろ、古態や増補という視点よりも、延慶本と接した時に筆者が重要であると考えるのは、この作品が時代を記録することに貪欲である、あるいは雑駁《ざつぱく》で未整理ではあっても、多くの文書などを活かそうとして取り入れていく姿勢を有しているという点である。(17)それは作品の完成度からみれば瑕疵《かし》というべきであるかもしれないが、史料としての存在感を確実に増す特徴であろう。

四

以上のように、「史料として見た延慶本平家物語」というテーマは、延慶本に引用される古文書などの原史料によって論じられる問題という側面が強かった。歴史研究の側は延慶本を、引用された史料中心の「活用」が可能であるという面から高く評価して付き合ってきたともいえる。

従って、その付き合い方は古文書学のレベルに規定されることになる。日本史研究者が依拠してきた古文書学の体系は、武士や貴族の家、寺社などに伝存してきた具体的な「完成品」である古文書によって作り上げられてきた。そうした方法が古文書学の精度を高め、多くの貴重な成果を挙げてきたことは贅言するまでもないであろう。[18]しかしながら、そうした「正しい」様式の文書のみを対象とした検討の場からは、多くの史料がこぼれ落ちてしまい、それらの位置づけも混乱したままになってしまうとの、鋭い視角を提示してきた近年の研究史が、[19]「史料として見た延慶本平家物語」というテーマにも新たな段階を劃することになったといえるのではなかろうか。ここでは具体的な研究として上杉和彦の「延慶本平家物語所収文書をめぐって」[20]を挙げる。延慶本に収められた宣旨などの文書は、従来の古文書学の常識から見ると不完全な様式のものが多く、その説明のためには、古文書の様式に無知な物語作者の手が相当に入っているなどの仮定がなされたりした。[21]それに対して上杉は、「一般」様式からの「乖離」を、古記録（日記）が出典であるという事情から説明できると説いた。宣旨がまだ作成中の未完成な形で伝達される途中にその内容に接した者が日記に書き残せば、当然ながらそれは伝達の最終段階で漸く完成する「一般」様式からは「乖離」してしまうのである。この研究に接した時、安易に物語作者の関与による様式の「特異」さを考えていた筆者などは、かなり衝撃をうけたものであった。上杉の業績によって、これまで以上に延慶本が載せる史料を、歴史研究の場で活用する可能性が広がったといえよう。さらに延慶本が史料を引用するなど編纂過程で依拠した文献として、貴族たちの日記が重要な位置を占めることが明らかとなった訳であり、平家物語生成の様相についても一石を投じる議論であったと思われる。[22]

こうした研究動向を辿ってくると、現在において「史料として見た延慶本平家物語」と付き合おうとする場合、特に原史料というべき文書の扱いについては、それを一般的に信頼できるとかできないとするのではなく、それぞれの性格を検証しつつ史料性を確かめていく努力が求められるといえよう。困難な作業ではあるが、そうした営為のための基礎は次第に積み上げられ、蓄積されているからである。筆者自身も、平家が頼朝追討のために獲得した一連の宣旨について検討し、それらについては史料としてある程度信頼し得ると考えたり[23]、明らかな偽文書である寿永二年の頼朝征夷大将軍補任の官宣旨がどのような事実を背景として創作されたのかを探ってみたりしたことがある。[24] そうした拙い作業がどの程度のことを達成し得たかはともかく、延慶本という貴重な情報を蔵した作品の史料化のためになすべきことは、まだ多いのではなかろうか。歴史研究の立場から延慶本をはじめとする平家物語の検討に関わって、何らかの貢献を果たそうとするのならば、地道な「餅は餅屋」としての作業を充実させることが必要であると思う。

五

ここまでは「史料として見た延慶本平家物語」を、引用されている原史料の価値という点から見てきた。しかし、いうまでもなく延慶本とは原史料の引用のみによって成り立っている訳ではなく、多量の「本文」こそがその実体なのである。その部分について、史料としての評価はどうなっていたのか。具体的な研究状況をみる限り、延慶本を他の諸本より特別視するという傾向は顕著には見出せないと思う。[25] 平家物語の記述を歴史研究の叙述に織り込もうとする時など、覚一本などのテキストから引用する場合も多い。印象批評で恐縮であるが、何らかの考証を経て敢えてそうした選択を行なっているというよりは、手近なテキストを用いるといった姿勢も存するように思われる。

ただ、今後の方向性を考えると、歴史研究の立場からも、延慶本の本文の検討は重視すべき課題なのではなかろうか。このように述べるのは、まず感覚的なことなのだが、前記のように延慶本の叙述には、雑駁ながら時代を大きく捉えようとする姿勢が窺われることが大きい。さらに、やや具体的なことを述べれば、必ずしも原史料に限らなくとも延慶本の本文にはさまざまな独自の情報がとけ込んでいるように思われるからである。筆者はかつて寿永二年（一一八三）の平家都落ちのあとに行われた国守の人事について検討し、その際に延慶本が載せる解官者のリストはかなり信頼し得るものと結論づけたことがある。(26) これは本文というには微妙な例かもしれないが。

次に、延慶本を含む平家物語諸本が軍記物語としての最も根本的な記述である筈の合戦やその関係者の描写において、しばしば相違を見せるため、それらの検証の意味でも本文の記述を検討して行く努力が求められると思う。たとえば、これは周知のことではあろうが分かりやすい事例として敢えて引くのだけれど、平家の有力な家人でありその軍事力を支えていた藤原忠清・景家の兄弟について。覚一本をテキストとすると、彼らは治承五年閏二月の清盛の没後、揃って出家したことになっている（巻七「還亡」）。ところが延慶本の巻六・七をはじめとする長門本や源平盛衰記の記述では、その直後の墨俣合戦や寿永二年（一一八三）の北国遠征で、彼らが俗体のまま平家軍の一将を務めたことになっている。忠清については寿永二年七月の平家都落ちに際し、一門に同道せず都に残った時に出家したことが確認できる（『吉記』七月二九日条）から、これは覚一本が誤っているのである。こうした情報の積み重ねが、合戦という内乱史の最も中心的な出来事を描くための基本になることを考えれば、諸本の異同について歴史研究の側ももっと注意を払っていい。その際、筆者の乏しい知見の範囲では、やはり延慶本の描くところは依拠し得る場合が多いように感じられる。その当否も含めて、目的意識的な検討が必要になるのではなかろうか。

総じて延慶本は、そこに引用される原史料を中心にこれまで歴史研究の場でも頻繁に用いられてきた平家物語であるといえようが、そうした角度からの検討がより深められるとともに、本文についても史料としての利用の可能性を広げるような営為が求められるということになろうか。その意味では「史料として見た延慶本平家物語」というテーマは、なお探究の道半ばであり、今後に期待される部分も大きいのである。

注

（1）『史学会雑誌』五、一八九〇年四月

（2）元木泰雄『平清盛の闘い―幻の中世国家―』（角川書店、二〇〇一年）

（3）高橋昌明『平清盛　福原の夢』（講談社、二〇〇七年）

（4）拙稿「（書評）高橋昌明『平清盛　福原の夢』」（『年報中世史研究』三三、二〇〇八年）参照。

（5）川合康『源平合戦の虚像を剝ぐ―治承・寿永内乱史研究―』（講談社、一九九六年）

（6）曾我良成「「或人云」・「人伝云」・「風聞」の世界―九条兼実の情報ネットワーク―」（『年報中世史研究』二一、一九九六年）

（7）松薗斉「武家平氏の公卿化について」（『九州史学』一一八・一一九合併号、一九九七年）

（8）赤松俊秀『平家物語の研究』（法蔵館、一九八〇年）にまとめられた諸論考。

（9）注（8）前掲書二三頁に収められた寿永三年三月七日前大蔵卿奉書。

（10）『歴史評論』一〇七、一九五九年。のち『石母田正著作集　第九巻　中世国家成立史の研究』に収載。

（11）『歴史学研究』二三四、一九五九年。同前。

（12）菊池紳一「『警固中節会部類記』について」（『学習院史学』二五、一九八七年）

（13）注（10）前掲論文。

（14）上横手雅敬『日本中世政治史研究』（塙書房、一九七〇年）一四五頁に収められた寿永二年十一月九日宣旨。なお、この史料は十月宣旨として扱うには日付の問題が残る。上横手は「日付が不都合だという理由で、史料そのものを否定することはできないから、その点は一応不問に付しておきたい」（一四六頁）とするが、その点も含めての史料批判が必要であろう。拙稿「寿永二年十月宣旨の周辺」（『愛知教育大学研究報告（人文・社会科学）』四七、一九九八年）も参照。

（15）寿永三年三月七日前大蔵卿奉書をめぐる研究動向に対しての石井進の指摘（同「平家没官領と鎌倉幕府」〈『論集　中世の窓』所収、吉川弘文館、一九七七年〉）。

（16）この辺りは微妙な問題である。たとえば上横手雅敬は、「総官職補任宣旨、行家・義経追討宣旨、十月宣旨等の公文書が、例えば鎌倉後期以後において、平家物語の中に増補されたり創作されたりするのを予想することは、歴史家の常識としてほとんど不可能である」（注（14）前掲書一四六頁）と指摘する。筆者自身はとてものこと歴史家の範疇《はんちゅう》に入り得る者ではないが、上横手がこう述べる感覚には共感できる心算《つもり》である。ただ、確かにこれらの史料の「創作」はあり得ないが、「増補」は必ずしもそうはいえないのではないか。筆者の乏しい経験でいうと、たとえば平治物語に関して、源義朝の下に動員された源氏勢のリストに当たる部分についての多少の考察を行なったことがある。より古態とされる陽明文庫本（『岩波新日本古典文学大系』に収載）が載せないリストが、金刀比羅宮本（『岩波日本古典文学大系』に収載）には収められている。しかしながら、このリストは古い形をとどめていると思われ、かつ信頼し得るものというのが筆者の理解である（「『平治物語』と重原氏」〈『安城市史だより』二三、二〇〇六年〉）。すなわち増補であっても、以前に作成された原史料として扱うことが可能な場合もあるということなのである。この点は、さらに後考に俟ちたい。

（17）かつて筆者は、治承五年前半期の延慶本などの記述について以下のように述べた。この感覚は現在でも変わっていない。「たとえば延慶本に顕著なように、平家諸本がこの時期の宣旨や院庁下文発給の記述を繰り返し載せるのも、実はこうした時代の雰囲気を対象として描こうとしたことの反映ではなかったか。勿論、それはきちんとした考証や検討の結果として意識的に採用された描き方ではなかったであろう。現在われわれの目の前にある平家諸本は、もっと無造作な混沌に満ちている。ただそれは、この時期の歴史過程を描こうとした時、未整理なままの史料や記録や記憶をなるべく生かそうとしてそれらを累積させて行ったためなのであり、一方ではその結果として、当時の状況をかなり生々しく反映した記述ができあがって行ったと評価することもできるのではなかろうか」（拙稿「治承五年前半期の内乱の状況と平家物語」〈『日本文化論叢』一二、二〇〇四年〉）

（18）その成果の最高峰として佐藤進一『古文書学入門』（法政大学出版局、一九七一年、新版一九九七年）があることに大方の異論はないであろう。

（19）対象となる時期は溯るが、延慶本にも多出する宣旨について、従来の公家様文書という枠を取り払い、音声による口頭伝達の場での発生と展開を説いた早川庄八の論（同氏『宣旨試論』〈岩波書店、一九九〇年〉）は、古代の古文書学の書き換えを迫る力作であったし、それは延慶本が載せる宣旨について、伝達の途中（の形式）で日記に載せられたものがさらに引用されたという視点を提示した上杉和彦の研究にも繋がる位置を占めている。

(20)『軍記と語り物』三一、一九九五年

(21) たとえば拙稿「治承五年の頼朝追討「院庁下文」について」(『日本文化論叢』二、一九九四年)

(22) こうした上杉の発想を支えた歴史学の側の条件として、五味文彦が宣旨の発給を奉行しそうな弁官の貴族の日記に着目し、平家物語との関連を考察するという方法をとった(五味『平家物語、史と説話』〈平凡社、一九八七年〉一四三頁以降)ことなども押さえておくべきであろう。

(23) 拙稿「『延慶本平家物語』所収の頼朝追討宣旨をめぐって」(『日本文化論叢』六、一九九八年)

(24) 拙稿「源義仲の征夷大将軍宣旨と畿内近国」(『日本文化論叢』八、二〇〇〇年)

(25) 川合康が注(5)前掲書において延慶本を「他の平家物語諸本と比べ古態性を維持して」(二〇頁)いると確認した上で、意識的にそこからの引用文を用いていることなど、むしろ氏の見識を示す特色と捉えてもいいのではなかろうか。

(26) 拙稿「清盛没後の平家と後白河院」(『年報中世史研究』一七、一九九二年)

国語学から見た延慶本平家物語

吉田永弘

はじめに

延慶本『平家物語』は、鎌倉時代後期、延慶二、三（一三〇九、一〇）年の奥書を持つところから延慶本の名称を冠している。だが延慶書写本は伝わらず、延慶書写本を応永二十六、二十七（一四一九、二〇）年に書写した大東急記念文庫蔵本と、それをもとに江戸時代末期に書写した三本が現存する。鎌倉時代の書写本ではないが、現存『平家物語』のなかで鎌倉時代の奥書を持つ唯一のテキストであることから、山田孝雄は鎌倉時代語を研究する資料として高い評価を与え、語法を中心とする組織的かつ網羅的な研究を行った。その成果は『平家物語の語法』（一九一四）にまとめられた。しかし、その後延慶本を国語資料として使った研究はあまり見られず、『平家物語』を国語資料として扱う場合には、応安四（一三七一）年の覚一の奥書を持つ覚一本を採用することが主流となった。増補系・読み本系などに分類されて漢字片仮名交用で書かれた延慶本よりも、語り本系に分類されて漢字平仮名交用で書かれた覚一本のほうに、鎌倉時代の口語への近さを見たためかもしれないが、日本古典文学大系をはじめとする注釈書類が覚一本を底本として採用したことや、金田一春彦・清水功・近藤政美『平家物語総索引』（学習研究社、一九七三）、笠栄治『平家物語総索引』（一九七三）などの覚一本の索引が刊行されたことによって、資料としての扱いやすさがあったことも否めない。そのような状況のなかで、応永書写本の影印の刊行（汲古書院、一九八二〜三）に続いて、北原保雄・小川栄一『延慶本平家物語 本文篇』（勉誠社、一九九〇）、『延慶本平家物語 索引篇』（一九九六）が刊行され、延慶本が手軽に扱えるようになった。覚一本に比べて延慶本の国語学的な面からの研究の蓄積はまだ多いとは言えないが、近年延慶本を対象とした研究が着実に増えてきている。以下、本稿では延慶本を正面から扱った文献をとりあげて概観する。

一 山田孝雄『平家物語の語法』

あるひとつの資料を用いて言語研究を行う場合、その資料の言語事象を網羅的に記述した上で、その資料に見られる特殊な事象（多くは歴史的に新しい事象）を指摘するのが理想だろう。その点で『平家物語の語法』（以下『語法』と呼ぶ）は鎌倉時代語の記述という共時的観点と、前代からの変化の指摘や後代の変化を意識した記述などの通時的観点を兼ね備えた理想的な成果と言える。『語法』で明らかにした延慶本の言語事象を「第十七章 概括」を中心にまとめてみると次のようになる。

［仮名遣い］ ①ヰヱヲとイエオ、ハ行転呼に基づく仮名遣いに混乱がある。②四つ仮名が混同した例はない。③ムとンが通用する。④擬音語擬態語を表す場合を除いてッを促音表記に用いない。⑤アフヒをアオイとするようなア段音に続くウ段音をオ段音で表記した例がある。⑥ヤ行下二段の活用語尾のユ・ユルをウ・ウルとした例がある。

［体言］ ①複数の接尾辞にタチ・ドモ・ラ・バラはあるがガタはない。バラは卑しめの意があるとは言えない。②名詞について尊敬を表す「殿・御前・御房」はあるが「様」はない。「御前」は女性と幼童に対して使う。③自己の作用に「御」を使わない。④軽蔑の接尾辞にメがある。⑤自称のワを「ワ殿・ワ主」のように対称に使う。⑥「丸」は天皇

の自称。⑦代名詞のソカタがある。コチ・アチはあるがソチはない。⑧場所を表すドコがある。ドチはない。⑨コレを自称に、オノレ・ソレを対称に使った例がある。アレを対者に向かって使う。⑩ソレニを逆接として使う。

［**用言**］①補助動詞のナシがある。②シク活用形容詞の終止形にシシの形が現れる。③形容詞の連体形で結ぶ場合の係助詞はゾに限られる。④「御心苦シク」など名詞を前項要素にもった形容詞の例を除き、形容詞に「御」を冠しない。⑤形容詞の音便でキをイ、クをウとする例はあるが、シをイとする例はない。⑥「加様ナ」のように形容動詞の連体形にルを落とした例がある。⑦二段活用が一段化した例はない。⑧敬語に「御―アリ（ナル・ナス）」の形がある。⑨連体形終止が多い。

［**助動詞**］①ヤラムが現れる。②ムがウに、ラムがラウに転じた例がある。③タが現れる。④ナンダの語源と見られる打消のナムシがある。⑤可能のル・ラルは不可能の意でのみ使われる。⑥敬語のス・サスは敬語動詞を伴って使われる。

［**副詞**］①擬音語擬態語が多い。②漢語が多い。

［**助詞**］①格助詞デが現れる。②格助詞ガの連体格は、人を指す名詞を承けるなど、ノとは異なり用法が固定的である。③方向を示すへがニに似た用法を持つ。④副助詞ソラがある。⑤副助詞バシが現れる。⑥係助詞ナムは稀にしか使われない。⑦禁止のナ―ソはソのみで使われた例もある。⑧「―ゾ（コソ）―名詞ヨ。」の構文が現れる。

［**話し言葉的要素**］①音便。②義仲を中心とした会話文。

［**同時代資料に見えて延慶本に見られないもの**］①二段活用の一段化した例。②ラメバの接続例。③「連体形＋トモ」の接続例。④ダニモの縮約形ダモ。

『語法』はその後、山田巌［一九五九］のように、覚一本の言語と照らし合わせるなどして参照され続け、その価値は未だに失っていないが、現在から見ると問題がないわけではない。最も大きな問題は、当時応永書写本が未発見だったため、『語法』が拠った延慶本が江戸期の書写本だったことだろう。小川栄一［二〇〇八・第1部第3章］は、江戸期の写本の誤写から生じた『語法』の誤りを指摘している。右に示した例で言えば、［体言］⑦に示したソカタの例は、『語法』では「二百余艘ソカタへ指ウケ」（二〇三頁）の例を引き、八丈島方言と関連づけて説明したのだが、応永書写本では「二百余艘ヲカタへ指ウケ」（四39ウ）のようにヲカタとあり、用例自体が消滅した。小川はこのほかに十四箇所指摘しているが、それ以外にも『語法』で「他に類例なきものなれば疑を存して、なほ茲に掲げおきたり」（三八〇頁）として挙げた「イマワシキ見ヘサセ給候」（二本66ウ）「ナニカクルシキ候ヘキ」（五末9オ）の例が、応永書写本ではキではなくクになっている例もある。『語法』を使う際は、用例を応永書写本で確認する必要がある。

以下、『語法』以降の延慶本を対象とした研究を分野別に見ていくことにする。

二　表記・音韻

応永書写本の言語は、Ⅰ延慶書写から引き継いだもの、Ⅱ応永書写段階で加わったもの、Ⅲ応永以降に補筆されたもの、という三つの層に分けて考える必要がある。従来、応永書写本は延慶書写本を忠実に書写したものと考えられていたが、櫻井陽子［二〇〇一］など一連の論考で、応永書写段階で覚一本的本文の取り入れがなされて改編が行われたことが明らかにされた。これにより、延慶本の用例をもって安易に鎌倉時代の例とすることはできなくなった。どの部分がⅡⅢなのか識別するのは困難であるが、常にその可能性を考慮に入れておかなければならない。特に表記の調査にあたっては注意を要する。

この点を意識して『語法』が触れていない点も含め仮名遣いを再検討したのが小川栄一［二〇〇八・第1部第4章］で

ある。そこでは、オとヲは混同し定家仮名遣いとの関連もないこと、イとヰ・エとヱは混同していること、クヰ・クヱをキ・ケと書いた例があることを示し、いずれも鎌倉時代以降の音韻状況の反映だと指摘した。これ以上言及すべきことはないだろうが、章段によって仮名遣いの誤用の差があることを述べた横井孝［一九八八］もあり、本文形成の観点からはまだ追究すべきことはあるかもしれない。

また、小川は本行とは別筆の振り仮名に着目して考察する。まず、オ段長音の開合を①本行、②本行と同筆の振り仮名、③本行と別筆の振り仮名に分けて調査した結果、混同例は①に1例、②に固有名詞の2例あるだけだが、③には25例と多く見られることから、③に応永以降の音韻状況が反映した可能性を指摘する。次に、促音の表記について、①②では無表記が多く、③ではツで表記することが多いことから、①②は鎌倉時代の状況、③は室町時代の状況の反映したものとする。さらに、濁音の表記について、①には濁声点（＝声調表記の一環として濁音であることを表す点）で示し、第一本冒頭部分の振り仮名（②か③かについて言及はない）には濁点（＝声調表記と無関係に濁音であることだけを表す点）で示すことから、①は鎌倉時代の状況、振り仮名部分は室町時代の状況を反映したものと指摘する。先の三つの層で言えば、右の①②はⅠ、③はⅡ乃至Ⅲと見ているようだ。なお、本行と別筆と見られる振り仮名については、現在刊行中の『延慶本平家物語全注釈』（汲古書院、二〇〇五〜）の〔本文注〕に詳しく注記されていて参考になる。

声点を対象としたものに、高松政雄［一九七一］がある。それを踏まえてより詳細に検討したのが、加藤大鶴［二〇〇六］である。加藤は、41例の和語に付された声点と、348例の漢語に付された声点に分けて考察する。和語の41例のうち「34例が双点によって濁音であることが示され、4例が単点によって清音であることが示されている（2例が清濁に無関係、1例が不明）」ことから、「アクセントよりも清濁を示すことによって語義を特定することに注意が向けられている」と指摘する。アクセントについては、他のアクセント史資料と比較した結果、南北朝期に起きたアクセントの体系変化前の状況を反映しているところから、「応永書写時以降に新たに書き込まれた声点はほとんどないとみなしてよく、本資料の声点は延慶書写以前の状況を反映したもの」という重要な指摘をしている。一方、漢語の声点についても「同時代の音調を反映したもの」とする。さらに、漢音資料と呉音資料を援用して漢音系字音と呉音系字音に区別して分析した結果、呉音系字音はその特徴を反映しているが、漢音系字音はそうではなく、変化を示している可能性を指摘している。今後の漢音研究の課題となる事例を提出したものと言えるだろう。

文字に着目して書写態度に言及したものに、萩原義雄［二〇〇五］がある。応永書写本の「聞」の文字仕様は、A楷書体「聞」（3例）、B門構えをくずし旁「耳」を楷書体（22例）、C門構えをくずし旁「耳」をくずす（371例）、D門構えをくずし旁「耳」をくずし増画「多」乃至「歹」文字表記（623例）、E連綿のくずしで増画「歹」文字表記（39例）、の五種類に分けられ、使用数の多いCとDは、それぞれ鎌倉時代と室町時代の特徴を示すという。Cは、第一本（84例）・第一末（88例）・第二中（108例）に多く見られ、延慶書写本を忠実に書写したところであることを指摘している。このように、応永書写本は延慶書写本を忠実に写したところとそうでないところが文字のレベルでも混在していることを実証したわけであるが、影印を丹念に調査しない限りわからないことであり貴重な指摘である。影印を読むことの大切さは、人名で「ハタ」と翻字されたものが「多」と読め、史実としても「多」のほうがよいことを示した水原一［一九九二］によっても教えられる。なお、異体字をまとめたものに山本真吾［一九九六］がある。

以上、応永書写本がどの時代の言語を反映しているのかという観点を含むものをとりあげた。その他、表記に基づいて文体や語彙を論じたものは後に触れることにする。

三　文体

まず、表記法と文体の関係を論じたものをとりあげる。小川栄一［二〇〇八・第2部第4章］は、漢字と大小の仮名で表す表記法を、和漢融合の観点から論じる。漢字交じり表記に由来する大字の仮名と、仮名交じり表記に由来する小字の仮名を接して用いることによって境界を標示した例があることを指摘し、両表記の融合の徴証とする。なお、小川の初出論文に対して批判的に論じたものに、門前正彦・渡邊美由紀［一九九九］がある。

桒竹民［一九九〇］は、延慶本の「心地」と表記される語には、和文・古記録に由来するココチと、日本漢文に由来するシムチ・シムヂがあることを示す。ココチが82例であるのに対してシムチ・シムヂはそれぞれ1例ずつであり、挙例を見ると固定的な表現の箇所と引用箇所なので、この場合は日本漢文からの受容を部分的な面に指摘できる事例である。以上は和文的か漢文（訓読）的かという意味での文体であるが、フォーマルかインフォーマルかという意味での文体を扱ったものに、山本真吾［二〇〇六・第二部第一章第六節］がある。そのなかで延慶本のコレニヨリテとタトヒの用字選択と文体との関連に触れている。延慶本にはコレニヨリテの表記に「依之」「因茲」が、タトヒの表記に「設」「縦」が見られるが、「依之」は引用文書には現れず、「設」も少ないことから、コレニヨリテ・タトヒの表記が「依之」「設」はインフォーマルなところで使われ、「因茲」「縦」はフォーマルなところで使われる僧侶社会での用法と一致することを指摘している。

口頭語の観点から延慶本の会話文の用語を論じたものに、小林芳規［一九八八］がある。延慶本の会話文・思惟文にだけ用いられて、地の文に用いられない語として、①推量ムズ、②副助詞バシ、③間投助詞ナ、④禁止ソ、⑤願望タシ、⑥

完了タ、⑦推量ウ、⑧打消ナムジ、⑨代名詞ドコ、⑩連語コサンナレ・コサンメレ、⑪連語サルニテモ、⑫連語ナニシニを挙げ、これらは当時の口語を反映したものとした。『語法』の指摘を口頭語の観点から見直したもので、延慶本が鎌倉時代の口頭語資料となることを他の資料を援用しつつ論じていて、説得力がある。

菅原範夫［二〇〇〇・第三章第一節］は文章と文体との関連を論じたもので、延慶本の文章を、a文書、b由来説明文、c地の文、d緊迫会話文、e平常会話文、の五類に分け、それらにおける和文語と漢文訓読語に分類した90語の接続詞の分布状況を考察したものである。通常の地の文から何かの由来を説明するbを、通常の会話文から命令・託宣などのdを取り出したところが注目すべき点である。その結果、aとbに漢文訓読語が多く、eに和文語が多いことに加えて、cでは和文的性格が強く、dでは漢文訓読語的性格も持つという結論を導いた。山本のフォーマル・インフォーマルの考え方は会話文を対象としていないが、右の五類に重ねあわせてみると興味深い。なお、金水敏［二〇〇六］は、和文と漢文訓読文で卑語性の有無で違いのあるヲリの用法を考察するなかで、延慶本が和文的用法を持つことを指摘している。挙例を見ると引用を除き地の文であるので、地の文の和文的性格を示すひとつの指標になる。

菅原によって、会話文も一様ではなく緊迫した場面では漢文訓読語も現れることが示されたが、会話文には漢文訓読語の他に記録語も使われることを小川栄一［二〇〇八・第4部第1章］が指摘している。小川は会話文を、Ⅰ全体が記録語で書かれた会話、Ⅱ記録的要素を部分的に含む会話、Ⅲ記録的要素を含まない会話に分け、Ⅰは純漢文・和化漢文を出典にして書かれた可能性が高く口頭語の資料にならないとし、ⅡⅢを口頭語の反映したものとした。また、会話文の話し手に着目し、男性に比べて女性の記録語の使用が少ないこと、男性のなかでも僧侶・公家・天皇・皇族の使用率が高いことを示した。さらに、聞き手への敬語との関連を調査し、ⅢよりⅡのほうが聞き手への敬語とともに使われているところから、記録語は改まった場面で使われることを指摘した。同様の指摘を含むものに、堀畑正臣［二〇〇七・第一部第二章］

がある。記録語に見られる形式名詞の「條（条）」が、延慶本では「活用語・体言＋條」の用法で用いられた30例のうち24例が会話文に現れることを示し、「緊迫した場面での丁重な表現、高貴な人々同士の会話、威儀を正した改まった場面や評定の場での表現に使用されている」ことを指摘した。さらに、会話文中で小林の挙げた十二語の口頭語のうちムズを除いて「條」と共存することがないことを指摘し、「條」が使われるのは、気楽な「私的会話文」ではなく丁重で改まった「公的会話文」であることを述べる。この「公的会話文」は菅原の「緊迫会話文」にほぼ重なるようである。

会話に現れない記録語もあることを示したものに、後藤英次［二〇〇七］がある。記録特有の語が、文書・地の文・会話文のどこで使われているのかを調査し、会話文では全く用いられないオヨブ（及）・トイヘリ（者）・トウンウン（云々）など、文書や地の文を中心に用いられるイニシ（去）・クダンノ（件）・シカルアヒダ（然間）・ヲハンヌ（了）など、会話文を中心に用いられるアラアラ（粗）・ナカンヅクニ（就中）・ヨクヨク（能々）などに分類されることを指摘する。これはひとくちに記録語と言っても、改まった会話に同じように現れるわけではなく、程度差があることを示したものである。

また、後藤英次［一九九三］では、漢文訓読特有語と和文特有語で同じ意味を持ち対立する助詞・助動詞類について会話文での使用状況を調査し、漢文訓読特有語のなかにも、ゴトシ・ベカラズ・ズシテ・クシテのように使用率が高いものからニシテ・トイヘドモのように低いものまであり、他の資料でも同様の状況を示すところから、鎌倉時代には漢文訓読特有語から脱却して一般語化していったものとそうでないものに分けられる可能性を示している。

以上のように、延慶本の文体については、漢文訓読語や記録語をどのように受容しているかに焦点をあてて議論が展開されてきている。なお、「記録語」の概念は論者によって異なっており注意が必要である。延慶本研究に限ったことではないが、「和漢混淆（融合）」や「文体」などの概念整理も課題だろう。

四　語彙

『語法』は各品詞の項で語彙を列挙し、索引も備わっているため語彙索引の機能も併せ持っていたが、語彙の総量などは不明だった。そのため、『平家物語』の語彙量の調査にはもっぱら覚一本が使われた。近年『延慶本平家物語　索引篇』が刊行され、その編者の一人である小川栄一によって延慶本の語彙量のデータが示されるに至った。自立語の延べ語数は約十八万四千で『源氏物語』の約九割、異なり語数は約二万五千で『源氏物語』の二倍強である。小川は、延慶本が『源氏物語』に比べて漢語の語数が多く（異なり語数で『源氏物語』が全体の一割弱に対し延慶本は四割強）、それが異なり語数の差になって現れていると指摘する。そして、異なり語数の増加が従来の体系に変化をもたらす契機となった可能性を示し、副詞の体系をとりあげて考察している。延慶本には少数の意の副詞に「少々」があり、少量の意の「いささか・少し・わづかに」とともに用いられている。ところが、『源氏物語』を始めとする和文資料では少数の意の「少々」はほとんど用いられず、少量の意の「少し」を少数の意にも使う。延慶本は記録体の資料で使っていた「少々」を取り入れることによって、「少々」が少数、「少し」が少量という機能分担を果たした。このような例を和漢融合によってシステムとしての表現機能が高められた例としている。新しい見方であり、今後言語の変化と文体の関係についてなど様々な点から検討を加えられることになるだろう。

語彙研究では、『語法』が副詞の項で特記した擬音語擬態語と漢語が話題になっている。擬音語擬態語については、佐々木峻［一九九二］がある。延慶本で使われている擬音語擬態語が、異なり語数52、延べ語数241であることを示し、他の院政鎌倉時代の八資料と比較している。『宇治拾遺物語』にも多く見られるが、延慶本と重なる語よりも重ならない語のほうが多いことが示されている。

漢語については、桜井光昭［一九六六］が、『今昔物語集』のサ変動詞の語幹となった漢語を調査するなかで延慶本と比較している。『今昔』の一字漢語149例、二字漢語374例に対して、延慶本は一字漢語131例、二字漢語493例で、一字漢語は八割、二字漢語は三割が『今昔』と共通することを示す。共通する一字漢語が多いのは、使用される語彙が固定化しているためとし、二字漢語の語彙の差は、延慶本に牒状の類が多いためとする。

柚木靖史［一九九四］は、ゲンスが仏教と関係する場面で使用され、仏の姿などの可視的な対象に限って使用されるのに対し、アラハスは場面上の制約もなく、心の内など不可視的な対象にも使用されるという意味の差があることを示した上で、延慶本の「現ス」の表記をゲンス・アラハスのどちらで読むかについて考察する。アラハスの仮名書き例や「顕・彰・表」の例と比較することによって、「現ス」が仏教と関係する場合にのみ使われていることを指摘し、ゲンスと読むべきであることを主張している。延慶本には多数の書写者がいる一方で、このように統一的な側面も認められる点がおもしろいところである。

漢語受容の観点から考察したものに、山本真吾［二〇〇六・第四部第二章］がある。延慶本で「仁山遂ニ崩キ」（二本76オ）のように使われ、「天子・皇帝」の意で用いられる「仁山」という漢語に着目して、この漢語が『論語』の「仁者楽山」（雍也第六）の縮約による和製漢語で、平安朝漢詩文（おもに追善の願文・表白）にその源を求められることを明らかにした。その上で、延慶本で「仁山」を使ったのは、述語の「崩」字が「山」字と縁語的関係を結んでいるためで、修辞的表現として受容したことを指摘している。その他にも、延慶本に見られる、上皇御所の呼称の「仙洞」「射山」、比叡山の呼称の「台嶺」「四明」などの語が、中国漢文・漢文訓読文・中古和文・記録体の文章には見出しがたく、日本漢詩文を中心に用いられている語であることを実証した。漢語の源流に日本漢詩文（特に表白・願文）があることを発見したもので、漢語受容史に新たな視点を導入した論考として、今後の研究の指針となるものである。

五　文法

まず、延慶本に現れる新しい言語事象に着目した研究から見ていく。

小川栄一［二〇〇八・第1部第5章］は、延慶本のトキニ（「時＋に」）が時間の意味から原因・理由の意に変化していることを示し、『とはずがたり』の用法と近いことを指摘する。トキニが原因・理由の意を表したのは一時的なことで、延慶本が反映している言語の時期を探る手がかりとなると見ている。さらに「接尾語サ＋ハ」が評価を表す用法をとりあげ、延慶本の他には『沙石集』・『とはずがたり』にしかないことから、トキニと同様、鎌倉時代後期の言語を反映したものと論じている。菅原範夫［二〇〇〇・第四章第一節］は、ムズがベシに近い表現であることを、「定テ」「必ズ」「只今」などの確実性の高い副詞と呼応して用いること、ナムズ・テムズがヌベシ・ツベシと同様の確実性の高い推量を表すこと、ムズラムがベカルラムと同様の確実性の高い推量や強い意志を表すこと、延慶本のムズが長門本のベシと対応することなどから主張する。ベシに比べて主観性の強い表現であるため、「会話文・思惟文にしか現れない口語的表現であるという用法上の特徴を導いている」とする。ベシからムズへの交替とその過渡の状態が明らかにされた論考である。来田隆［一九九三］は、延慶本に用いられる仮定表現の諸形式の意味・用法を整理した上で、ムニハが「帰結句は当然の結果であると判断される事態を仮定的に提示する」必然確定に近い表現性を持つことを論じている。

次に、延慶本に現れる古い言語事象に着目したものを見ていく。

山本真吾［一九九四］は、延慶本では侍リ・メリ・マホシという古い語法が、覚一本とは異なり、用法が固定的ではなく活発に使われていることを指摘する。山本は延慶本の「摂取・類聚のエネルギーの強さと、その用法が多様であって充分に洗練されていない側面」があることのひとつの事例として右の三語を示している。

侍リを論じたものは多い。覚一本の侍リが3例だけで、話し手が古語を使うにふさわしい存在である平安時代の老翁・異邦人の霊・弘法大師の霊であることを指摘した山田巌［一九五九］を受けて議論が展開される。井藤幹雄［一九八二］は、侍リに覚一本と同様の用法が見られる一方で、現在の人物が使用した例があることを指摘する。その場合、高位の人物が高位の人物に対して使う傾向や僧侶社会に関係を持つ人物が使う傾向があり、候フと同程度の敬意を表すという。なかでも建礼門院が多く使う傾向があるが、現況報告的な内容や挨拶では候フを使い、自己の回想に説話的要素が加味された内容に侍リを使用するという。これは『法華百座聞書抄』の説法の語り出しで候フが使われ、説話になると侍リになるのと使用法が一致することを指摘している。川岸敬子［一九九六］では、延慶本が侍リの文語性・古語性を生かして、古い時代の人物や老人の言葉として表現効果を挙げるために使っていることを論じる。覚一本は延慶本の侍リの用法を取り入れ、限定的に使用することで高い表現効果を挙げたことにつながったという見通しを述べている。一方で古語性を効果的に使ったとは考えにくい例も挙げているが、先の山本の言う「洗練されていない側面」の現れのひとつと言えるのかもしれない。その他に、侍リを使用する章段が偏ることと物語の重厚さを表す効果を結びつける山下正治［一九九八］の論もある。

伊藤一重［二〇〇〇］は、接尾語のドモが、覚一本にも見られる中世的な用法である卑称や身内に下接する用法が見られる一方で、覚一本では例外的な用法である敬語と呼応する例が見られることを指摘し、古代的な用法が残存していることを指摘している。

次に、古代語の変容に着目したものをとりあげる。

藏野嗣久［一九九七・一九九八］は、一連の係り結び研究のなかで延慶本を対象としたもの。前者では、ナムが9例で連体形で結んだ例がないこと、ゾが地の文、コソが会話文に偏ること、コソの破格の例が多様であることなどを述べ、後者では、コソの結びが消去した（流れた）例を分類し、ドモ・トモ・ニなどの逆接で後件に続いていくものが多いなかで、已然形＋バによる順接で流れる例もあることを示す。東辻保和［一九九二］では、ノに上接する人物を表す名詞は「神仏・神仙、皇族、三位以上の公卿、平家公達、高僧」で、ガに上接するのは、自称名詞、固有名詞、下層に属する者であることを指摘した上で、ノ・ガを併用した事例を検討している。ここでも「ある一つの原理原則で総てが説明出来るような単純な状況ではない」という延慶本の多様な側面が浮かび上がる。関連して、一人称の名乗りにも使われる「ト云者」に比べて、「ト云人」は六位以上の人物に限って使われる表現とノ・ガの相関を見ると、「―ノ―ト云人」「―ガ―ト云者」という相関が認められることから、ノは「人」、ガは「者」と感情価値を同じくすることを述べた東辻保和［一九九七］もある。

最後に、延慶本を他の諸本との関係で論じたものをとりあげる。菅原範夫［二〇〇〇・第七章第三節］は、延慶本と覚一本の文末表現を比較して、統一的な覚一本に対して延慶本が多彩であることを指摘し、その要因を、集約的効果を意図した語り本と、襞の細かな表現を意図した読み本の差に求めている。李長波［二〇〇二］は、指示語の体系変化を記述するなかで延慶本と覚一本の指示語を扱っている。延慶本には『源氏物語』には見られないアチ・アソコの例が出現したほか、ア系の指示語の延べ語数が増加していることを示し、覚一本ではア系の指示語がカ系の指示語を上回っていることを指摘する。延慶本と覚一本の差異は、菅原の指摘のように文体に要因を求められるものと、李の指摘のように成立時期に要因を求められるものの両者があり、言語事象ごとに考えてみなければならない問題だろう。『平家物語』諸本を広く見渡したものに、近藤政美［一九八九］、堀畑正臣［二〇〇七・第一部第四章］がある。近藤は、延慶本に見られない「御

＋形容詞」が他の諸本に見られることを示す。堀畑は「使役＋尊敬」のセラルが中世に成立する状況を分析している。そのなかで、サセラルが見られるのは延慶本と長門本だけであることを指摘し、それが増補の段階で出現したものとする見解を述べる。延慶本・長門本を後期増補系とする説によったための解釈だと思われる。本稿の筆者も仰セナリケルハ・ホドニという語法をとりあげて諸本を対照して調査したことがあるが（吉田永弘［一九九九・二〇〇一］）、各テキストの性格付けは諸本論の成果を援用するよりも、語学的立場から諸本論へ発言する方向で考えたほうがよいと思う。延慶本をはじめ各テキストごとの性格を解明するためにも、諸本間の対照研究は進められるべきだろう。

その他、ナ変の活用をめぐって、ナ変の四段化例かと疑われる「死ヌ習」（三本92ウ）がシヌではなくシナヌであることを説いた山内洋一郎［二〇〇三］のように、ある事象の変遷を描くなかで延慶本を扱う研究は多いが、ここでは割愛させていただく。

おわりに

分野別に概観してきたが、ひとつの分野の枠に収まらないような研究が多く見られた。方法が多様化していることの現れでもあるが、延慶本を扱う場合には、どの事象を問題とするにせよ、どの時代の言語の反映なのかという本文の問題と前代の要素をどのように取り入れたのかという文体形成の問題が常に関わるためでもあるだろう。どのように異質な要素が入り、どの程度統一性が見られるのかについては、今後も延慶本研究の中心課題となるものと思われる。また、従来の覚一本の研究での蓄積を延慶本で検証する必要もあり、『平家物語』諸本のなかでの語学的な位置づけを与える必要もあるだろう。

本稿でとりあげられなかった論考もあり、見落とした論考も多いと思うが、ご寛恕を願う次第である。

文献

伊藤一重［二〇〇〇］「延慶本平家物語の接尾語「ども」」（『国語国文学論考』笠間書院）
井藤幹雄［一九八二］「『延慶本平家物語』の「侍り」」（『軍記と語り物』一八）
小川栄一［二〇〇八］『延慶本平家物語の日本語史的研究』（勉誠出版）
加藤大鶴［二〇〇六］「『延慶本平家物語』における声点の資料性—漢語アクセントと和語アクセントによる検討—」（『論集』Ⅱ、アクセント史資料研究会）
門前正彦・渡邊美由紀［一九九九］「漢字仮名交り文と助詞」（同志社女子大学『日本語日本文学』一一）
川岸敬子［一九九六］「「侍り」についての考察—延慶本『平家物語』における—」（『明治大学教養論集』二八六）
来田　隆［一九九三］「鎌倉時代に於ける条件句構成のムニハについて—『延慶本平家物語』を資料として—」（『鎌倉時代語研究』一六）
金水　敏［二〇〇六］『日本語存在表現の歴史』第10章（ひつじ書房）
藏野嗣久［一九九七］「『延慶本平家物語』の係助詞「ぞ」「なむ」「こそ」—係結びの崩壊過程を中心に—」（『安田女子大学大学院博士課程開設記念論文集』）
藏野嗣久［一九九八］「『延慶本平家物語』の係助詞「こそ」の一用法—已然形結び消去の例について—」（『安田女子大学大学院文学研究科紀要』三）
後藤英次［二〇〇七］「延慶本『平家物語』における記録特有語—記録特有語と口語資料（二）—」（『中京大学文学部紀要』四一）
後藤英次［一九九三］「漢文訓読語の変容—鎌倉時代の「口頭語資料」の検討から—」（『文芸研究』一三三）
小林芳規［一九八八］「鎌倉時代の口頭語の研究資料について」（『鎌倉時代語研究』一一）
近藤政美［一九八九］『中世国語論考』第三部第一章（和泉書院）

桜井光昭［一九六六］『今昔物語集の語法の研究』第二編第一章（明治書院）
櫻井陽子［二〇〇一］「延慶本平家物語（応永書写本）本文再考―「咸陽宮」描写記事より―」（『国文』九五）
佐々木峻［一九九二］「延慶本平家物語の擬声擬態語」（『国文学攷』一三二・一三三）
菅原範夫［二〇〇〇］『キリシタン資料を視点とする中世国語の研究』（武蔵野書院）
高松政雄［一九七一］「延慶本平家物語における声点」（『岐阜大学研究報告（人文科学）』二〇）
萩原義雄［二〇〇五］「延慶本『平家物語』における「聞」文字仕様について」（『駒沢国文』四二）
東辻保和［一九九二］「延慶本平家物語における連体格助詞「の・が」の用法―人名詞をうける場合―」（『古代語の構造と展開』和泉書院）
東辻保和［一九九七］『もの語彙こと語彙の国語史的研究』（汲古書院）
堀畑正臣［二〇〇七］『古記録資料の国語学的研究』（清文堂出版）
水原　一［一九九二］「「ハタ」・「多」」（『延慶本平家物語考証　一』新典社）
山内洋一郎［二〇〇三］『活用語と活用形の通時的研究』（清文堂出版）
山下正治［一九九八］「延慶本平家物語の「侍り」」（『立正大学国語国文』三六）
山田　巖［一九五九］「平家物語と中世語法」（『講座解釈と文法』五、明治書院）
山田孝雄［一九一四］『平家物語の語法』（宝文館から一九五四年に再刊）
山本真吾［一九九四］「延慶本平家物語に於ける古代語の用法について―「侍り」「めり」「まほし」を軸として―」（『延慶本平家物語考証　三』新典社）
山本真吾［一九九六］「『平家物語』の異体字」（『漢字百科大事典』明治書院）
山本真吾［二〇〇六］『平安鎌倉時代に於ける表白・願文の文体の研究』（汲古書院）
柚木靖史［一九九四］「『延慶本平家物語』に於ける「ゲンス」と「アラハス」の表記について」（広島女学院大学『国語国文誌』二四）
吉田永弘［一九九九］「「仰せなりけるは」考」（『国学院雑誌』一〇〇巻二号）

吉田永弘［二〇〇一］「平家物語のホドニ―語法の新旧―」（『国語研究』六四）
横井　孝［一九八八］「延慶本平家物語の仮名表記に関する試論」（『駒沢国文』二五）
栾　竹民［一九九〇］「『延慶本平家物語』に於ける漢字表記語のよみと意味について―「心地」を中心に―」（『国文学攷』一二七）
李　長波［二〇〇二］『日本語指示体系の歴史』第三章第四節（京都大学学術出版会）

テキスト一覧

山本岳史

・この一覧は、明治から平成二十年九月までに刊行された、延慶本平家物語、長門本平家物語、源平盛衰記、四部合戦状本平家物語に関する主なテキストを挙げたものである。

・それぞれ影印、翻刻・校訂本、注釈に分類して配した。一部の影印、翻刻・校訂本に＊を付し、底本を示した。

延慶本

影印

●『大東急記念文庫蔵　延慶本平家物語』一〜三　古典研究会　1964・6〜1964・12

●『延慶本平家物語』一〜六　汲古書院　1982・9〜1983・2

●『大東急記念文庫善本叢刊　中古中世篇 別巻一　延慶本平家物語』一〜六　汲古書院　2006・5〜2008・5

翻刻・校訂本

●『応永書写延慶本平家物語』　改造社　吉澤義則校註　1935・2

●『応永書写延慶本平家物語』（改造社復刻版）　白帝社　吉澤義則校註　1961・7

●『応永書写延慶本平家物語』（改造社復刻版）　勉誠社　吉澤義則校註　1977・11

●『延慶本平家物語　本文篇』上・下　勉誠社　北原保雄・小川栄一編　1990・6

注釈

●『延慶本平家物語全注釈』一〜三（全十二冊）　汲古書院　延慶本注釈の会編　2005・5〜（刊行中）

長門本

影印

●『内閣文庫蔵本　平家物語長門本』藝林舎　1971・6〜1975・9　＊内閣寛保二年本
●『伊藤家蔵　長門本平家物語』汲古書院　石田拓也編　1977・5
●『重要文化財　平家物語長門本　赤間神宮蔵』山口新聞社　1985・1

翻刻・校訂本

●『国書刊行会　平家物語長門本』国書刊行会編　黒川真道・堀田璋左右・古内三千代校訂　1906・9
●『名著刊行会　平家物語長門本』（国書刊行会復刻版）国書刊行会編　1974・10
●『岡山大学本　平家物語』一〜五　福武書店　岡山大学池田家文庫等刊行会篇　1975・10〜1977・11
●『長門本平家物語の総合研究　校注篇』上・下　勉誠社　麻原美子・名波弘彰編　1998・2〜1999・2　＊国会図書館貴重書本
●『長門本平家物語』一〜四　勉誠出版　麻原美子・小井土守敏・佐藤智広編　2004・6〜2006・6　＊国会図書館貴重書本

源平盛衰記

影印

●『古典研究会叢書　第二期（国文学）　源平盛衰記』一〜六　汲古書院　1973・5〜1974・8　＊蓬左文庫本
●『古典資料類従十四〜十八　源平盛衰記　慶長古活字版』一〜六　勉誠社　1977・10〜1978・8　＊内閣文庫本

翻刻・校訂本

●『帝国文庫　校訂源平盛衰記』博文館　博文館編輯局校訂　1893・6
●「評釈　源平盛衰記」松井簡治（巻三前半まで）『國學院雑誌』六—一、二、四〜六、八、一〇、一一、七—二〜五、七、八、一一、八—一、二　1900・2〜1902・2　＊静嘉堂文庫本
●『国民文庫　源平盛衰記』国民文庫刊行会　古屋知新校訂　1910・2　＊慶長古活字版
●『通俗日本全史三・四　源平盛衰記』上・下　早稲田大学出版部　大石理円校訂　1912・11〜1912・12　＊無刊記整版本
●『校註国文叢書七・八　源平盛衰記』上・下　博文館　鎌田正憲・上野竹二郎・保持照次・小林喜三郎校訂　1913・12〜1914・2　＊慶長古活字版
●『校註日本文学大系十五・十六　源平盛衰記』上・下　国民図書株式会社　1926・4〜1926・10　＊流布本

● 『有朋堂文庫　源平盛衰記』上・下　有朋堂書店　石川核校訂　1927・4〜1927・5　＊片仮名流布古版本
● 『物語日本史大系三・四　源平盛衰記』上・下（通俗日本全史復刻版）早稲田大学出版部　1928・3〜1928・4
● 『雄山閣文庫　校訂源平盛衰記』一・二（巻十二まで）『古典研究』別冊付録　橋本実校訂　1939・5〜1939・11　＊慶長古活字版
● 『岩波文庫　源平盛衰記』（巻七まで）岩波書店　冨倉徳次郎校訂　1944・4　＊慶長古活字版
● 『源平盛衰記』（通俗日本全史復刻版）藝林舎　1975・12

注釈

● 『中世の文学　源平盛衰記』一〜六（全八冊）三弥井書店　市古貞次・大曾根章介・久保田淳・松尾葦江・黒田彰・美濃部重克・榊原千鶴校注　1991・4〜（刊行中）＊慶長古活字版

四部合戦状本

影印

● 『四部合戦状本平家物語』上・下・別冊　大安　慶應義塾大学附属研究所斯道文庫編校　1967・3
● 『斯道文庫古典叢刊一　四部合戦状本平家物語』上・下・別冊（大安復刻版）汲古書院　1976・3
● 「野村精一氏蔵四部合戦状本『平家物語』巻四（野村宗朔筆写本）影印」『延慶本平家物語考証』一　水原一編　新典社　1992・5

翻刻・校訂本

● 「四部合戦状本平家物語巻四」野村精一『文学』三四—一一　1966・11、『日本文学研究大成　平家物語I』国書刊行会　武久堅編　1990・7（再録）
● 「釈文四部合戦状本平家物語ノート」一〜七（巻四まで）服部幸造『名古屋大学軍記物語研究会会報』三〜九（五以降『軍記研究ノート』と改称）1974・9〜1980・8
● 『訓読四部合戦状本平家物語』有精堂　高山利弘編　1995・3

注釈

● 「四部合戦状本平家物語評釈」（巻五まで）早川厚一・佐伯真一・生形貴重校注『名古屋学院大学論集（人文・自然科学篇）』一〜四　20・2〜22・1　1984・1〜1985・5、私家版五〜九　1985・12〜1996・12
● 『四部合戦状本平家物語全釈』巻六、七、九（全十冊）和泉書院　早川厚一・佐伯真一・生形貴重校注　2000・8〜（刊行中）

延慶本平家物語の異体字・当て字について

久保　勇

現存する延慶本平家物語は、延慶年間の本奥書を有するが、実際には応永二十六、二十七年（一四一九〜二〇）に書写された本であり、応永書写延慶本と称する場合もある。現在、国の重要文化財に指定され、大東急記念文庫に蔵される伝本は、二種類の影印版が刊行されている。古典研究会発行のオフセット印刷版（一九六四〜六五）は鮮明さに欠ける部分があり、厳密な翻刻作業には不向きだが、本文の大略を知るためには有効である。紙面を拡大した写真印刷版（汲古書院　初版・一九八二〜八三、再版・二〇〇六〜〇八）の方がより詳細な情報が得られる。

重ね書きや摺り消しによる訂正といった書写上の問題、虫食いや汚損といった保存上の問題については、影印版（汲古書院）付載の「判読一覧」、『校訂延慶本平家物語』頭注、現在刊行中の『延慶本平家物語全注釈』〈本文注〉などが参考になる。ここでは文字の問題について、二つに大別して説明しておきたい。一つは文字の当て方の問題、いま一つは異体字の問題である。

文字の当て方の中には明らかな誤字も認められるが、それ以外を分類して述べると、①「音」や「訓」だけが通じるが「偏《へん》」や「旁《つくり》」は一致しない文字、②形声文字として通音するが意味を示す「偏」や「旁」が異なっている文字、③「点」や「画」の過不足がある文字、等々がある。①は「借字《かりじ》」と称されるものだが、②と③については「当て字」「異体字」とすべきか、判断できないものが多い。『校訂延慶本平家物語』では、これらの文字について各巻ごとに、頻出するものは凡例に一覧で掲出し、頻度の低いものは頭注で指摘している。以下に特徴的な事例を整理・紹介する。

○近接した用例同士で「くずし方」「当て方」に変化をもたせる傾向がある。（「給フ」と「玉フ」など）

○字形は近いが、明らかに別字を使用する場合。（「卿」に「郷」、「原」に「厚」、「陣」に「陳」、「攻」に「政」を当てる例など）

○音や訓、字形の類似によって当てる場合。（「府」と「符」、「計」と「斗」、「率」と「卒」、「斎」と「斉」、「荘」と「庄」、「密」と「蜜」、「暦」と「歴」、「列」と「烈」、「震」と「晨」と「宸」と「振」など）

○略字、もしくは略字ではないが文字の一部のみを記す場合。（「广」は「庁」「魔」「摩」「磨」、「忄忄」は「懺悔」、「酉酉」は「醍醐」、「王王」は「瑠璃」、「冊胡」は「珊瑚」、「尺」は「釈」などに使用される）

○一文字の漢字として認識せず、文字の一部を一文字として大書していることがある。（「努」を「奴刀」）

○字形は明瞭だが、妥当な「読み」が古辞書類に見いだせない場合。（「傾」を「ネガフ」と読ませ、名義抄に見える「願」「欣」などとの関連が考えられるもの）

○くずした字形が似ており訓は通じるが、どちらの文字を当てるか判断が困難な場合。（「例」と「譬」）

以上のような問題について、『校訂延慶本平家物語』では「文脈上、意味の適切な文字を当てる」「平家物語諸本の同一箇所の文字遣いを参照してそれに従う」「引用箇所ならば依拠した外部文献を参照する」といった手続きをふんで本文を作成し、然るべき頭注を付した。

次に異体字の問題がある。現在広く用いられている『異体字解読字典』（「難字大鑑」編集委員会　一九八七）に「「異体字」に関する明確な定義は現在のところ確定していないといわざるをえない」と述べているように、「異体字とは何か」という判断基準を設定することは困難である。これは、異体字に対する「正字」の基準が定まらないことに起因する問題で、同書では清朝時代の中国で一七一六年に編纂された『康熙字典』、及び「常用漢字表」の正楷を基準としている。一方で、「『平家物語』の異体字」（後掲）をまとめた山本真吾氏のように、延慶本の時代に近い古辞書類によって「異体字」の基準を定める方法もある。ちなみに山本氏が依った『干禄字書』は唐代の七一〇～七二〇年頃に顔元孫撰にかかる「字様」の書、また観智院本『類聚名義抄』は唯一完本の状態で現存する鎌倉期書写の字書である。『類聚名義抄』は『校訂延慶本平家物語』の「読み」を確定する際、『伊呂波字類抄』や節用集などと共に我々も度々参照した。しかし我々が古辞書類に発見できなかった延慶本独特の表記は決して少なくない。即ち、異体字を総合的に抽出する作業には限界があり、ここでは延慶本の表記の問題のごく一部に言及したにとどまる。

最後に、延慶本平家物語に関連して異体字等、文字の問題を扱っている主な先行研究を紹介しておきたい。

ア　山田孝雄『国語史料鎌倉時代之部　平家物語につきての研究　後篇上』一四～一九頁（文部省国語調査委員会　一九一四）

イ　吉澤義則『応永書写延慶本平家物語』一〇七二～七六頁（改造社　一九三五、復刻・白帝社　一九五一、復刻・勉誠社　一九七七）

ウ　伊地知鉄男「延慶本「平家物語」解説」（『延慶本平家物語　解説・対校表』古典研究会　一九六五）

エ　水原一『延慶本平家物語論考』一九～二四頁（加藤中道館　一九七九）

オ　山本真吾「『平家物語』の異体字」（『漢字百科大事典』明治書院　一九九六）

異体字・当て字等を一覧化しているのがアイウオで、用例数（合計）はア八四例、イ一二八例、ウ九七例、オは異体字に限り七五二文字を挙げている。仮名の異体字はア～エに挙げられているが、エの一八例が最も多い。また、ウでは「誤字」の例が挙げられている。用例の原本初見箇所を明示しているのはアとオであり、影印版によって確認することができる。既刊の『校訂延慶本平家物語』の凡例や頭注に掲げられておらず、右の先行研究で指摘されているいくつかのものについては、今回の一覧に追補した。

また、北原保雄・小川栄一編『延慶本平家物語本文篇上・下』（勉誠社　一九九〇、再版・一九九九）は、異体字・当て字の一覧は載せないが、頭注欄で翻字の経緯や読み方等について、参照すべき指摘がなされている。また、現在刊行中の延慶本注釈の会編『延慶本平家物語全注釈』全一二巻（汲古書院　二〇〇五〜）では、当て字（誤字）をそのまま再現する方針に基づいて翻刻本文が作成され、〔本文注〕〔注解〕欄で文字遣いの問題を扱っている。また、延慶本と近い関係にある長門本の文字については、『岡山大学本　平家物語　二十巻　一〜五』（福武書店　一九七五〜七、底本・岡山大学本）、麻原美子・小井土守敏・佐藤智広編『長門本　平家物語　一〜四』（勉誠社　二〇〇四〜〇六、底本・国会図書館本）にそれぞれ異体字や略体字の一覧が掲載されている。

最後に、文字のくずし方・異体字・当て字・古辞書等について知るのに便利な基本文献を挙げておく。

○文字の判読に関わる文献

『日本国語大辞典』五十音の項目各冒頭（小学館　一九七二〜七六、第二版・二〇〇〇〜〇二）
児玉幸多編『くずし字解読辞典』（近藤出版社　一九七〇、復刊・東京堂出版　一九七八）
児玉幸多編『くずし字用例辞典』（近藤出版社　一九八〇、復刊・東京堂出版　一九八一）

○漢字の字体を知る文献

張玉書・陳廷敬編『康熙字典』（中華書局　一九五八）
高田竹山監修『五体字類』（西東書房　一九一五）
諸橋轍次著『大漢和辞典　巻一〜巻十二』（大修館書店　一九四三〜五九）

長島豊太郎編『古字書索引 上・下』（日本古典全集刊行会　一九五八～五九）
山田勝美監修『異体字解読辞典』（柏書房　一九八七）
菅原義三編『国字の字典』（東京堂出版　一九九〇）
○文字や古辞書一般についての知識を得る基本文献
佐藤喜代治編『国語学研究事典』（明治書院　一九七七）
国史大辞典編集委員会編『国史大辞典　1（あ～い）』山田俊雄執筆「異体字」の項、飯田瑞穂作成「異体字一覧」（吉川弘文館　一九七九）
中田祝夫・和田利政・北原保雄編『古語大辞典』「日本の古辞書」（小学館　一九八三）
西崎亨編『日本古辞書を学ぶ人のために』（世界思想社　一九九五）
峰岸明著『変体漢文』（東京堂出版　一九八六）

延慶本平家物語　主要異体字等一覧

凡　例

・本表は、『校訂延慶本平家物語㈠〜㈩』各巻巻頭に掲載した「本巻における異体字等一覧」を修訂し、若干の追補をほどこしたものである。
・上段に通行の字体の文字を見出しとして掲出し、下段にはそれに対する異体字を配列してある。
・見出しとした通行の文字は、文字の音によって五十音順に配列した。
・厳密には異体字とみなされない「略字」等の文字も本表に含むこととした。

ア	亜	哀		悪	庵		鞍	**イ**
	亞	哀	衣	悪	菴	奄	鞍	
以	伊	夷	異	移	葦	違	壱	逸
叺	伃	夷	吴	移	葦	違	壹	逸
允	咽	員	因	引	蔭	陰	隠	韻
夰	咽	貟	囙	引	蔭	陰	隱	韻
殷		**ウ**	宇	烏		卯	鬱	**エ**
殷	殷		㝢	爲	烏	夘	欝	
叡			裔		役		疫	駅
叡	叡	叡	裔	睪	伇	伇	疫	驛
塩	厭			園			堰	宴
塩	猒	猒	厭	苑	苑	薗	堰	宴
煙	苑	掾	爰	淵	怨	**オ**	汚	奥
煙	菀	掾	爰	渕	怨		汙	奧
往	嫗	廷	屋	恩	穏	**カ**	下	歌
徃	嫗	廷	屋	恩	穩		丅	哥
	呵	臥	解		廻	怪	懐	
謌	哥	卧	觧	觧	廽	恠	懐	悚
界			堺		徊	誡	荊	害
界	界	界	堺	堺	佪	誡	荆	害
			礙		骸	嚇	隔	
宮	害	宮	导	碍	骸	嗽	隔	陸
革	鶴		墎	楽	乾	勧	巻	喚
草	鸖	鸖	墎	楽	乹	勸	卷	喚

寛			干	幹		漢	観	鑑		関		館	函	奸	岸	顔
寛	寛	寛	亍	韓	斡	漢	観	鑑	監	閑	開	館	函	奸	岸	顔
鴈	**キ**	キ	喜		器	基	奇	旗			棄	規	騎	鬼		櫃
鴈		\	㐂	喜	噐	基	竒	旗	旗	旗	弃	規	騎	鬼	皃	櫃
欹	癸	宜	疑	蟻	鞠	吉	逆	休	宮	弓	朽	灸	究	旧		去
攲	关	冝	疑	蟻	鞠	吉	逆	休	宮	弓	朽	炙	究	舊	舊	厺
魚	京	競		共	凶	匡		叫		強			恐	挟	橋	況
魚	京	競	競	共	凶	匡	迋	叫	叫	強	強	強	恐	挟	橋	况
	胸			興		脇	憍	局			棘	僅		勤		欣
兇	胸	胸	胸	興	興	脇	憍	局	局	局	棘	僅	僅	勤	勤	欣
覲	饉	慭	**ク**	区		駒	衢	勲	訓	軍	**ケ**	傾		兄	契	
覲	饉	慭		區	區	駒	衢	勲	訓	軍		傾	傾	兄	契	契
形		慶	携	景	稽		詣	褻	閨	頸		芸	隙		決	血
形	形	慶	携	景	稽	稽	詣	褻	閨	頸	頸	藝	隙	隙	決	血
桀	兼	剣		憲		権	牽	献				絹	厳		彦	**コ**
栗	兼	剱	釼	憲	悪	権	牽	献	獻	獻	獻	絹	厳	嚴	彦	
孤	股	虎		鼓	壺				互	誤	冱	岡	功	広	康	弘
孑	股	虎	虎	鼓	壺	壺	壺	壺	互	誤	冱	罡	功	广	康	弘
		構		綱	荒				高	鴻	劫	尻		叩	虹	絞
弘	加	構	構	綱	荒	荒	荒	荒	髙	鴻	刧	尻	尻	叩	虹	絞
蝗	亙	匣	篝	剛		剋	コト	魂	**サ**	佐	叉	左	差	鎖	蓑	坐
蝗	亘	匣	篝	剛	對	剋	ヿ	魂		佐	叉	左	差	鎖	蓑	坐
	座		最	哉			歳		災	再	賽	靫		殺		
庄	座	庄	㝡	哉	哉	哉	戈	才	灾	再	賽	靫	靫	煞	敫	敏

殺			薩	雑		参	算			蚕	杉	懺	暫	珊瑚		懺悔
殺	殺	殺	サ	雑	雑	叅	笇	笇	筭	蠶	杦	懺	蹔		冊胡	
	シ	司	史	嗣	指	支	施	旨	枝	私	糸	紙	矢	祇		事
忄忄		刁	叓	嗣	指	攴	施	旨	枝	私	絲	帋	矣	袛	祏	叓
似	爾	四十	櫛	執		失	室	膝	昵		シテ	社	斜	車	遮	蛇
似	尓	卌	櫛	犱	犱	失	室	膝	昵	昵	メ	社	斜	車	遮	虵
	釈		寂		弱		搦	狩	首	誦	囚			就		修
虵	尺	釋	寂	寂	弱	弱	搦	狩	首	誦	囚	囚	囚	就	就	脩
愁	衆	酬	葺		充		柔	渋	獣		叔	夙	熟	駿	楯	馴
愁	衆	酬	葺	脊	充	死	柔	渋	獣	獣	叔	夙	熟	駿	楯	馴
初	庶	叙		序	匠	召	宵	床	承	招	昇		称		章	訟
初	庶	叙	叙	序	近	召	宵	床	承	招	昇	昇	偁	偁	章	訟
賞		象	鞘	箱	聳	蕭	丞	場		帖	奨	飾	職	寝		親
賞	賞	象	鞘	筥	聳	蕭	丞	場	場	帖	奨	飾	職	寝	寝	親
塵	訊	ス	須	図		翠	衰	遂	雖			枢		セ	世	斉
去	誶		須	圖	苗	翠	衰	遂	雖	雖	稚	樞	樞		卋	齊
勢	声	誓	聟	瀉			席	籍		摂		節	蝉	戦	船	遷
勢	聲	誓	聟	瀉	瀉	瀉	席	籍	籍	摂	構	節	蝉	戦	船	迁
	善	ソ	曽		疎	蘇	忩	桑		僧	創		叢		奏	挿
迁	右		曽	曽	疎	蘇	忩	桒	来	僧	創	鄒	叢	叢	奏	插
曹	漕		総	聡	荘	装		騒			葱	増	損	タ	多	
曹	漕	漕	総	聡	荘	装	摂	騒	騒	騒	葱	増	損		夛	寻
柁	陀			茶	体	対	第		醍醐		沢	詫	奪		脱	丹
柂	陁	陁	陁	茶	躰	對	才	弟		酉酉	澤	託	奪	奪	腕	冊

単	歎	簞	壇	弾	**チ**	恥	置		秩	着	擲	柱		虫	冑	兆
单	歎	箪	壇	撣		耻	罝	量	秩	著	擲	桂	柱	虫	曺	北
寵	庁	張	腸	超	塚	沈	珍	趁	**ツ**	追	**テ**	亭		低	剃	
寵	广	振	腸	超	塚	沈	珎	趂		追		亭	亭	伭	刹	剌
庭				程			鼎	逞		敵		哲	顚	点	殿	
逛	逛	連	逛	裎	程	捉	斵	呉	呈	敵	敵	掂	顛	點	殿	殿
ト	兎	蠹	土	党		島	投	等			筒	統	逃	頭	同	洞
	菟	蠹	圡	黨	黨	嶋	投	䒭	ォ	ホ	筩	綂	迯	㐽	冂	泂
銅	得	督	篤	突		靹	敦	遁			**ナ**	南		**ニ**	尼	
釦	淂	昝	篤	宊	宊	鞆	敦	遁	逌	迺		内	市		层	层
弐		匂	**ネ**	ネ	禰	熱	涅槃				**ノ**	嚢	悩	濃	脳	瑙	**ハ**
貳	貮	苟		子	祢	㶾	炎	矣	乞			嚢	悩	濃	腦	瑙	
廃	拝	魄	莫	鉢	発		髪		撥		罰	抜		判	叛	**ヒ**
癈	拜	魄	寞	鉢	發	菝	髮	髮	撥	撥	罸	拔	扱	判	叛	
轡			斐	緋	臂	譬	鵯	備	美		鼻	畢	氷	憑		廟
轡	轡	轡	斐	絣	辟	辟	鵯	偹	美	养	臭	𠔃	冰	凴	凴	庿
品	浜	賓	鬢	**フ**	富	府	符	膚		負	部		風		副	文
呆	濵	賔	鬢		冨	苻	苻	膚	膚	負	阝	ア	凡	凬	副	攵
聞	**ヘ**	並	幣	閉	瓶		辟	片	鞭		**ホ**	ホ	匍	蒲		畝
閗		竝	弊	閇	甁	瓶	辟	斤	鞭	䕶		厂	匍	蒲	蒲	畆
峰		峯	蜂	崩	放	法	萌	褒		烽	亡	帽	忘	望	貌	芒
峯	峯	峯	蜂	崩	放	法	萠	襃	襃	烽	亾	帽	㤀	朢	皃	芒
撲	菩薩		菩提		没	本		翻	凡		煩悩				**マ**	マ
撲		井		卉	没	夲	夲	飜	几	凡		炎	芫	芀		ケ

摩	磨	魔	妹	毎	慢	漫	曼	ミ	密			ム	務	夢	無	
广	广	广	姝	毎	慢	漫	曼		蜜	窰	宀		務	夢	无	兓
メ	冥	鳴	モ	模		妄	網		沐	ヤ	弥	ユ	癒	勇		友
	冥	鳴		摸	摸	妄	網	網	沭		旀		瘉	勇	勇	支
有	涌	猶	融			牖	ヨ	余	腰		幼	様	用	葉	養	夭
有	湧	犹	虫	軸	軸	牖		余	署	腰	幼	様	用	葉	養	夭
	遥	揺	ラ	嵐				覧	リ	裏	率		略	掠	柳	
叐	遥	揺		嵐	嵐	嵐	嵐	覧		裏	率	率	略	掠	柳	柳
	流	留	隆		龍	旅		虜	亮	両	料	涼		臨	鱗	ル
栁	流	畄	隆	隆	竜	旅	旅	虜	亮	両	料	涼	涼	臨	鱗	
涙	瑠璃		レ	戻	麗	暦	列	鎌	簾		濫	ロ	廬	労	弄	牢
涙		王王		戻	麗	厂	烈	鎌	簾	簾	濫		廬	労	弄	牢
郎		鹿		麓			勒	ワ	穢							
ノ	ら	鹿	鹿	麓	麓	崊	勒		穢							

延慶本平家物語　主要当て字等一覧

凡　例

・本表は、『校訂延慶本平家物語(一)〜(十二)』各巻巻頭に掲載した「本巻に見える主な当て字」および各巻頭注欄に掲出している「当て字」をもとに作成したものである。
・上段に延慶本における表記を掲出し、下段に通行の表記（または読み）を示し、五十音の順に配列してある。
・意図的な借字《かりじ》、書き癖、不用意な誤字、誤写など、通行の表記ではない要因は多様であるので、出現頻度の高いものや特異な例を作成者の判断で抄出した。
・複数の熟語に使用され、頻出するものは一文字で掲出した。「郷」と「卿」など頻出するものは上段をゴチックで示したが、「卒」と「率」など相互に区別が困難なものは上下段ともにゴチックで示した。

赤鴈	皸
浅猿・浅増	あさまし
当リ	辺り
敦総	厚総
穴	あな
海尾船	海人小舟
余タ	数多
荒手	新手
有ル	或る
囲基・囗基	囲碁
痛気	幼気
痛シ	甚し・労はし
一シルシ	著し
糸惜	いとほし
伊与	伊予
因地	印地
打輪	団扇
打ツ	討つ
浦見ヨ	恨みよ
浦山敷	羨ましく
裏山敷	羨ましく
右流左シ	うるさし
宇礼敷ク	うれしく
有露	雨露
炎魔	閻魔
合坂山	逢坂山
王子	皇子
奥	澳・沖

憶ス	臆す
小事	雄琴
穴倉ナシ	覚束なし
趣ク	赴く
愚ナリ	疎なり
呵嘖	介錯
階老	偕老
返中	返り忠
書ク	掻く
係ク・懸ク	駆く
角	斯く
格勤	恪勤
影	陰
草頭	瘡頭
化他	華陀
信物	形見
金	鐘
加様	斯様
借ソメ	仮初め
借橋	仮橋
狩武者	駈武者
寒谷	函谷
感陽宮	咸陽宮
鬼海	鬼界
奇快	奇怪
聞	利
儀形	儀刑
祈精	祈請・祈誓
儀定	議定
鶏旦	契丹
紀綱・木縄	絆
衣々	後朝
祇婆	耆婆
黄伏輪	黄覆輪
郷	卿
御綾	魚綾
切文	切斑
機量	器量
金貴経	金櫃経
草村	叢
孔子	籤
共奉	供奉
晩ス・闇ス	暮らす
卿上	卿相
荊鞭	刑鞭
気装	化粧
下地	下知
潔済	潔斎
絹文叉	顕紋紗
元慎	元稹
現仏	験仏
玄防	玄昉
還滅	幻滅
甲	剛
考妃	孝妣
荒量	荒涼
香呂峯	香炉峯
孤疑	狐疑
紅徽殿	弘徽殿
五幾内	五畿内
事問フ	言問ふ
心ザス	志す
後白川	後白河
忽緒	忽諸
小手	籠手
事人・殊人	異人
小馬	駒
菜女	采女

西府	宰府
相撲	相模
猿衣	狭衣
指ス	差す・刺す
薩摩方	薩摩潟
佐土	佐渡
真	核
更夜	小夜
猿事	然る事
猿体	然る体
猿程	然る程
三貴経	三櫃経
三貼	三鈷
塩	潮
塩折ル	萎る
鋪波	しきなみ
滋シ	繁し
滋見	茂み
師子	獅子
地振	地震
師旦	師檀
四度計無	しどけなし
信乃	信濃
陵グ	凌ぐ
呪咀	呪詛
庄	荘
将基	将棋
小将	少将
譲々	凜々
消然	悄然
上落	上洛
青霊山	清涼山
白伏輪	白覆輪
震	宸
陳	陣
振旦・辰旦	震旦
信読	真読
水益	水駅
周房	周防
陬磨・取广	須磨
角田河	隅田川
駿川	駿河
諏方・諏波	諏訪
勢兵	精兵
関ク	塞く
節度	節刀
摂禄	摂籙
責ム・政ム	攻む
瀬料	芹生
全儀	僉議
蔵	臓
双峨	双蛾
雑士	雑仕
崇廟	宗廟
即離	速離
訴詔	訴訟
卒	**率**
大	太
大学寺	大覚寺
台蔵界	胎蔵界
大盤	台盤
絶	堪・耐
詫宣	託宣
立ス河原	糺河原
立住	佇む
田部	田辺
玉フ	給ふ
檀	壇

旦特	檀特
丁	町
帳	挺
朝庭	朝廷
追発	追罰
追補	追捕
使ヘル	仕へる
付ク	着く
堤	鼓
妻	褄
手聞	手利
凹反	天辺
天王	天皇
藤	籐
同襟	同衾
時	鬨
利々	疾々
取柄剣	十握剣
共	供・ども
共縄	艫縄・纜
東方	蜻蛉
詠ム	眺む
南智山	那智山
何条	何でふ
抜グ	脱ぐ
無墓	はかなし
迫状	白状
鰭	端
厚	原
幡摩	播磨
繁唱	繁昌
火縅	緋縅
日景	日影
兵杖	兵仗
深ケル	更ける
不思儀	不思議
不便	不憫
冬副	冬嗣
不和ノ関	不破の関
芬複	芬馥
鶣鵲・篇鵲	扁鵲
鳳含	鳳銜
褒氏	褒姒
忙然	茫然
俸幣・奉弊	奉幣
法門	法文
万ダラ	曼陀羅
万々	漫々
御門	帝
三川・参川	三河
蜜	密
美乃・美能	美濃
三生	壬生
名傅	名簿
六惜	六借
棟ト	宗徒
邑上	村上
女	奴
女手	馬手
目出タシ	めでたし
面道	馬道
馬脳	瑪瑙
目舞フ	目眩ふ
栝ル	潜る
以テ	持って
持遊ブ	弄ぶ・玩ぶ
本鳥	髻
者ヲ	ものを

文学	文覚
屋倉	矢倉
山賀	山鹿
山葉	山の端
由伊ノ浜	由比の浜
有識	有職
夢地	夢路
優敷	ゆゆしき
陽貴妃	楊貴妃
陽国忠	楊国忠
余党	与党
読ム	詠む
冑	鎧
良タシ	らうたし
理崛	理屈
霊堀	霊窟
歴	暦
恋暮	恋慕
狼籍	狼藉

延慶本平家物語　各巻年表

凡　例

・本年表は、『校訂延慶本平家物語㈠〜⑿』各巻巻末に掲載した「年表」に修訂を施し、一部表記を改めたものである。様式の統一には、小番達が当たった。
・「和暦」（中国暦は〔　〕を付した）」「月日」「事項」については、延慶本本文の記述に従って配列した。諸記録との齟齬が確認できる場合であっても修正は加えていない。
・具体的な年月日が記載されていない事項は、前後の文脈を勘案して記載位置を決定した。
・「章段」には、その事項が記されている各巻の章段番号を明記した。
・「備考」には、諸記録から確認できる事項と依拠資料を摘記した。ただし、延慶本の記述が諸記録と一致する場合には、依拠資料のみを記載した。＊は年表作成者が加えた注記である。

巻一

西暦	和暦	月日	事項	章段	備考
七〇五	慶雲2		中宗皇帝即位。	八	
七二八	神亀5		中衛大将を置く。	五	神亀5年7／21（帝王編年記）
七四九	天平勝宝元	2	行基菩薩、八十歳にて入滅。	二	天平勝宝元年2／2、80歳で没（続日本紀）。2／2、82歳で没（行基菩薩伝）
七八五	延暦4	7	伝教大師、十九歳にて比叡山に登り、薬師如来像を作る。	卅一	7月中旬、比叡山入山。延暦7年、等身の薬師仏像を作る（扶桑略記・帝王編年記）
七八八	延暦7		本堂を建立、薬師如来像を安置。	卅一	根本中堂を建立、薬師像を作る（扶桑略記・帝王編年記）
七九四	延暦13		平安遷都。桓武天皇、延暦寺を御願寺と定む。	卅一	延暦12年、最澄、延暦寺を造る（帝王編年記）。延暦

七九四	延暦13					13年9／3、根本中堂供養。桓武天皇御願寺となる（帝王編年記）。10／22、天皇、平安京へ移る（帝王編年記）
八〇四	延暦23	4		伝教大師、三十八歳にて入唐。	卅一	延暦23年9／26（帝王編年記）
八〇五	延暦24	6		伝教大師、帰朝。	卅一	延暦24年6月、長門国着。8月上洛（扶桑略記）
八〇九	大同4			中衛を改め、近衛大将を置く。	五	大同2年4／22（日本紀略）
八一八	弘仁9	4半		仁明天皇の御代、諸国飢饉、疫癘。帝、諸山に祈らせる。	卅七	4／22（日本紀略）＊長門本「嵯峨天皇」
八五五	斉衡2	8	28	藤原良房、内大臣左大将。	五	仁寿4（八五四）年8／28、右大臣左大将（公卿補任）
		9	25	藤原良相、大納言右大将。兄弟で左右の大将に並ぶ。	五	仁寿4（八五四）年9／23、権大納言右大将（公卿補任）
八七六	貞観18	4	9	大極殿、はじめて焼失。	四十	貞観18年4／10（帝王編年記・日本紀略）
八七七	貞観19	1	9	陽成院、豊楽院において即位。	四十	貞観19年1／3（帝王編年記・日本紀略）
	元慶元	4	21	大極殿建設の事始め。	四十	元慶元年4／9（扶桑略記・日本紀略）
八七九	元慶3	10	8	大極殿完成。	四十	日本紀略
八九〇	寛平2	5	12	高望王、初めて平の姓を下賜される。	一	寛平元年5／13（日本紀略）
九四五	天慶8	11	25	藤原実頼、内大臣左大将。藤原師輔、関白大納言右大将。	五	実頼、右大臣左大将。師輔、大納言右大将（公卿補任）
	冷泉院御宇			道長公の子息、頼通左大将、頼宗右大将。	五	長和4（一〇一五）年10／27～寛仁元（一〇一七）年3／16、頼通、左大将。寛徳2（一〇四五）年11／23、頼宗、任右大将（公卿補任）＊後朱雀院の御宇（寛徳2）、教通左大将、頼宗右大将の誤か。
一〇一九	寛仁3			一条天皇、七歳にて即位の例あり。	十三	＊底本「三年」に「二イ」と傍書。寛和2（九八六）年7／22、7歳で即位（帝王編年記）
				三条院、十三歳で立太子。	十三	寛和2（九八六）年7／16、11歳で立太子（帝王編年記）
一〇五七	天喜5	4	21	後冷泉院の御代、大極殿焼亡。	四十	＊底本「四月」に「二イ」と傍書。天喜6年2／26（扶桑略記・百錬抄）
一〇六八	治暦4	8	2	大極殿建設の事始め。	四十	本朝世紀
		10	10	大極殿棟上げ。	四十	扶桑略記・本朝世紀・百錬抄

一〇七二	延久4	10	10	後三条院の御代、大極殿完成。行幸あり。	四十	*底本「十日」に「五イ」と傍書。4／3、大極殿の造営成る（扶桑略記）。4／15、大極殿へ行幸（扶桑略記・百錬抄）。10／25、円宗寺へ行幸（扶桑略記・百錬抄）
一〇九四	嘉保元			美濃守源義綱、円応を殺害。山門憤る。	卅一	嘉保2年10／23（中右記・十三代要略）
		10	24	山門大衆強訴の風聞により、防御のため武士を河原に派遣。後二条関白殿藤原師通、中務丞源頼治に武力行使させる。	卅一	嘉保2年（中右記・百錬抄・十三代要略・天台座主記）
		10	25	大衆憤り、神輿を中堂へ振り上げ、静信・定学に関白師通を呪詛させる。	卅一	嘉保2年10／25、日吉神輿を根本中堂に安置（十三代要略）
				師通、病を受けるが回復。	卅一	
一〇九七	永長2	6	21	師通、御髪の際に悪瘡ができる。	卅一	
		6	27	師通、三十八歳にて薨去。	卅一	承徳3（一〇九九）年6／28（本朝世紀・長秋記）
一一二三	保安4	7		神輿入洛のことあり。座主に仰せて、神輿を本山へ送る。	卅七	7／18、神輿入洛。平忠盛・源為義が撃退（百錬抄・十三代要略・一代要記）
				清盛、靫負佐の時、熊野参詣の途次、鱸、舟に飛び入る。	四	大治4（一一二九）年1／24、清盛、兵衛佐（公卿補任）
一一三一	天承元	3	13	得長寿院供養行われる。忠盛、備前国を賜る。	二	天承2年3／13（百錬抄・中右記）
				鳥羽法皇、忠盛に但馬国を賜り、内の昇殿を許す。	三	天承2年3／13、忠成に遷任の宣旨と内昇殿を許さる（中右記）　*中右記の「忠成」は「忠盛」の略体か。
		11	23	殿上人、忠盛を闇討にせんとするも、機転を利かし逃れる。	三	
一一三八	保延4			神輿入洛のことあり。神輿を祇園社へ送る。	卅七	4／29（一代要記・百錬抄）
一一四七	久安3	4		山門衆徒、平泉寺を延暦寺末寺とすべき奏状を院庁に送る。	卅	4／7（台記・百錬抄）、4／13（本朝世紀）
		4	27	平泉寺を延暦寺末寺とすべき院宣。	卅	5／4、覚宗入滅後、白山を延暦寺末寺とすべきことが仰せ下さる（百錬抄）
一一四八	久安4	1	7	邦綱、蔵人頭となる。	廿三	久安4年1／7、蔵人。永万元（一一六五）年7／18、蔵人頭（公卿補任）
一一五三	仁平3	1	15	忠盛、五十八歳にて死去。	三	本朝世紀・宇槐記抄
一一五四	（仁平4）	2	13	清盛、夢に「口あけ」という天の声を聞く。（清盛、三十七歳）	四	*清盛「年三十七ノ時」より逆算。
一一五六	保元元			清盛、保元の乱において安芸守として勲功あり。	四	久安2（一一四六）年2／2、安芸守。保元元年7／11、播磨守（公卿補任）

一一五六	保元元	冬		清盛、大宰大弐となる。	四	保元3（一一五八）年8／10、大宰大弐（公卿補任）
一一五九	平治元			清盛、平治の乱において勲功あり。	四	
				時忠、解官される。	八	応保元（一一六一）年9／15（公卿補任）
一一六〇	平治2			清盛、正三位に叙される。	四	永暦元（一一六〇）年6／20（公卿補任・一代要記）
一一六〇〜六三	永暦・応保の頃			故近衛院后、太皇后宮藤原多子、二条天皇に入内す。	八	永暦元（一一六〇）年1／26（帝王編年記）
				資長、修理大夫を解官される。	八	応保2（一一六二）年6／2、源資賢、修理大夫解官（公卿補任）
				後白河院、清盛に命じて経宗を阿波国、惟方を土佐国へ流罪。	八	永暦元（一一六〇）年2／20、清盛、経宗・惟方を捕縛。3／11、配流（百錬抄）。永暦元年3／11、経宗を阿波国、惟方を長門国に配流（公卿補任）
一一六〇	永暦元	9	4	藤原基房、左大将。	五	＊底本「九月」に「十イ」と傍書。永暦元（一一六〇）年8／14、左大将。永暦2年9／13、右大将（公卿補任）
		10		藤原兼実、右大将。	五	永暦2年8／19、右大将（公卿補任）
一一六二	応保2	6	23	二条天皇、後白河院近習の資時・時忠を流罪。	八	資賢・通家・時忠・範忠を配流（百錬抄）、資賢・時忠流罪（愚管抄）、資長・時忠流罪（長門本）
一一六四	長寛2	12	17	後白河院の御願寺、千手観音千体御堂（蓮花王院）、落慶供養あり。主上は行幸せず。	八	愚管抄・醍醐寺雑事記・一代要記　＊行幸あり（百錬抄）
一一六五	永万元	春		二条天皇、御不予。	八	2／15（顕広王記）
		夏初め		二条天皇第一皇子、二歳にて立太子の由聞こえあり。	八	6／17、立太子のことを定む（百錬抄）
		6	25	にわかに親王宣下あり。その夜、譲位（六条天皇）。	八	百錬抄・山槐記
		6	27	新帝即位の儀。	九	山槐記、7／26（帝王編年記）
		7	28	新院（二条院）、二十三歳にて崩御。	九	百錬抄・帝王編年記・一代要記・顕広王記
		8	7	蓮台野へ御葬送。その夜、興福寺・延暦寺の僧徒、額立論。	九 十	帝王編年記・顕広王記
		8	9	山門大衆、清水寺へ押し寄せて焼き討ち。	十二	百錬抄・帝王編年記・顕広王記
		12	25	東の御方（建春門院）腹の後白河院の皇子（憲仁）、五歳にて親王宣下。	十三	百錬抄
				高松女院、二十二歳で出家。	卅二	永暦元（一一六〇）年8／19、20歳で出家（女院小伝・百錬抄）

一一六六	仁安元	10	7	憲仁親王、東三条殿にて立太子。	十三	10／10（玉葉・百錬抄・帝王編年記）
	同年	2	19	春宮、八歳にて大極殿において践祚（高倉天皇）。	十四	＊六条院の受禅後「僅ニ三年」とあるので、仁安3年のつもりか。「同三年」の誤写もしくは仁安3年の記事脱落か。仁安3（一一六八）年2／19（玉葉・百錬抄・兵範記）、同年3／20（帝王編年記）
		6	17	上皇、御出家、後白河法皇と申す。	十四	嘉応元（一一六九）年6／17（玉葉・百錬抄・兵範記・帝王編年記）
				六条院、童形にて太上天皇の尊号あり。	十四　卅四	仁安3（一一六八）年2／28（玉葉・兵範記）
一一六七	仁安2			清盛、太政大臣となる。	四	仁安2（一一六七）年2／11（公卿補任・百錬抄・山槐記・玉葉）
一一六八	仁安3	11	11	清盛、五十一歳にて出家。	四	2／11（尊卑分脈・玉葉・兵範記・公卿補任）
一一七〇	嘉応2	10	16	平資盛等、六角京極にて松殿（藤原基房）一行と参り会い、乱暴を受ける。	十六	7／3（百錬抄・玉葉）、10／20（帝王編年記）
		10	21	松殿一行、参内途中に猪熊堀河にて清盛配下の武士に襲われる。	十六	玉葉・百錬抄・愚管抄
		10	22	西八条の門前に乗り合い事件を揶揄する作り物あり。	十六	
				松殿、後白河院に事件を訴える。清盛、漏れ聞いて怒る。	十七	
		10	25	院の殿上にて高倉天皇御元服の定めあり。	十七	玉葉
		12	9	松殿、兼宣旨を蒙る。	十七	玉葉・公卿補任
		12	14	松殿、太政大臣。	十七	玉葉・公卿補任
		12	17	拝賀の儀。	十七	玉葉
	其の時			清盛の第二女、立后の定めあり。	十七	承安元（一一七一）年12／2（玉葉）
				妙音院師長、左大将を辞す。	十八	安元3（一一七七）年1／24（公卿補任）
一一七一	嘉応3	1	3	高倉天皇御元服。	十九	玉葉・帝王編年記
		1	13	高倉天皇、朝覲の行幸。	十九	玉葉
		3		平徳子、女御として入内。「中宮ノ徳子」と申す。	十九	承安元（一一七一）年12／14、後白河院の猶子として入内（玉葉）。承安元年12／26、女御（玉葉・女院小伝）
		7		相撲の節あり。	十九	承安4（一一七四）年7／27（皇帝紀抄）
一一七六	安元2	6	10	建春門院、院号辞退。	卅三	6／18（玉葉）

一一七六	安元2	6	12	高松女院、三十三歳にて崩御。	卅二	6／12（玉葉）。6／13、36歳（百錬抄・女院小伝）
		7	8	建春門院出家、三十五歳にて崩御。	卅三	百錬抄・玉葉　＊底本「八日」に「一イ」と傍書。
		7	27	六条院、十三歳にて崩御。	卅四	7／17（玉葉・百錬抄・皇帝紀抄）
		11	29	師高、加賀守となり、非例非法の張行あり。	廿四	安元元年12／29、師高、加賀守（玉葉）
一一七七	治承元（安元3）	1	24	除目。重盛左大将、宗盛右大将となる。	廿	＊底本「治承元年」。安元3年8／4、「治承」に改元。安元3年1／24（公卿補任・玉葉）
				徳大寺実定、厳島に参籠。左大将に任じられる。	廿一	治承元年12／27、任左大将（玉葉・公卿補任）　＊参詣は治承3年3／29
		2	5	宇河・白山の大衆等一千余人、神輿を振り上げ、宇河を発ち、願成寺に着く。	廿四	＊長門本「八月五日」
		2	6	大衆等、仏ガ原、金剣宮に着く。一両日逗留。	廿四	＊長門本「おなじき六日」
		2	9	留守所より白山へ強訴を停止すべき旨の牒状。使者は楠二郎大夫則次・但田二郎大夫忠利等。折り返し白山より拒否の返牒あり。	廿五	＊長門本「同九日」（牒状の日付は「安元三年二月九日」）
		2	10	大衆等、仏ガ原を出て、椎津に着く。税所大夫成貞、橘二郎大夫則次、留守所より使者として大衆の後陣に追い付く。	廿六	＊長門本「同十日」
		2	11	成貞・則次、椎津に到来。強訴停止を申し入れる。山門大衆、白山の神輿を敦賀中山にて押し留め、金崎観音堂に入れ、守護す。	廿六	＊長門本「同十一日」
		2	20	大衆等、山門へ牒状を送り、目代師経の罪科を訴う。	廿七	＊長門本「安元三年二月廿日」
		2	21	山門より、後白河院熊野参詣ゆえ裁許なき旨の使者を送り、白山の神輿を奪い取り、金崎観音堂に入れて守護す。白山衆徒は神輿を盗み取り、東坂本へ入れる。山門衆徒、白山の訴訟を受け入れ、神輿を日吉社へ安置す。	廿八	＊長門本「同廿一日」
		3	5	除目。内大臣藤原師長は太政大臣、左大将重盛は内大臣となる。	廿二	公卿補任・玉葉　＊底本に年号なし。廿段の「治承元年」から類推。
				五条中納言邦綱、大納言に昇進。	廿三	1／25、権大納言（玉葉）。4／24、権大納言（公卿補任）　＊公卿補任「正月カ」とする注記あり。
		4	13	山門衆徒、神輿を振りかざして師高の流罪を強訴。重盛が守護する左衛門陣を攻めるが、蹴散らされて本山に戻る。	卅六	玉葉・百錬抄
		4	14	山門大衆の騒動のために、日吉祭が中止となる。	卅六	4／15（玉葉）
		4		山門大衆、再び強訴の噂に、高倉天皇は法住寺殿へ行幸。衆徒	卅八	玉葉・百錬抄

西暦	和暦	月	日	事項	章段	備考
一一七七	治承元（安元3）			等、裁決遅滞の事態に山門を自ら焼き払うべきことを僉議。朝廷では山門の上綱を召し、師高の処罰決定を伝える。		
		4	15	山門の僧綱等、師高の罪科裁決の子細の報告のために登山するも、衆徒等追い返す。	卅八	玉葉
		4	20	後白河法皇、加賀守藤原師高の解官、尾張国への配流を宣下。	卅九	玉葉
		4	28	亥時、樋口富小路より出火、京中焼失。	四十	百錬抄・玉葉
		8		宇河寺の湯屋にて加賀国目代師経の狼藉により、宇河の大衆等と騒動に及ぶ。	廿四	＊長門本「同（安元）二年八月」
一一八〇	治承4			土佐房昌春、頼朝挙兵の時、旗を賜る。	十一	
				昌春、義経暗殺に失敗、六条河原にて斬首される。	十一	文治元（一一八五）年10／26（吾妻鏡）

巻二

西暦	和暦	月	日	事項	章段	備考
				周の幽王、烽火を上げるが、諸国の官軍従わず、戎に亡ぼされる。	十九	史記「周本紀」
前六一	（神爵元）			蘇武八十余歳で死去。	卅二	漢書「蘇武伝」　＊「神爵」は前漢の年号
	玄宗皇帝の時			安禄山、叛乱を企て、一行阿闍梨を無実の罪に陥れる。	六	唐書　＊三国遺事三に類似説話あり。
				早良廃太子、崇道天皇と贈号される。	卅九	延暦19（八〇〇）年7月（日本紀略）
				井上内親王、皇后の職位に補せらる。	卅九	延暦19（八〇〇）年7／13（日本紀略）
				菅原道真、藤原時平の讒言によって配流。	十三	延喜元（九〇一）年2月（日本紀略）
				平貞盛、平将門を討った勧賞に受領となる。	十八	天慶3（九四〇）年（扶桑略記・将門記）
				西宮左大臣（源高明）、多田満仲の讒言により配流。	十三	安和2（九六九）年3／26（日本紀略）
				源頼義、安倍貞任・宗任を追討。	十八	康平6（一〇六三）年2／25（陸奥話記）
				源義家、清原武衡・家衡を追討するも、勧賞にあずからず。	十八	寛治元（一〇八七）年（後二条師通記）
	忠盛、備前国国務の時			忠盛、得長寿院造進の功により、内の昇殿を許される。	十八	天承2（一一三二）年3／13、忠成に内昇殿を許さる（中右記）　＊中右記「忠成」は「忠盛」の略体か。
一一三五～四一	保延の頃			清盛、四位兵衛佐となる。	十一	大治4（一一二九）年1／24、兵衛佐。保延元（一一三五）年8／21、従四位下（公卿補任）
一一五六	保元元			保元の乱	十八	保元元年7月（兵範記）

一一五六	保元元 保元の乱逆の時			・崇徳院、頼長の勧めで乱をおこす。	卅六	愚管抄・兵範記（保元元年7／5条）
				・清盛、故院（鳥羽）の遺戒により、天皇方につく。	十八	愚管抄・兵範記（保元元年7／10条）
				・信西、死罪を復活させる。	十三	保元元年7／29（百錬抄）
				・義朝、勅命により父為義の首を斬る。	十八	保元元年7／29（百錬抄）
				・崇徳院、讃岐国へ配流。	十八 卅六	愚管抄、保元元年7／23（兵範記）
				崇徳院、配流先で五部大乗経を身血で書写。	卅六	吉記（寿永2〈一一八三〉年7／16条）＊「カクテ九年ヲ経テ……崩御」により逆算。「九年」は足かけ9年の意であろう。
一一五九	平治元 平治の乱逆の時			平治の乱	十八	
				・信西、地下から掘り出されて斬首される。	十三	平治元年12／17（百錬抄）、12／15（尊卑分脈）
				・成親（越後中将）朝敵として捕えられていたのを、重盛が助命。	十一 十二 十五	平治元年12／27解官、永暦2（一一六一）年4／1還任（公卿補任・尊卑分脈）
				清盛、経宗・惟方を捕える。	十八	永暦元（一一六〇）年2／20（百錬抄・愚管抄・一代要記）
一一六四	長寛2	8	26	崇徳院、志度道場において崩御。享年四十六歳。	卅六	百錬抄・一代要記・本朝皇胤紹運録
				成経八歳で後白河院に見参。	十六	＊鹿谷の陰謀発覚時に「歳廿一」とあることから逆算。
一一六五 〜六六	永万の頃			法皇、鳥羽殿へ御幸、終日御遊あり。	廿一	
一一六八	仁安3	冬		西行、白峯の崇徳院陵に参拝。	卅七	山家集・沙石集
一一六九	嘉応元	冬		平野庄住人と成親の尾張目代政朝が対立抗争。	廿一	嘉応元年12／23（玉葉・公卿補任の成親記事）
		12	24	平野庄の住人が山門に訴えたため、大衆は日吉の神輿を捧げて強訴。成親の備中国への流罪と政朝の禁獄が宣下。	廿一	玉葉・公卿補任
		12	28	成親召還。大衆呪詛。	廿一	公卿補任
		12	29	成親、本位に復して中納言となる。	廿一	嘉応元年12／30（公卿補任・百錬抄）
一一七〇	嘉応2	1	5	成親、右衛門督兼検非違使別当となる。	廿一	公卿補任
一一七一	承安元	11	28	成親、左衛門督、検非違使別当、権大納言となる。	廿一	左衛門督（公卿補任）、検非違使別当（↓前項目参照）。承安5（一一七五）年11／28、権大納言（公卿

一一七一	承安元					補任）
一一七二	承安2	7	21	成親、三条殿造進の賞により従二位となる。	廿一	「上皇遷御三条殿賞」（公卿補任）
一一七三	承安3	4	13	成親、正二位となる。	廿一	「八幡賀茂行幸行事賞」（公卿補任）
一一七七	（安元3）	5	5	天台座主明雲、公請停止。辞任。	一	安元3年5／4、明雲を検非違使庁に下す（百錬抄・玉葉）。同5／5、明雲、所職を解く（百錬抄・玉葉）
		5	11	七宮、天台座主に就任。	二	百錬抄・玉葉
		5	12	明雲、検非違使によって水火の責めを受ける。大衆、奏状を捧げて抗議。	三	明雲譴責。山の大衆等、座主奪回との噂（百錬抄5／13条）。5／15（玉葉）
		5	20	明雲の罪科についての陣定。後白河院の憤り深く、流罪と定む。	三	百錬抄・玉葉
		5	21	明雲を藤井松枝という名で還俗させ、伊豆国配流の宣旨が下る。	四	
		5	23	明雲、白川坊を出発。	五	
		5	24	明雲、粟津の国分寺に到着。比叡山大衆、明雲を奪還して山へ連れ戻す。	五	5／23（百錬抄・玉葉）
				後白河院、再三院宣を下して山攻めの武力を募り、山の僧兵に降伏を求める。	六	京中の武具を帯する人々を逮捕。叡山の荘園を注進させ、三ケ国の武士を注進させる（玉葉5／29条）
		5	29	多田蔵人行綱、後白河院近臣による平家打倒の陰謀を、清盛に密告する。	七	＊密告の事実は玉葉6／1条に見える。
		6	1	清盛、院の御所に使者を遣し、実否を確認。	九 十六	
				成親・西光、捕らえられる。西光、拷問を加えられて白状。	十一	捕縛→百錬抄・玉葉　白状→玉葉6／10条
				成親を拷問。	十二	
				重盛、清盛邸を訪問。成親と対面。	十二	
				重盛の説得により、清盛、成親の処刑を延期。	十三	6／2（玉葉）
				成親の北の方、北山の方に隠れる。	十四	
				成経、教盛（門脇宰相）とともに西八条邸へ。	十六	
				教盛、成経を預かるべく清盛を説得。	十七	
				重盛、父清盛を教訓して院の監禁を制止。	十八	
				重盛、軍勢を召集。	十九	
				西光、朱雀大路にて処刑される。	廿	百錬抄

一一七七	（安元3）	6	2	成親、配流。この夜、大物浦に到着。	廿一	成親卿を備前国へ送る（百錬抄・尊卑分脈）
		6	3	京よりの使者、成親を備前へ船で送るべき由を告げる。重盛からの私信もあり。	廿一	
		6	4	成親、備前に向けて出航。	廿一	
		6		成親、備前国に到着。	廿一	＊「日数経ルマヽニ」による。
		6		蓮浄を常陸国へ配流。資行を佐渡国へ配流。基兼・康頼・俊寛・成経等を監禁。	廿二	6／3俊寛・基康・信房・資行・康頼解官（百錬抄・玉葉）＊ただし、玉葉は俊寛のみ解官を6／5とする。
		6	5	尾張国井土田に配流されていた師高、鹿野にて潜伏中に発見され、自害。	廿三	6／9（百錬抄）
		6	20	清盛、成経を福原へ召す。	廿四	
		6	22	成経、福原に到着。備中国妹尾に配流と決定。	廿四	
		6		式部大夫章綱、明石へ配流。まもなく帰洛を許される。	廿六	「先日捕召、即放免、又召取禁固」（玉葉6／6条）
		6	23	成親出家。	廿七	
				成経・俊寛・康頼、薩摩国鬼海島に配流。配流の途次、康頼は摂津狗林にて出家。	廿七	
		7	19	成親、有木別所にて殺害される。	卅四	7／9（百錬抄6／2条）＊尊卑分脈は8月とする。
				成親北の方、出家。	卅五	
		7下旬		成親殺害を実行した難波経遠の娘二人が変死。	卅五	
		7	29	讃岐院に追号、崇徳院と号す。	卅六	百錬抄・玉葉
		8	3	宇治左大臣頼長に贈官贈位。	卅八	7／29（百錬抄・玉葉・尊卑分脈）
		8		康頼、油黄島にて熊野を祝奉し、熊野詣を開始。（以後、治承2年9月まで継続）	廿九	
		12	24	彗星、東方に出現。	四十	百錬抄治承2年1／7条
一一七八	治承2	8	28	康頼、熊野本宮において祭文を奉納。	卅	
				康頼の流した卒塔婆、熊野と安芸の宮島に漂着。	卅一	＊「遙ノ日ヲ経テ」による。

巻三

西暦	和暦	月	日	事項	章段	備考
五五二	欽明13	10	10	百済の聖明王より経論等伝来する。	二	10／13（扶桑略記）、10月（日本書紀・帝王編年記・皇代記・神皇正統記）
	欽明天皇御宇			善光寺の本尊渡来する。	七	欽明13年（帝王編年記・皇代記）、欽明13年10／3（善光寺縁起二）、10／13（扶桑略記）
	用明天皇の御時			仏法本朝に弘流する。	二	
				聖徳太子、四天王寺を創建。	三	推古元（五九三）年4月（皇代記・皇年代略記）
	推古天皇御宇			善光寺に本尊を安置する。	七	推古10（六〇二）年4／8（扶桑略記〈欽明10年条〉）
				左大臣蘇我赤兄流罪。	廿七	天武元（六七三）年8／25（日本書紀）、8月（公卿補任・帝王編年記）、天武元年7／27（扶桑略記）
				道宣、『感通伝』を書く。	二	＊明匠略伝「震旦」に、乾封2（六六七）年の「春月已来、道宣律師、頻感㆓天人天降㆒、因縁作㆓霊感伝録㆒」とある。
				右大臣豊成流罪。	廿七	天平宝字元（七五七）年7／12（続日本紀）、7／2右大臣豊成大宰員外帥に左遷（公卿補任）
				左大臣兼名流罪。	廿七	延暦元（七八二）年6／14（続日本紀）、6／4左大臣魚名大宰帥に左遷（公卿補任）、延暦元年6月左大臣魚名坐事（帝王編年記）　＊底本「兼名」は魚名の誤写。
七八七	〔貞元3〕			玄奘三蔵インドに渡る。	六	貞観3（六二九）年8月（明匠略伝「震旦」）、貞観3年（大唐西域記の敬播の序）　＊長門本・盛衰記「貞観」
				三守、前中納言より大納言に任じる。	廿八	天長5（八二八）年3／19（公卿補任）
				右大臣道真流罪。	廿七	昌泰4（九〇一）年1／25右大臣道真大宰権帥に左遷（公卿補任・扶桑略記・帝王編年記・皇年代略記）
				冷泉院誕生。	十二	天暦4（九五〇）年5／25（本朝皇胤紹運録）、5／23（帝王編年記）、5／24（皇年代略記）
				左大臣高明流罪。	廿七	安和2（九六九）年3／26大宰権帥に左遷（公卿補任・扶桑略記・帝王編年記・皇年代略記）

西暦	年号	月	日	事項	巻	典拠
九七二	天禄3	11	1	一条摂政伊尹死去。	廿七	公卿補任・扶桑略記・百錬抄
		11		兼通、正二位内大臣に任じる。	廿七	11／27任内大臣（公卿補任・百錬抄）、11／26任内大臣（扶桑略記）。天延2（九七四）年2／28叙正二位（公卿補任）
				内大臣伊周流罪。	廿七	長徳2（九九六）年4／24内大臣伊周大宰権帥に左遷（公卿補任・扶桑略記・帝王編年記・百錬抄）
				隆国、前中納言より大納言に任じる。	廿八	治暦3（一〇六七）年2／6（公卿補任）
	白河院在位の時			藤原賢子入内、中宮となる。	十二	延久6（一〇七四）年6／20（扶桑略記）
一〇七四	承保元	12	16	敦文親王誕生。	十二	12／26（本朝皇胤紹運録・扶桑略記）、承保2年1／19（百錬抄）
一〇七七	承暦元	8	6	敦文親王死去。	十二	本朝皇胤紹運録・扶桑略記　＊本朝皇胤紹運録の薨年の記事に「依㆓頼豪阿闍梨悪霊㆒也」とある。
一〇七九	承暦3	7	9	堀河院誕生。	十二	本朝皇胤紹運録・扶桑略記・百錬抄・皇代記・皇年代略記
				頼豪死去。	十二	応徳元（一〇八四）年11／4「奉㆔祈㆓出敦文太子㆒之人也」（帝王編年記）
一〇八六	応徳3	11	26	堀河院春宮に立つ。	十二	帝王編年記・皇代記、11／26受禅（本朝皇胤紹運録・百錬抄・皇年代略記・践祚部類鈔）　＊堀河院は春宮に立ったその日に受禅。
		12	29	堀河天皇即位。	十二	12／19即位（本朝皇胤紹運録・帝王編年記・百錬抄・皇年代略記・天祚礼記職掌録）
一〇八九	寛治3	1	20	堀河天皇冠服。	十二	1／5（中右記・扶桑略記・本朝皇胤紹運録・帝王編年記・皇代記）　＊盛衰記「正月五日」
一一〇七	嘉承2	7	19	堀河院崩御。	十二	本朝皇胤紹運録・帝王編年記・百錬抄・皇代記・皇年代略記
一一二七	大治2	9	11	待賢門院御産に際し、重科の者十三人寛宥される。	八	待賢門院御産、後白河院誕生（山槐記治承2年11／12条、百錬抄）
一一五六	保元元			保元の乱	廿八	7／11（帝王編年記・百錬抄・皇年代略記・六代勝事記）
		8		師長・隆長、父の縁坐により流罪。	廿八	保元元年8／3（公卿補任・帝王編年記・百錬抄）
				隆長、配所にて没す。	廿八	

				二条天皇即位。	卌一	保元3年8／11受禅（兵範記・本朝皇胤紹運録・帝王編年記・百錬抄・践祚部類抄）、12／20即位（本朝皇胤紹運録・百錬抄・皇代記・天祚礼記職掌録）
	二条天皇御宇			行隆、左少弁に任じられる。	廿九	長寛3（一一六五）年2／23任権左少弁、8／17転左少弁（弁官補任）　＊行隆が左少弁に任じられたのは、六条天皇のときであり、永暦元（一一六〇）年10／4に二条天皇の蔵人に任じられている（弁官補任・職事補任）
一一六二	応保2	11	21	成親、洲浜殿造営の事始め。	十五	＊長門本は応保2年2／21
一一六三	応保3			洲浜殿、造畢。後白河上皇、洲浜殿へ御幸。	十五	
一一六四	長寛2	夏の頃		後白河上皇出家。	十五	嘉応元（一一六九）年6／17（本朝皇胤紹運録・皇代記・皇年代略記）
		6	27	師長、土佐国より帰洛。	廿八	百錬抄
		10	13	師長、本位に復する。	廿八	長寛2年閏10／13（公卿補任）　＊盛衰記「閏十月十三日」
一一六五	永万元	8	17	師長、正二位に叙せられる。	廿八	公卿補任
一一六六	仁安元	4	6	行隆籠居。	廿九	永万2（一一六六）年4／6解官（弁官補任）
		11	5	師長、権大納言に任じられる。	廿八	3日（公卿補任）
				六条天皇退位。	卌一	仁安3（一一六八）年2／19（兵範記・本朝皇胤紹運録・帝王編年記・皇代記・皇年代略記）
一一七七	安元3	春の頃		義竟四郎、来乗坊の神人を押領する。	四	＊底本は治承2年のところに、「去年ノ春ノ比」とするが、盛衰記は「今年ノ春」とする。
		6	23	成親出家。	十三	＊底本第二—廿七に6／23以降の出家、第二—卌四に7／19死去とあり、その間となる。その他、死亡日は顕広王記7／9条、百錬抄6／2条に7／9、公卿補任7／13とする。
		6	27	信俊、有木の成親を訪ねる。	十三	
		7	27	六条院死去。	卌一	安元2（一一七六）年7／17（本朝皇胤紹運録・帝王編年記）　＊盛衰記「安元二年七月廿七日」
		7		讃岐院追号、悪左府贈官のことあり。	廿八	安元3年7／29（愚管抄・本朝皇胤紹運録・百錬抄）、8／3（玉葉7／29条）

一一七八　治承2

1	1	院の御所にて拝礼行われる。	一	玉葉
1	4	朝覲の行幸。	一	玉葉
1	7	彗星東方に見える。	一	「去年十二月廿四日出、其後不レ出、今暁又出也」（山槐記）。「去七日彗星見、去年十二月廿四日又見」（玉葉1／18条）。「彗星見二巽方一之由、泰親朝臣奏聞。去年十二月廿四日出現」（百錬抄）　＊底本巻二の終わりに治承元年12／24の彗星出現の記事あり。盛衰記は当日の彗星の記事を載せず、同年12／24の記事に続けて、「廿八日ニ光ヲ増」とする。
1	18	彗星光を増す。	一	＊玉葉にはこの日の彗星に関する記述はないが、この日に7日の彗星に言及する点よりみれば、彗星が光を増したとの記述は事実であったか。
2	5	後白河法皇、三井寺にて灌頂を受けようとし、山の大衆騒動する。	二	2／1に園城寺御幸、11日に還御の計画立つ（玉葉1／8条）。灌頂のことを奉行する（山槐記1／11条）。延暦寺の衆徒蜂起（玉葉・山槐記1／20条）。大衆蜂起訴訟（百錬抄2／1条）　＊後白河院の灌頂にからんで、玉葉・山槐記には、1／12より、山門騒動の記事が現れる。盛衰記は灌頂の日を2／19とする。
		三井寺での灌頂中止となる。	二	2／1園城寺御幸中止（百錬抄）、2／5灌頂中止決定（寺門高僧記六「定恵」条）　＊盛衰記は2／1付けの御幸中止の院宣を掲出する。
3	3	法皇、住吉明神と物語する。	二	
3	24	信濃の善光寺炎上。	七	「去治承二年廻禄」（吾妻鏡文治3〈一一八七〉年7／27条）　＊善光寺縁起（応永縁起）は3／24
春の頃		重盛、中国に修善を志す。	廿三	＊覚一本は安元年間のこととする。
春の暮		中宮御悩。	五	庭槐抄治承2年閏6／11条
		中宮御悩のため諸寺諸山に読経始まり、諸宮諸社に奉幣使を立てる。	五	
5	20	最勝講に延暦寺の僧召されず、延暦寺の訴訟あり。	二	玉葉5／16、17、20条。山槐記5／16、20条。百錬抄5／20条
		延暦寺より三井寺に書状あり。	二	

一一七八　治承2

月	日	事項	巻	典拠・備考
		中宮懐妊と判明する。	五	山槐記5／24条、玉葉6／6条
6	28	中宮着帯。	五	玉葉・山槐記　＊長門本は18日とする。
7		中宮御産のため、成経・康頼に大赦行われる。	五	6／28（保暦間記）＊長門本・盛衰記は7月上旬とし、赦免状の日付を7／3とする。
7	13	成経、康頼赦免の使、硫黄島に下る。	五	
7		宗盛の北方死去。	十	7／16（玉葉、山槐記治承3年6／3条）「去八月卒去」（山槐記治承2年11／12条）
8	6	学生、堂衆の坊舎を焼き払い、大納言が岡に立て籠もる。	六	8月、学生と堂衆闘諍（天台座主記「覚快」条、皇帝紀抄七）
8	8	堂衆、東陽坊に城郭を構え、大納言が岡の学生を攻める。	六	
8	10	堂衆、東陽坊を引き、近江国三ケ庄に下る。	六	治承3年10／3、「堂衆追二捕近江国三ケ庄一」（百錬抄）
9半		大赦の使、硫黄島に着く。成経・康頼硫黄島を離れる。	五	＊盛衰記は9月上旬に島に着き、中旬に島を出たとする。
9	20	堂衆、早尾坂に城郭を構え、学生攻めるも打ち落とされる。	六	治承3年10／3堂衆城郭を横川に構える（百錬抄）
10	3	宗盛内大臣に任じられる。	十四	治承元年1／24任右大将（公卿補任）、養和2（一一八二）年10／3任内大臣（公卿補任）　＊右大将辞任の上表中の記述であるが、年代・内容ともおおきな問題がある。
10	4	学生・官軍、堂衆を攻めるも散々に打ち落とされる。	六	玉葉・顕広王記・百錬抄
10	5	学生、比叡山より洛中に下る。	六	10／6（玉葉）
10		成経・康頼九州に着く。	五	
10	27 28	中宮、御産の気あり。	八	10／27（玉葉・山槐記）
11	5	学生、早尾坂の堂衆を攻め、百余人討たれる。	六	＊長門本は7日とする。
11	12	中宮御産。皇子誕生。	八	玉葉・山槐記・本朝皇胤紹運録・帝王編年記・百錬抄・皇年代略記
		重盛、諸社に神馬を奉納する。	八	山槐記
		邦綱、神馬を奉納する。	八	山槐記
		中宮御産の勧賞行われる。	十	玉葉13日条、天台座主記「覚快」条
12	8	皇子、親王の宣旨を下される。	十一	玉葉・顕広王記・皇年代略記

一一七八	治承2	12	14	東宮坊の人事あり、重盛親傳に立つ。	十一	15日坊官の除目、経宗東宮傳、宗盛春宮大夫等の人事あり（玉葉）＊長門本は、17日に重盛傳になる、とする。
		12	15	皇子、皇太子に立つ。	十一	玉葉・顕広王記・百錬抄・皇年代略記
一一七九	治承3	1	20閏	成経、賀世庄を発ち上洛する。	十三	＊盛衰記「正月十日比」
		2	10閏	成経、備前国児島に着く。	十三	
		2	26	宗盛、大納言右大将の辞表を提出。	十四	公卿補任・玉葉。山槐記は2／28条に載せ、日次を記さない。＊盛衰記は治承2年の記事中に「去十月」。
		3	3	重盛、法師頸の夢を見る。	廿二	＊重盛は3／1に内大臣の辞表を提出するも延引する（山槐記）。盛衰記は3月の頃とし、日付を記さない。
		3	16	成経、鳥羽に着く。	十五	
		3		康頼の母死去。	十七	
		3		成経・康頼帰洛。	十六	＊「春之比鬼海島流人成経朝臣康頼法師召㆓帰之㆒。俊寛一人被㆑残㆑島」（帝王編年記）
				有王、硫黄島へ俊寛を訪ねる。	十八	
		4		重盛、宋に金二千百両を送り、後世を祈らせる。	廿三	＊長門本・盛衰記は献金の日付を記さないが、治承3年よりはるか以前と推測される。覚一本は安元年間のこととする。
		4	28	重盛、熊野詣の精進始め。	廿二	3／11（山槐記）
		5	2	重盛、熊野に進発。	廿二	
		6	13	方違えの行幸。	廿一	7／6（庭槐抄）＊御綱のひとりは実定。
		6	14	京中に辻風吹き荒れる。	十九	治承4年4／29（玉葉・明月記・山槐記・皇帝紀抄七・方丈記）
		6	25	堂衆を罪科に処する宣旨下る。	十八	7／25（玉葉7／28条）。「山門合戦事、今日於㆑院有㆓沙汰㆒」（玉葉6／10条）＊堂衆合戦の記事はここで終わるが、玉葉・山槐記・百錬抄などには、11／12まで山門騒動の記事が断続的に記される。
		7	25	重盛、悪瘡を患う。	廿一	＊3／11上表（百錬抄）、5／25出家（山槐記5／25、6／4条）、6／20「辰刻許絶入、及㆓一時㆒云々」

一一七九 治承3					（山槐記）、7／20「内大臣入道所労危急云々」（玉葉）などをみると、7／25の羅病は疑わしい。盛衰記は、帰洛後幾程もなく、とする。
	8	1	重盛死去。	廿	愚管抄五・公卿補任・帝王編年記・百錬抄、7／29（玉葉）
			基房の子師家、基通を越えて中納言に任じる。	廿六	10／9除目、基房の子師家、8歳にて中納言に任じる（玉葉・公卿補任）
			法皇、重盛知行の越前国を収公する。	廿六	玉葉11／15条
			法皇、重盛の中陰中に八幡に御幸。	廿六	10／13、法皇、今日より八幡に十ヶ日参籠し、24日還御（玉葉10／13条、山槐記10／13、10／24条）
	11	7	将軍塚鳴動。	廿四	治承2年6／23「辰刻許、東方大鳴動。如レ打二太鼓一、或曰将軍墓云々」（山槐記）、「東方有二鳴動之声一」（百錬抄）　＊盛衰記は7／7とする。
			大地震。	廿四	「亥刻大地震」（山槐記）、10／5（帝王編年記）、11／5（百錬抄・皇帝紀抄七）
	11	8	泰親、地震の勘文を提出。	廿四	
	11	14	清盛、福原から上洛する。	廿五	玉葉・山槐記
	11	15	法皇、静憲を清盛の許へ派遣する。	廿六	百錬抄・玉葉11／16条
	11	16	清盛、公卿四十二人を解官する。	廿七	17日、39人解官（百錬抄・帝王編年記・皇帝紀抄七）　＊玉葉は17日の解官除目に、平頼盛を含む40名の名を掲げ、18日条に「解官輩卅九人」とある。盛衰記「十五日」。
			関白基房解官。	廿七	11／15（玉葉・百錬抄）、11／16（山槐記・帝王編年記・皇帝紀抄七）
			清盛、行隆を召す。	廿九	
	11	17	基通、関白内大臣に任じられる。	廿七	玉葉・山槐記・公卿補任、15日（百錬抄）、16日（皇帝紀抄七）
			行隆、右少弁に任じられる。	廿九	玉葉・山槐記・弁官補任　＊玉葉・山槐記には左少弁とある。
			師長尾張国へ流される。	廿八	帝王編年記・百錬抄、18日（玉葉）
			前関白基房、大宰帥に左遷。	廿七	18日、前関白基房大宰権帥に左遷（玉葉・山槐記・

						百錬抄）
一一七九	治承3	11	18	行隆、五位の蔵人に任じられる。	廿九	玉葉・山槐記・弁官補任・職事補任
				資賢と子息資時、孫雅賢、洛中を追放される。	廿七	18日（玉葉・百錬抄）、22日資賢西海に赴く（玉葉）
				左衛門佐業房伊豆国へ流される。	廿八	18日（玉葉・山槐記）
		11	20	清盛、後白河院を鳥羽殿に移す。	卅	愚管抄五・玉葉・百錬抄、18日（帝王編年記・皇帝紀抄七）＊玉葉は20日条に、頼盛を討つための御幸との風聞を記す。
				前の関白基房、鳥羽古河にて出家。	廿七	公卿補任、18日基房出家（百錬抄・帝王編年記・皇帝紀抄七）、21日（山槐記21日条・玉葉22日条）
		11	21	静憲、法皇との面会を許される。	卅一	＊百錬抄20日条には、成範・脩範・静憲・女房両三人のほか参入せずとある。これらの人々が付き添ったものと見なされる。
				江大夫判官遠業宿所に火を放って自殺する。	廿八	11／21（玉葉・山槐記・百錬抄）
				清盛、福原に帰る。	卅三	20日（玉葉・山槐記）
		11	26	明雲僧正、天台座主に還任。	卅三	16日（玉葉・僧官補任・天台座主記・百錬抄）、17日（山槐記）
		12	2	宗盛右大将の辞表を返される。	十四	＊治承3年12月当時の右大将は良通。盛衰記は日付を同じくするものの、治承2年の記事中にあり。
				宗盛右大将に還任。	十四	＊宗盛は治承2年12／2に右大将に還任、同3年2／26に辞任（公卿補任）。すでに右大将を辞していた。
一一八〇	治承4	1	10頃	俊寛、病に臥す。	十八	
		8	13	俊寛硫黄島にて死去。	十八	＊尊卑分脈は配所での死を伝えるが、日付を記さない。高野春秋編年輯録は、治承3年夏5月に有王の高野登山を記すが、死亡時を記さない。
		10	25	師長、配所尾張国から帰洛。	廿八	養和元年（一一八一）年3／27（玉葉）＊見出しの日付は底本の記事より推測。盛衰記は治承4年10／25頃とする。
				法皇、天王寺で伝法灌頂の事あり。	二	文治3（一一八七）年8／22（帝王編年記・皇年代略記）、8／23（本朝皇胤紹運録）、文治3年3／21（皇代記）、「文治三年之比」（寺門高僧記六「定恵」）

西暦	和暦	月	日	事項	章段	備考
一二二一	承久3			中納言宗行死罪に行われる。	廿九	承久3年6月（帝王編年記）

巻四

西暦	和暦	月	日	事項	章段	備考
				周 成王、三歳で即位。	二	
				晋 穆帝、二歳で即位。	二	
	神武辛酉			日向宮崎郡で人王百王の宝祚を継ぐ。	卅	＊日向で立太子〈甲申〉、橿原宮で即位〈辛酉〉（日本書紀）
前六〇一	神武59年己未	10		土蜘蛛退治。	卅五	神武即位前己未年2月（日本書紀）
				東征し、豊葦原中津国、橿原宮に坐す。	卅	神武元辛酉年1／1（日本書紀）
	綏靖			大和国葛城高岡宮に坐す。	卅	綏靖元（前五八一）年1／8（日本書紀）
	安寧			大和国片塩浮穴宮に坐す。	卅	安寧2（前五四七）年（日本書紀）
	懿徳			大和国軽曲峡宮に坐す。	卅	懿徳2（前五〇九）年1／5（日本書紀）
	孝昭			大和国葛木上郡腋上池心宮に坐す。	卅	孝昭元（前四七五）年7月（日本書紀）
	孝安			大和国室秋津島宮に坐す。	卅	孝安2（前三九一）年10月（日本書紀）
	孝霊			大和国黒田廬戸宮に坐す。	卅	孝安102（前二九一）年12／4（日本書紀）
				孟嘗君、秦照王に与えた狐白裘を取り返し、函谷関を通る。	十五	
				燕丹、始皇の捕虜となる（六年間）。	卅六	
				燕丹、帰国。	卅六	燕王喜23（前二三二）年（史記「燕召公世家四」）
				燕丹、始皇殺害を謀るが失敗。	卅六	始皇20（前二二七）年（史記「秦始皇帝本紀」）
				燕国、亡ぼされる。	卅六	始皇25（前二二二）年（史記「刺客列伝二十六」）
	孝元			大和国軽境原宮に坐す。	卅	孝元4（前二一一）年3／11（日本書紀）
前二〇八	〔秦始皇帝39〕	9	13	燕丹等の頸が空中に浮かぶ。六十一日後に始皇帝没。	卅三	始皇帝没。始皇37（前二一〇）年7月（史記「秦皇帝本紀」）
				始皇帝、没。	卅六	
	開化			大和国添郡春日率川宮に坐す。	卅	開化元（前一五七）年10／13（日本書紀）
	崇神			大和国磯城瑞籬宮に坐す。	卅	崇神3（前九五）年9月（日本書紀）
				君の貢物を備える。	卅	任那国、朝貢する。崇神65（前三三）年7月（日本

					書紀）
			諸国に池を作り始める。	卌	崇神62（前三六）年10月（日本書紀）
			船を作り始める。	卌	崇神17（前八一）年10月（日本書紀）
	垂仁		大和国巻向珠城宮に坐す。	卌	垂仁2（前二八）年10月（日本書紀）
			橘等を植える。	卌	垂仁90（六一）年2月（日本書紀）
	景行		大和国纏向日代宮に坐す。	卌	景行4（七四）年11／1（日本書紀）
			小碓皇子、三河上武智を討つ。	十一	川上梟帥を討つ。景行27（九七）年12月（日本書紀）
			武内宿禰、大臣になる。	卌	成務3（一三三）年1／7（日本書紀）
			民の姓を定める。	卌	景行13（八三）年5月（扶桑略記）
一三一	成務元		近江国志賀郡高穴穂宮に坐す（六十余年）。	卌	景行天皇、高穴穂宮に坐す。景行58（一二八）年2／11（日本書紀）
一九三	仲哀2	9	長門国穴戸豊浦宮に坐す（九年間）。	卌	日本書紀
			天皇、豊浦で崩ず。	卌	筑紫橿日宮で崩ず。仲哀9（二〇〇）年2月（日本書紀）
	神功		異国の師《いくさ》を鎮める。	卌	新羅親征、仲哀9（二〇〇）年10月（日本書紀）
			皇子（後の応神天皇）、筑前国三笠郡で誕生。	卌	仲哀9（二〇〇）年12／14（日本書紀）
			大和国十市郡磐余稚桜宮に坐す（六十九年間）。	卌	神功3（二〇三）年1／3（日本書紀）
	応神		大和国高市郡軽島豊明宮に坐す（四十三年間）。	卌	古事記・帝王編年記・扶桑略記　＊明宮で崩ず（日本書紀）
			百済王より、絹縫女・物の師・博士を渡す。	卌	絹縫女来日、応神14（二八三）年2月（日本書紀）。弓月人夫来日、応神14年（日本書紀）。阿値岐来日、応神15（二八四）年8／6（日本書紀）
			百済王より、経典・吉馬等を献上する。	卌	応神15（二八四）年8／6（日本書紀）
			吉野国栖、参り始める。	卌	応神19（二八八）年10／1（日本書紀）
三一三	仁徳元		摂津国難波郡高津宮に坐す（八十七年間）。	卌	1月（日本書紀）
			氷室始まる。	卌	仁徳62（三七四）年（日本書紀）
			鷹狩始まる。	卌	仁徳43（三五五）年9月（日本書紀）
四〇一	履中2		大和国十市郡磐余稚桜宮に坐す（六年間）。	卌	10月（日本書紀）
四〇六	反正元		河内国丹比郡柴籬宮に坐す（六年間）。	卌	10月（日本書紀）

四五三	允恭42		大和国遠明日香宮に坐す（三年間）。	卅	古事記・帝王編年記・扶桑略記
四五六	安康3		近江国穴穂宮に坐す。	卅	允恭42（四五三）年12月（日本書紀）　＊大和国石上穴穂宮（日本書紀）
四七七	雄略21		大和国泊瀬朝倉宮に坐す。	卅	安康3（四五六）年11／13（日本書紀）
	清寧		大和国磐余甕栗宮に坐す。	卅	清寧元（四八〇）年1／15（日本書紀）
	顕宗		大和国近明日八釣宮に坐す。	卅	顕宗元（四八五）年1／1（日本書紀）
	仁賢		大和国石上広高宮に坐す。	卅	仁賢元（四八八）年1／1（日本書紀）
	武烈		大和国泊瀬列城宮に坐す。	卅	仁賢11（四九八）年12月（日本書紀）
五一一	継体5		山背国筒城郡に坐す（十二年間）。	卅	10月（日本書紀）
			大和国乙訓郡磐余玉穂宮に坐す。	卅	継体20（五二六）年9／13（日本書紀）
	安閑		大和国勾金橋宮に坐す。	卅	安閑元（五三四）年1月（日本書紀）
五三六	宣化元		大和国檜隈廬入野宮に坐す。	卅	1月（日本書紀）
	欽明		大和国磯城島宮に坐す。	卅	欽明元（五四〇）年7／14（日本書紀）
	敏達		大和国磐余訳語田宮に坐す。	卅	敏達4（五七五）年（日本書紀）
	用明		大和国池辺列槻宮に坐す。	卅	敏達14（五八五）年9／5（日本書紀）
	崇峻		大和国倉橋宮に坐す。	卅	用明2（五八七）年8月（日本書紀）
			聖徳太子、崇峻天皇の横死を予言。	廿三	崇峻天皇殺害、崇峻5（五九二）年11／3（日本書紀）
	推古		大和国額田部小墾田宮に坐す。	卅	推古11（六〇三）年10／4（日本書紀）
	舒明		大和国田村高市織物宮に坐す。	卅	＊岡本宮か。舒明2（六三〇）年10／12（日本書紀）
	皇極		大和国明日香河原宮に坐す。	卅	帝王編年記　＊板蓋宮か。皇極2（六四三）年4／28（日本書紀）
六四五	孝徳　大化元		摂津国長柄京豊崎宮に坐す。	卅	12／9（日本書紀）
			初めて年号を定める。	卅	6／19（日本書記）
			八省百官を定める。	卅	大化5（六四九）年2月（日本書紀）
			国々の境を改める。	卅	大化2（六四六）年1月（日本書紀）
			唐より文書、宝物渡来。	卅	白雉5（六五四）年7月（日本書紀）
			丈六の縫仏供養。	卅	白雉2（六五一）年3月（日本書紀）
			一切経転読。	卅	白雉2（六五一）年12月（日本書紀）

				鼠群れて難波から大和に渡る。	卌	白雉5（六五四）年1月（日本書紀）
六五六	斉明2			大和国岡本宮に坐す（九年間）。	卌	日本書紀
六六七	天智6			近江国志賀郡大津宮に坐す（五年間）。	卌	3／19（日本書紀）
				諸国の百姓を定め、戸籍を作る。	卌	天智9（六七〇）年2月（日本書紀）
				漏刻を作る。	卌	天智10（六七一）年4月（日本書紀）
				内大臣鎌足、藤原姓を賜る。	卌	天智8（六六九）年10／15（日本書紀）、10／13（扶桑略記）
				天武天皇（大海人皇子）、吉野山に逃げる。	十二 十五	天智10（六七一）年10／19（日本書紀）
				天武天皇（大海人皇子）、大伴皇子を滅ぼし、即位する。	十五	大伴皇子自害、天武元（六七二）年7／23。即位、天武2（六七三）年2／27（日本書紀）
六七二	天武元			大和国明日香岡本南宮に坐し、清水原宮と号す（十五年間）。	卌	冬（日本書紀）
	持統			大和国藤原宮に坐す。	卌	持統8（六九四）年12月（日本書紀）
	文武			大和国藤原宮に坐す。	卌	扶桑略記・帝王編年記
七〇九	元明　和銅2			大和国平城宮に遷る。	卌	和銅3（七一〇）年3／10（続日本紀）
七一七	元正　養老元			大和国氷高平城宮に遷る。	卌	美濃より還幸、9／28（続日本紀）
	聖武			大和国奈良京平城宮に坐す。	卌	続日本紀・扶桑略記・帝王編年記
	孝謙			大和国奈良京平城宮に坐す。	卌	続日本紀・扶桑略記・帝王編年記
	淡路廃帝			大和国奈良京平城宮に坐す。	卌	続日本紀・帝王編年記
	称徳			大和国奈良京平城宮に坐す。	卌	続日本紀・帝王編年記
	光仁			大和国奈良京平城宮に坐す。	卌	続日本紀・帝王編年記
七八四	桓武　延暦3			山城国筒城長岡京に遷都（十年間）。	卌	11／11（続日本紀）
七九三	延暦12	1		大納言小黒丸等に葛野郡宇太村を勘申させる。	卌	1／15（日本紀略）
七九四	延暦13	10	21	平安城に遷都。	卌	10／22（日本紀略）
八一〇	嵯峨　大同5			遷都を企て、失敗。	卌	9／6（日本紀略）
九六七	康保4	11	11	冷泉院、紫宸殿で即位。	七	10／11（日本紀略）
	冷泉院御位の時			藤原千晴等、式部卿宮を帝位に即ける謀議を巡らす。	廿六	
				多田満仲、謀議を密告。	廿六	安和2（九六九）年3／25（日本紀略）、3／26か（扶桑略記26日条）

	冷泉院御位の時			西宮左大臣高明を配流し、藤原師尹を左大臣とする。	廿六	安和2（九六九）年3／25（日本紀略）、3／26（扶桑略記・百錬抄・公卿補任）
				師尹没（左大臣就任後、一ヵ月余の後）。	廿六	安和2（九六九）年10／14（公卿補任）、10／15（日本紀略・扶桑略記）
	冷泉院御宇			右大臣源兼明、関白の讒言に遭い、親王に戻される。	廿五	貞元2（九七七）年4／21（百錬抄・日本紀略）、4／24（公卿補任・扶桑略記）　＊円融天皇御宇。正しくは「左大臣」
				源兼明親王、亀山に隠居し、『兎裘賦』を作る。	廿五	
				源兼明親王、亀山神の祭文を作る。	廿五	
				源兼明親王、願文を作り、没。	廿五	永延元（九八七）年9／26（公卿補任・日本紀略）　＊一条帝御宇
				登乗、伊周の流罪を予言。	廿三	伊周、大宰権帥となる。長徳2（九九六）年4／24（日本紀略・公卿補任・扶桑略記・百錬抄）　＊古事談六―四三八
				小野宮実資、道兼の死と顕信出家を予言。	廿三	道兼没。長徳元（九九五）年5／8（日本紀略・公卿補任・百錬抄）。顕信出家。長和元（一〇一二）年1／16（御堂関白記）　＊大鏡「道兼伝」・「道長伝」
				六条右大臣、白河院の頓死、中宮の死を予言。	廿三	六条右大臣源顕房（一〇三七～九四）、中宮賢子（一〇五七～八四）　＊古事談六―四四三、四四五
				前九年合戦で、源義家、安倍貞任と短連歌をかわす。	廿	衣川の戦。康平5（一〇六二）年9／6（陸奥話記・扶桑略記）　＊古今著聞集九―三三六
一〇六八	治暦4			後三条院、太政官庁で即位の儀。	七	7／21（本朝世紀・扶桑略記・一代要記）
一〇七四	承保元	11	12	白河院一宮、敦文親王誕生。	廿六	12／26（水左記・扶桑略記）　＊12／16（盛衰記・底本巻三―十二）
				敦文親王、立太子。	廿六	
一〇七七	承暦元	8	6	敦文親王、没（四歳）。	廿六	9／6（水左記）、8／6（扶桑略記）
一〇七九	承暦3	7	9	堀河院、誕生。	廿六	為房卿記・一代要記・扶桑略記・百錬抄
		11	3	堀河院、親王宣旨。	廿六	一代要記・皇代暦
一〇八一	永保元	8	15	春宮実仁（十一歳）、元服。	廿六	8／21（水左記・為房卿記・扶桑略記・百錬抄）
一〇八五	応徳2	2	8	実仁親王、没（十五歳）。	廿六	11／8（為房卿記・扶桑略記・百錬抄・栄花物語）　＊底本は「応保二」

一〇八六	応徳3	11	28	堀河院、受禅（八歳）。同日先んじて春宮となる。	廿六	11／26（後二条師通記・扶桑略記・百錬抄）
一〇八七	寛治元	6	2	輔仁親王、元服。	廿六	中右記・為房卿記・百錬抄
				白河院、退位後に熊野へ御幸。	四	寛治4（一〇九〇）年1／22（中右記・百錬抄・扶桑略記）
一一〇三	康和5	1	16	鳥羽院、誕生。	廿六	中右記・為房卿記・百錬抄・殿暦・一代要記
		8	17	鳥羽院、立太子。	廿六	殿暦・中右記目録・為房卿記・百錬抄
一一一三	永久元	10頃		落書事件。仁寛、罪を得て伊豆国へ配流。	廿六	10／5仁寛等捕縛（殿暦・長秋記）、10／22流罪（殿暦）、11／22（百錬抄）　＊この事件によって、輔仁親王籠居。
				三宮輔仁親王、鳥羽院の立太子を知り、籠居。	廿六	永久元（一一一三）年10／22（殿暦）　＊底本では、康和5年記事に連続する。
				輔仁親王の子息有仁、元服。	廿六	永久3（一一一五）年10／28（永昌記）
				有仁、三位中将、賜姓源氏となる。	廿六	元永2（一一一九）年8／14（中右記・長秋記・公卿補任）
	鳥羽院の御時			砂金千両を唐土に送った返礼として竹を賜り、笛を彫る（後の蝉折）。	十七	
	鳥羽院御宇			近衛院、三歳で即位。	二	永治元（一一四一）年12／27（一代要記・皇代暦）
				清盛、安芸守の時、六年をかけて高野大塔造進し、自筆の曼陀羅を納める。	五	安芸守、久安2（一一四六）〜保元元（一一五六）年　＊古事談五—三六七
				清盛、安芸守重任の時、三年をかけて厳島社を造進。銀蛭巻の小長刀を賜る。	五	
一一五一〜五四	仁平の頃			源頼政、化鳥を射る。	廿八	
	先年	2	20	清盛、熊野参詣の途次、登蓮の連歌の才に喜び、扶持する。	卅二	
一一五六	保元元	7		保元の乱	卅二	7／11（兵範記・玉葉・百錬抄）
				清盛、播磨守に移り、播磨に下向。アニノ宮の難句に登蓮の助けを得て付ける。	卅二	清盛任播磨守、7／11（公卿補任）
一一五八	保元3			清盛、大宰大弐になる。	卅二	8／10（公卿補任）
一一五九	平治元	12	27	清盛、平治の乱で賊徒を退治。	卅二	藤原信頼斬首（公卿補任）
一一六〇	永暦元			頼朝、伊豆に流罪となる。	卅八	3／11（吾妻鏡）

一一六〇	永暦元			後白河院、退位後に日吉社へ御幸。	四	3／25（百錬抄）
				清盛、正三位になる。	卅二	6／20（公卿補任）＊底本では平治二年と表記
				清盛、宰相になる。	卅二	8／11（公卿補任）
				清盛、衛府督になる。	卅二	右衛門督、9／2（公卿補任）
				清盛、検非違使別当になる。	卅二	永暦2（一一六一）年1／23（公卿補任）
				清盛、中納言になる。	卅二	永暦2（一一六一）年9／13（公卿補任）
一一六一〜六三	応保の頃			源頼政、鵺を射る。	廿八	
				六条院、即位（二歳）。	二	永万元（一一六五）年6／27（山槐記・百錬抄）、7／26（帝王編年記）
一一六五	永万元	12	6	以仁王、元服（十五歳）。	八	12／16（顕広王記）
				清盛、内大臣になる。	卅二	仁安元（一一六六）年11／11（公卿補任）
				頼政、昇殿を許される。	廿八	仁安元（一一六六）年12／30（公卿補任）
				清盛、太政大臣になる。	卅二	仁安2（一一六七）年2／11（公卿補任・玉葉・山槐記・百錬抄）
				頼政、正四位下となる。	廿八	承安元（一一七一）年12／9（兵範記・公卿補任）
				頼朝、伊東助親女との間に男児をなす。男児、三歳で殺害される。	卅八	＊曾我物語二にもあり。
一一七五	安元元	7	5	後白河院御子（六条殿腹）、座主宮の坊へ入る（七歳）。	廿七	＊承仁法親王、この年、親宗を養父とする。明雲弟子（本朝皇胤紹運録）
				頼朝、北条時政を頼み、その女に通う。	卅八	＊曾我物語・仮名本二、真名本三にもあり。
				足立（安達）藤九郎盛長、頼朝が天下を治める夢を見る。	卅八	＊曾我物語・仮名本二、真名本三にもあり。
				頼政、三位となる。	廿八	治承2（一一七八）年12／24（玉葉・公卿補任）
一一七九	治承3	1	4	高倉院、七条殿へ朝覲行幸。	六	1／2（玉葉・山槐記）
一一八〇	治承4	1	28	春宮（安徳天皇）の着袴、真魚始め。	一	1／20（玉葉・百錬抄）
		2	19	春宮（三歳）、受禅。	二	2／21（玉葉・山槐記・吉記・明月記・百錬抄）
				清盛・時子、准三后の宣旨を受ける。	二	6／10（百錬抄）
		2	29	京中に旋風。	三	4／29（玉葉・山槐記・明月記・方丈記・百錬抄）
		3	17	南都北嶺の衆徒入洛の報が入り、新院、厳島御幸を延引。	四	玉葉・山槐記・厳島御幸記

月	日	事項	巻	備考
3	19	新院、鳥羽殿に参向し、次いで、厳島参詣に出発。	六	玉葉・山槐記・明月記・厳島御幸記・百錬抄 ＊ただし、後白河院との対面は史料には見えず。
3	26	新院、厳島神社参着。	六	厳島御幸記
4	7	新院、福原に入る。	六	4／5（厳島御幸記）
4	8	資盛等に勧賞。 新院、寺江に泊まる。	六	厳島御幸記・公卿補任、4／9（山槐記） 明月記4／9条
4	9	新院、入京。	六	玉葉・山槐記・明月記・厳島御幸記
4	14	頼政、以仁王邸を訪ね、謀叛を唆す。	八	4／9（吾妻鏡）
4	22	安徳帝、紫宸殿で即位。	七	玉葉・山槐記・明月記・吉記・百錬抄
4		以仁王、平氏打倒の令旨を全国に発布。	八	4／9（吾妻鏡）
4	28	源行家、高倉宮の令旨を携えて都を出る。	十 八	
5	8	行家、頼朝に令旨を献る。	八	4／27（吾妻鏡）
5		頼朝、国々の源氏に施行状を出す。	八	
5	10	那智衆徒等、新宮の衆徒等と合戦。新宮方の勝利。	十	
その頃		熊野別当覚応、六波羅に注進。	十	
5	12	鳥羽殿に鼬、走り回る。	九	
5	15	後白河院、八条烏丸御所に御幸。	九	5／14（玉葉・山槐記・百錬抄）
		以仁王の謀叛計画露呈。	十	
		以仁王流罪の議定。	十	吾妻鏡
		兼綱・光長等、以仁王の捕縛に差し向けられる。	十	5／15（玉葉・山槐記・明月記・百錬抄・吾妻鏡）
		以仁王、邸から逃走。	十一	5／15（玉葉・山槐記・明月記・百錬抄・吾妻鏡）
		兼綱・光長等、以仁王の捕縛のために邸宅を囲む。	十	5／15（玉葉・山槐記・明月記・百錬抄・吾妻鏡）
		長谷部信連、官兵と戦い、逃走。	十	5／15（山槐記・百錬抄・吾妻鏡）
		長谷部信連、以仁王に追いつき、小枝を渡す。	十一	
		比叡山大衆下洛の噂が流れ、京中騒動する。	十一	
		以仁王、三井寺に入寺。	十四	＊牒状の中の記述による。
5	16	明雲に院宣を下す。	十四	
5	17	清盛邸の門前に、山門の大衆、以仁王と共謀との札が立つ。	十	

一一八〇 治承4			園城寺から延暦寺・興福寺に牒状を下す。	十四	南都への牒状。5／19以前（玉葉）　＊延暦寺へ、18日（覚一本）、21日（長門本・盛衰記・四部本）。興福寺へ、18日（覚一本）、20日（底本の返牒）、21日（盛衰記・四部本）、日付なし（長門本）
			新院のもとで、以仁王の謀叛について議定。	十四	山槐記
			殿下（基通）の御教書を興福寺に送る。	十四	山槐記
			園城寺の僧綱・明雲僧正を召し、衆徒の説得を命じる。	十四	山槐記　＊底本、院宣は16日付
	5	19	以仁王、三井寺に逃げ籠もると伝わる。	十二	5／15（玉葉・山槐記）
	5	20	頼政とその一党、三井寺に入る。	十三	5／22（玉葉・山槐記・明月記・百錬抄）、5／19（吾妻鏡）
			競、夜に三井寺に合流。	十三	
			競、宗盛から拝領した馬、遠山を尾髪を切って宗盛という名札をつけて放す。	廿九	
	5	21	興福寺から園城寺に返牒。	十四	＊21日（覚一本）、22日（四部本）、23日（長門本・盛衰記）
			興福寺から東大寺に牒状。	十四	＊23日（盛衰記）
	5	22	山門に重ねて院宣を下す。	十四	＊22日（蓬左本盛衰記）、24日（古活字本盛衰記）
			三井寺から六波羅に夜討ちをかけようとするが未遂に終わる。	十五	5／25（吾妻鏡）
			清盛等、山僧を抱き込む。	十六	
			以仁王、蝉折を三井寺に納め、脱出。	十七	
	5	23	以仁王、三井寺から宇治に入御。宇治川合戦。	十八	5／26（玉葉・山槐記・明月記・吾妻鏡・百錬抄）
			源兼綱、自害。	十八	5／26（玉葉・山槐記・明月記・吾妻鏡・百錬抄）　＊史料では梟首
			源頼政、自害。	十九	5／26（玉葉・山槐記・明月記・吾妻鏡・百錬抄）　＊史料では梟首
			以仁王、光明山の辺りまで落ちる。	十九	5／26（山槐記・明月記・吾妻鏡・保暦間記・百錬抄）　＊史料では場所は不明
			以仁王、光明山鳥居前で流れ矢に当たり、絶命。	廿一	5／26（吾妻鏡）、5／27（山槐記）　＊山槐記では、加幡河原で討ち取られる。
			信連自害。	廿一	＊信連没、建保6（一二一八）年12／27（吾妻鏡）

月	日	事項	丁	典拠
		以仁王の首実検。	廿一	
		清盛、三井寺・南都の張本の逮捕を命じる。	廿九	
5	25	摂政基通、別当忠成・親雅を南都に派遣するが、乱暴され追い返される。	廿二 廿九	山槐記・玉葉5／27条
		園城寺律浄房、頼朝の謀叛の成功を祈るが、討ち死。	廿二	5／26（吾妻鏡養和元〈一一八一〉年5／8条）
		頼朝、伊賀国山田郷を園城寺に寄進。	廿二	
		清盛、忠綱に勧賞として新田庄を与えるが、足利一門の反対に遭い、召還。	廿二	
5	晦	調伏法を行った僧に勧賞を行う。	廿二	5／30（玉葉・山槐記）、5／29（明月記）
		平清宗、父の追討の賞として三位に昇進。	廿三	5／30（山槐記・百錬抄）
		以仁王の遺児、六波羅に連行され、出家させられる。	廿四	5／16（玉葉・山槐記・明月記・吾妻鏡）
		以仁王の遺児、北国に逃げ、越中国宮崎で元服。	廿四	＊北陸に入った噂は玉葉7／29、8／11条にあり。
		後白河院の子息（六条殿腹）出家（十二歳）。	廿七	
6	2	福原行幸。	卅	玉葉・山槐記・方丈記・百錬抄
6	3	頼盛邸に主上を渡す。	卅	玉葉
6	4	頼盛、正二位。	卅	玉葉・公卿補任
		安倍季弘勘状。	卅	8／8（玉葉8／29条）
6	9	新都の事始。	卅	6／5（百錬抄）
6	11	隆季、不吉な夢を見る。	卅	6／13（古今著聞集三―八六）
6	15	新都の地を点ず。	卅	玉葉・百錬抄
6	16	託宣によって、地点の地を変更する。	卅	玉葉6／17条
6	22	法勝寺の池の蓮、一茎に二花咲く。	卅	6／21（百錬抄・山槐記逸文〈三槐荒涼抜書要〉）
		里内裏造進の議定（23日始め、8月10日棟上）。	卅	
8	15	徳大寺実定、旧都の月見を行う。	卅一	
		月見の最中に、清盛、登蓮と短連歌をかわす。	卅二	
		月見の最中に、清盛の前に化け物が出現するが、睨み消す。	卅三	
		源雅頼の侍、将軍交替の夢を見る。	卅四	
8	17	夜、頼朝、屋牧判官館を襲い、石橋山に籠る。	卅五	吾妻鏡・山槐記
8	23	石橋山の合戦。	卅五	吾妻鏡・山槐記

西暦	和暦	月	日	事項	章段	備考
一一八〇	治承4	8	24	湯井（油井）小壺の合戦。	卅五	吾妻鏡
		8	26	三浦衣笠の合戦。	卅五	吾妻鏡
		9	2	東国より頼朝謀叛の早馬到来。	卅五	
		9	4	清盛、高倉院から頼朝追討の院宣を賜る。	卅七	9／5追討の宣旨（玉葉・山槐記・百錬抄）
一一九九	正治元			佐大夫宗信、伊賀守となり、邦輔と改名。	廿一	

巻五

西暦	和暦	月	日	事項	章段	備考
七一〇	和銅3			興福寺建立。	四十	興福寺略年代記
九三一～三八	承平年中			平将門、下総国相馬郡に住し、八ヶ国を押領。	廿二	承平5（九三五）年2／2～4（将門記・扶桑略記）
九三九	天慶2	2		尊意大僧都ら将門調伏の祈禱を行う。	廿二	天慶3年1／24（貞信公記・扶桑略記）
九四〇	天慶3	2	13	平貞盛ら将門の館を攻める。	廿二	将門記
		2	14	将門、合戦に死す。	廿二	日本紀略、2／13（扶桑略記）
		4	25	将門の首、入洛。	廿二	将門記・貞信公記・日本紀略、3／25（扶桑略記）
一〇五三～五八	天喜年中			源頼義、安倍貞任を攻める（七騎落）。	十三	天喜5（一〇五七）年11月（陸奥話記・扶桑略記）
				後三年の役で源義家、出羽国金沢城を攻める。	十三	寛治元（一〇八七）年12月（奥州後三年記）
一一〇七	嘉承2	12		平正盛、源義親追討のため出雲へ下向。	廿一	12／19（殿暦・中右記）
一一五九	平治元	12	9	平治の乱、勃発。	一	平治物語・百錬抄・愚管抄
一一六〇	永暦元			源希義、土佐配流。	卅八	清獬眼抄・尊卑分脈
		3		源頼朝、伊豆配流。	一 卅八	3／11（清獬眼抄・公卿補任）＊愚管抄・尊卑分脈
一一六三	長寛元	秋		椙本太郎義宗、安房国の合戦で重傷。後、死す。	十二	三浦系図
一一七四	承安4	春		義経（幼名舎那王）、奥州へ下向。	廿七	3／3（流布本平治物語）
一一七九	治承3	3		文学（文覚）、院の御所に乱入。	四	承安3（一一七三）年4／29（玉葉・百錬抄）
				上西門院崩御。	四	文治5（一一八九）年7／20（玉葉・百錬抄・本朝皇胤紹運録）
一一八〇	治承4	7		比叡山の大衆、還都陳情の三度目の意見書を提出（異文には6	卅六	10／20（玉葉）、11／6（山槐記）

一一八〇　治承4

		月)。		
7	6	福原院宣。	八	＊愚管抄
8	9	大庭三郎景親、京から下着、佐々木三郎秀義と対面。	九	8／2下着、8／9対面（吾妻鏡）
8	12	佐々木太郎定綱、頼朝のもとに使者として行き、帰る。	九	8／13北条を出発（吾妻鏡）
8	16	頼朝、北条四郎時政に旗挙げを相談。	十	
8	17	佐々木兄弟、北条着。屋牧夜討。	十	吾妻鏡・尊卑分脈　＊底本巻四―三五にもあり。
8	20	頼朝、相模国土肥着。評定を行う。	十一 十二	吾妻鏡
8	23	頼朝軍、早川尻に布陣。	十三	吾妻鏡・山槐記9／7条
		大庭三郎、頼朝を攻める（石橋山合戦）。	十三	吾妻鏡・尊卑分脈　＊底本巻四―三五にもあり。
		佐奈田与一討死。	十三	吾妻鏡
8	24	頼朝退却。	十三	吾妻鏡・山槐記9／7条　＊愚管抄
		畠山と三浦、湯居浜（小坪坂）で合戦。	十四	吾妻鏡　＊底本巻四―三五にもあり。
8	26	武蔵の武士たち、衣笠城を攻める。	十五	吾妻鏡　＊底本巻四―三五にもあり。
		三浦大介の首を江戸太郎が取る。	十五	8／27（吾妻鏡）
8		頼朝、船で安房国着。	十六 十八	8／29（吾妻鏡・山槐記10／7条）
		土屋三郎宗遠、甲斐国へ使者として出発。	十七	9／20（吾妻鏡）
		上総介弘経、頼朝軍に参加。	十九	9／19（吾妻鏡）
		畠山次郎重忠、頼朝軍に参加。	廿	10／4（吾妻鏡）
9	11	頼朝追討宣下。十六日付官府宣。	廿一	9／5（玉葉9／11条・山槐記・百錬抄）　＊底本巻四―三七にもあり。
9	17	平惟盛軍、福原を出発。	廿三	9／21（玉葉・愚管抄）、9／22（山槐記）
9	18	惟盛軍、京都着。	廿三	9／23（玉葉・山槐記）
9	22	高倉院、厳島御幸。	廿四	9／21（玉葉・百錬抄）　＊古今著聞集
9	28	高倉院厳島願書。	廿四	
10	5	高倉院、厳島より還幸。	廿五	10／6（玉葉・山槐記）
10	17	後白河院、夢殿の御所から三条へ移る。	廿六	
10	22	頼朝、木瀬川に布陣。義経、来たる。	廿七	10／21（吾妻鏡）

一一八〇	治承4	10	24	矢合せ前夜に平家軍逃亡。	廿七	10／18（玉葉11／1条、11／5条）、10／20（吾妻鏡）＊山槐記・吉記・愚管抄
		11	8	頼朝追討宣旨（再度）。	卅六	11／7（吉記・百錬抄）＊玉葉11／6条
		11	15	惟盛軍、京都へ帰る。	廿八	11／5（玉葉・吉記）、11／6（山槐記）、11／3（百錬抄）、11／2（吾妻鏡）＊明月記11／7条
		11	17	平家、三井寺を攻める。三井寺炎上。	卅 四十	12／11～12（山槐記・玉葉・吾妻鏡）、12／10（百錬抄）＊覚一本5／27、盛衰記11／12
		11		福原で五節、京都で新嘗会が行われる。	卅五	11／17～19（山槐記・吉記・百錬抄）
		11	21	円恵法親王、天王寺別当を解任される。	卅一	11／23（百錬抄）、6／20（玉葉6／22条）＊明月記6／21条、盛衰記6／21
				還都決定。	卅六	11／24（玉葉・山槐記・吉記・百錬抄）、11／26（古今著聞集）＊明月記
		11	22	邦綱造内裏、主上渡御。	卅四	11／23（山槐記・吉記・百錬抄）
		11	26	主上、五条内裏へ行幸。	卅六	玉葉
		12	1	福田冠者希義を討伐。	卅八	＊尊卑分脈
				厳島神社へ奉幣使。	卅七	12／2（玉葉）＊山槐記
		12		河野通清、源氏に通じ、伊予国を管領し、追討される。	卅八	治承5（一一八一）年閏2／12（吾妻鏡）＊底本巻六―一二（治承5年2／17条）にもあり。
		12	3	平知盛軍、東国へ発向。	卅九	12／2（玉葉・山槐記・明月記・百錬抄）、12／1（吾妻鏡）
		12	4	知盛軍、近江源氏を破り、美濃国へ越える。	卅九	12／13（山槐記・玉葉）＊明月記12／12条
		12	28	重衡軍、南都を攻める。南都炎上。	四十	12／25～28（玉葉・山槐記・明月記・百錬抄・吾妻鏡・興福寺略年代記）
		12	29	重衡軍、帰洛。	四十	玉葉・山槐記
				行隆、東大寺の造寺長官となる。	四十	治承5（一一八一）年6／26（玉葉・吉記）＊覚一本3／3

巻六

西暦	和暦	月	日	事項	章段	備考
				天智天皇女御を鎌足が賜り、男子誕生する。	十七	＊定恵は皇極2（六四三）年、不比等は斉明5（六五九）年誕生。
六六二	天智元	4		天智天皇の寮馬に鼠が巣を作る。	十三	日本書紀
八〇七	大同2			平城天皇御禊・大嘗会の延引。	卅	11／2（日本紀略）
八〇八	大同3	11		平城天皇御禊・大嘗会の遂行。	卅	11／17（日本紀略）
八〇九	大同4			嵯峨天皇大嘗会の延引。	卅	5／29（日本紀略）
八一〇	弘仁元	11		嵯峨天皇大嘗会の遂行。	卅	11／19（日本紀略）
				嵯峨天皇、顕密論談を催し、空海、即身成仏を証す。	十五	
八九八	昌泰元			大井河行幸。如無僧都、定国に烏帽子を渡す。	廿	
				無空律師、高野山を去り、以後、高野山荒廃。	十五	延喜16（九一六）年（高野春秋編年輯録）＊祈親聖人高野山登山の60年程前。
九三一	承平元	7	19	宇多院崩御。	卅	日本紀略
				藤原挙賢・義孝、死去。	五	天延2（九七四）年9／16（権記）
				花山院崩御。	五	寛弘5（一〇〇八）年2／8（権記2／9条、日本紀略）
一〇一一	寛弘8	10	4	冷泉院崩御。	卅	10／24（小右記目録・日本紀略）＊底本は寛治8年10／4
一〇一二	長和元			三条院大嘗会遂行。	卅	11／22（日本紀略）
一〇六九～七四	延久の頃			祈親聖人、高野山に上り、高野山を再興する。	十五	長和5（一〇一六）年頃（高野春秋編年輯録）
				白河院、高野山御幸。	十五	寛治2（一〇八八）年2／22（中右記・後二条師通記）
一〇九六	永長元	12		堀河院、衣を盗まれた女童を救う。	四	
				後二条関白師通死去。	五	康和元（一〇九九）年6／28（長秋記・本朝世紀）
一一〇〇	康和2	7	11	堀河院崩御。	四 十	嘉承2（一一〇七）年7／19（殿暦・中右記）
一一〇一	康和3	1	29	源義親の首を渡す。	十	嘉承3（一一〇八）年1／29（殿暦・中右記）

一一一三〜一一一八	永久の頃	5	20余	忠盛、祇園女御を賜る。	十七	
				清盛誕生。	十七	元永元（一一一八）年　＊史料等から逆算。
				清盛左兵衛佐。	十七	大治4（一一二九）年1／24（公卿補任）
		6	6	四条内裏焼亡。邦綱腰輿を用意する。	廿	仁平元（一一五一）年6／6（本朝世紀・百錬抄）
	近衛院の御時	8	17	石清水行幸。邦綱人長の装束を用意する。	廿	仁平元（一一五一）年8／17（本朝世紀）
一一五三	仁平3	夏の頃		帯刀先生義賢、上野国多胡郡に居住し、秩父次郎大夫重隆のもとに通う。	七	
				近衛帝崩御。	五	久寿2（一一五五）年7／23（兵範記）
一一五五	久寿2	8	16	義賢・重隆、源義平に殺される。 義仲（二歳）信濃で木曽仲三兼遠に養育される。	七	台記8／27条、百錬抄8／29条 吾妻鏡治承4（一一八〇）年9／7条
一一六一	応保元	4	13	後白河法皇、法住寺殿移徙。	廿一	山槐記
一一六五	永万元	7		二条院崩御。	五	7／22（愚管抄）、7／28（百錬抄）　＊7／28（底本巻一―九）
				義仲元服（十三歳）。	七	＊底本より逆算すると、仁安元（一一六六）年。
一一六九	嘉応元	12	21	伊勢神宮焼失。	廿九	仁安3（一一六八）年12／21（百錬抄）
一一六九〜一一七五	嘉応・承安の頃			高倉帝、紅葉を愛する。	三	
一一七一	承安元	春の頃		義経、藤原秀衡のもとに身を寄せる。	十九	
				和田岬の千僧供養。	十四	承安2年10／15（玉葉・百錬抄）
一一七二	承安2	12	22	慈心房尊恵に、閻魔庁より、招待状が来る。	十四	12／20（書状の日付、冥途蘇生記）　＊7／16（古今著聞集）
		12	26	閻魔羅城で法華経転読。慈心房尊恵招かれる。	十四	
	（承安3）	1	2	慈心房尊恵、蘇生する。	十四	＊前項の七日後。
一一七三	承安3			清盛、福原の経島の築港を始める。	十六	帝王編年記
一一七四	承安4			経島流失。清盛、石面に一切経を書き沈めさせる。	十六	
	安元の始の頃			高倉帝、青井を愛する。	四	
一一七六	安元2	7	7	建春門院死去。	五	7／8（百錬抄・玉葉）
				小督局、高倉帝の娘（範子内親王）を生む。	五	治承元（一一七七）年誕生（女院小伝

西暦	和暦	月	日	事項	巻	備考
一一七九	治承3	12		後白河法皇、鳥羽殿に幽閉される。	四	11／20（玉葉・山槐記・百錬抄）
一一八〇	治承4	5		以仁王、謀叛により誅される。	五	5／26（玉葉・吾妻鏡・百錬抄）、5／27（山槐記）
				義仲、旗挙げをし、信濃国を押領する。	七	＊義仲挙兵（吾妻鏡9／7条）、義仲、信濃に赴く（吾妻鏡12／24条）
		冬		藤原秀衡、義経を頼朝の許に遣わす。	十九	＊義経と頼朝の対面（吾妻鏡10／21条）
		冬		伊予国河野通清、謀叛を起こし、討たれる。	十二	＊河野通清滅亡の伝聞（吉記養和元〈一一八一〉年8／23条）　＊民部成良、通清と合戦（吾妻鏡養和元年9／27条）
		12	25	越後城太郎平資長を国司に補任。	十九	
				播磨国福井庄下司次郎大夫俊方、病死。	十三	＊底本では南都攻撃の三日後。
一一八一	治承5	1	1	元旦の節会を執り行う。	一	百錬抄・玉葉
		1	2	殿上の淵酔は執り行われず。	一	殿上淵酔部類
		1	5	南都僧綱解官、公請の停止、所職の没収。	二	玉葉、1／4（百錬抄）
				興福寺別当僧正永円、死去。	二	天治2（一一二五）年4／5（中右記目録）
		1	9	南都を攻め落とした旨、報告が来る。	二	
		1	14	高倉院崩御。	三	百錬抄・玉葉・明月記
				興福寺別当教縁、死去。	五	治承4年12／24（玉葉12／26条、山槐記）　＊史実は「教縁」ではなく「玄縁」。
		1	16	平助長に、頼朝、源信義追討の宣旨を下す。	十二	＊文書の日付による。文脈上は2月。
		1	17	秀衡に、頼朝、信義追討の宣旨を下す。	十二	＊文書の日付による。文脈上は2月。
		1	19	宗盛に、惣官職を与える。	十二	＊文書の日付による。文脈上は2月。1／18（玉葉1／19条）、1／8（百錬抄）
		1	27	清盛、厳島内侍腹の女を法皇に進める。	六	1／25（玉葉1／30条）　＊24日（長門本）
		1	28	東国の源氏が尾張まで攻め上るとの報告が都に入る。	八	＊28日（長門本・四部本）、24日（盛衰記）　＊行家進攻（玉葉2／1条）
		1	29	宗盛、近国惣官に補せらる。	八	1／18（玉葉1／19条）、1／8（百錬抄）　＊29日（長門本）、25日（盛衰記）
				行家、美濃国蒲倉、中原に立て籠もる。	九	
				平家、尾張墨俣川に到着。	九	＊源氏、美濃で敗戦（玉葉1／18条、百錬抄1／20条）

年	月	日	事項	章段	備考
一一八一 治承5	2	1	河野通清養子出雲房宗賢、父の仇の沼賀入道西寂を討つ。	十二	＊河野通清滅亡の伝聞（吉記8／23条）＊民部成良、通清と合戦（吾妻鏡9／27条）
	2	7	兵乱の祈りの為の尊勝陀羅尼、不動明王供養宣下。	九	玉葉2／8条、2／6（百錬抄）
			公家、大威徳像の造立供養。像が割れる。	九	
	2	9	源義基法師の首を獄門に懸け、子息義兼を禁獄。	十	玉葉・百錬抄・吾妻鏡
			宗盛、東国下向の宣旨。	十	
	2	13	宇佐公通、西国謀叛を報告。	十一	＊謀叛の噂（玉葉2／11条、吾妻鏡2／29条）
	2	17	近江、美濃両国の凶徒の首を獄門に懸ける。	十二	2／16（玉葉）、2／12（吾妻鏡）＊17日（長門本）、16日（四部本・盛衰記）
			午時に、伊予国から、河野謀叛の報告。	十二	閏2／12（吾妻鏡）
	2	17	宗盛、後白河院に院政復活を要請する。	十二	1／17（百錬抄）
	2	19	宗盛に、惣官職を与える。	十二	1／18（玉葉1／19条）、1／8（百錬抄）＊29日（長門本）、25日（盛衰記）＊文書の日付は「正月十九日」。
			清盛発病。清盛に仕える女房、清盛の夢を見る。	十三	2／27清盛発病（玉葉）、2／25発病（吾妻鏡閏2／4条）＊底本は清盛死去の七日前。
	2	27	宗盛、関東下向中止。	十三	閏2／1（玉葉）
	2	28	清盛重篤。	十三	玉葉
	閏2	2	夕方、清盛死去。	十三	閏2／4（玉葉・百錬抄・吾妻鏡）
	(閏2)	6	八条殿、焼失。	十三	百錬抄
			宗盛、院政を復活させる。	十七	玉葉、1／17（百錬抄）
	(閏2)	7	清盛を荼毘に付し円実法印が遺骨を福原に納める。	十三	閏2／8（百錬抄閏2／4条、吾妻鏡）
			その夜、御所侍の酔狂。	十三	閏2／8（百錬抄閏2／4条）
			興福寺の一言主明神の前の木の火災鎮火。	十三	＊底本は「七月」、或いは七日か。
			清盛に仕える女房、病死。	十三	＊底本では清盛の夢を見た十四日後。
	(閏)2	7	東国の軍勢、鎌倉出立との報が都に入る。	廿三	＊底本は2／7
	(閏)2	8	重衡・貞能らの東国・鎮西発遣の決定。東海・東山に、頼朝他の賊徒追討の院宣を下す。	十八	閏2／10（吾妻鏡）＊底本は2／8
	(閏2)	15	重衡・惟盛、東国に発向。	十八	閏2／15（玉葉・明月記・百錬抄・吾妻鏡）

一一八一　治承5

(閏2)	19	頼朝・義仲追討宣旨を越後城太郎資長・陸奥藤原秀衡に下す。	十九	8／13（百錬抄8／14条、吾妻鏡）
(閏)2	23	資長に越後国司補任の聞書到来。	十九	＊底本は2／23。22日（長門本）、9／2（盛衰記）
		藤原邦綱死去。	廿	玉葉
(閏2)	24	資長、義仲追討出発直前に倒れ、酉時に頓死。	十九	死去の報（玉葉3／17条）、春（吉記6／27条） ＊9／3（盛衰記・吾妻鏡）、25日（長門本）
(閏)2	25	資長死去。	廿七	死去の報（玉葉3／17条）、春（吉記6／27条） ＊底本は2／25
		後白河法皇、法住寺殿御幸。	廿一	百錬抄・玉葉
(閏)2	28	知盛・重衡・惟盛等、美濃杭瀬河に到達。	廿三	＊底本は2／28
3	1	東大寺・興福寺の僧綱等本位に復す宣下。	廿二	＊寺領などを復する議（玉葉閏2／20条）
3	7	鎮西の逆賊追討の下文を下す。	廿二	4／14（吉記）
3	11	源平両軍、墨俣河両岸に陣を張る。	廿三	
3	12	平家、墨俣河で行家軍を敗る。	廿三	3／10（玉葉3／13条、吉記3／12・13条、百錬抄・吾妻鏡）
3	14	肥後藤原高直等追討の宣旨下す。	廿二	4／14（吉記・百錬抄） ＊文書の日付は「四月十四日」
		興福寺舎利会。	廿二	
3	15	興福寺涅槃会。	廿二	
3	16	興福寺常楽会。	廿二	
3	27	平家、墨俣河より帰洛。	廿三	3／25（玉葉3／26条） ＊3／25（四部本）
4	14	肥後藤原高直追討の宣旨。	廿二	吉記・百錬抄 ＊文書の日付による。文脈上は3／14
4	20	常陸佐竹太郎隆義に頼朝追討の院庁下文を遣わす。	廿五	
5	19	行家、伊勢神宮に願書を奉納。	廿四	5／20頃（玉葉6／6条） ＊玉葉「七月」は「去月」の誤か。9／7条にも関連記事あり。
6	3	後白河院、園城寺御幸。	廿五	
6	20	興福寺金堂、木作始。	廿五	6／20（玉葉6／15条、吉記）
		城四郎長茂、千曲川で義仲に敗戦。	廿六	6／13、14（吉記6／27条、玉葉7／1条） ＊2／25（長門本）
7	14	養和に改元。	廿六	玉葉・百錬抄・吾妻鏡

養和元

一一八一	養和元	8	3	肥後守貞能、原田種直追討の為に鎮西下向。	廿六	＊玉葉8／1条に、下向決定を記す。
		8	9	太政官庁で臨時の大仁王会行なわれる。	廿六	吉記
		8	25	除目。城四郎長茂越後国司、藤原秀衡陸奥国司。	廿七	8／15（玉葉・吉記・百錬抄）＊助職
		8	26	通盛、教経以下、北国下向。	廿八	8／16（吉記・吾妻鏡）
		9	9	越後で合戦。平家敗北。	廿八	＊9／6越前国で合戦（玉葉9／9条、吉記9／9・10条、百錬抄）
		9	28	行盛、忠度越後に発向。	廿八	9／28（百錬抄）
				諸寺、諸社で謀叛調伏の祈りを行なう。	廿八	
				覚算法印、日吉社で源氏調伏の五日目に頓死。	廿八	10／27（玉葉・百錬抄）
		10	8	朝敵追討の大元法を修す。	廿八	
		10	10	興福寺・園城寺の僧侶の赦免を実定に諮問。	廿八	
		10	11	神祇官で神饗、二十二社奉幣。	廿八	
		10	13	通盛、経正等に北陸道で頼朝、信義追討の宣下。	廿八	＊文書の日付も同日。＊知度、清房他に命令下る（玉葉10／10条）
				房覚僧正に熊野悪徒追討を命じる。	廿八	＊10／10頼盛息に命令（玉葉10／10条）、為盛に命令（百錬抄10／16条）
		10	14	鉄甲冑を伊勢大神宮に献上の為に出発。	廿九	9／14（玉葉9／16条、吉記）、9／13（百錬抄）、9／16（吾妻鏡10／20条）
		10	17	伊勢離宮院に祭使下着。夜、使者大中臣定隆頓死。	廿九	9／16（玉葉9／21条、吉記9／20条）、9／5（百錬抄9／13条）、9／19（吾妻鏡10／20条）
		11		大嘗会延引。	卅	＊11／19新嘗祭（吉記）
		12	3	皇嘉門院死去。	卅一	12／5（玉葉・百錬抄）
		12	6	覚快法親王死去。	卅二	11／6（玉葉・吉記）
		12	13	後白河院、御所に移徙。	卅三	玉葉・明月記
				実厳阿闍梨、権律師になる。	廿八	＊文治元（一一八五）年正月には律師（玉葉1／22条）
				侍従能成、和泉国に逃げ、生け捕られる。	六	＊文治元（一一八五）年解官（玉葉12／18条、吾妻鏡12／29条）
				侍従能成、上野国小幡に配流。	六	

巻七

西暦	和暦	月	日	事項	章段	備考
前四	垂仁25	3		伊勢国度会郡五十鈴川の川上に大神宮を創建。	十六	日本書紀
	宣化天皇御代			太白昴星を犯す天変あり。六和・金村・蘇我稲目天下を乱す。	二	
六四二	皇極元	7		客星月中に入るという天変あり。役行者の祈禱により、兵乱を百日の旱魃に転ず。	二	日本書紀
六四八	大化4	1		漢人が来て踏歌節会が行われたという。	一	
六六八	天智7	1	16	踏歌節会の始まりという説あり。	一	持統7（六九三）年1／16（日本書紀）
七四〇	天平12	9		藤原広嗣、肥前国松浦郡にて反乱を起こす。	十六	続日本紀
		11		広嗣追討の御祈りのために、初めて大神宮へ行幸あり。	十六	10／29伊勢国に行幸。同年11／2大神宮に奉幣（続日本紀）
		11	15	広嗣、備前国橘浦にて討たれる。	十六	11／1肥前国松浦郡にて斬らる（続日本紀）。肥前国橘郡に漂着、忌日は同年11／15（松浦廟宮先祖次第并本縁起）
七四六	天平18	6	18	太宰府の観音寺の供養の時、竜王、玄肪を天に連れ去る。	十六	6／5広嗣の霊、玄肪の命を奪う（扶桑略記）
七五一	（天宝10）	7	7	長生殿にて、玄宗と楊貴妃、連理の枝・比翼の鳥と誓う。	二	
七五五	（天宝14）			玄宗皇帝の時、太白昴星を犯す天変あり、安禄山の乱起こる。	二	
	其の年	4		玄宗皇帝死去。	二	
	高野女帝の御時			恵美仲麻呂（押勝）、高野（称徳）天皇の寵臣として権勢を振るう。	卌三	天平宝字2（七五八）年8／25藤原仲麻呂を大保（右大臣）とし、恵美押勝の姓名を下賜。同4年1／4大師（太政大臣）（続日本紀）
				道鏡、帝の寵愛を受け、法皇の位を授けられる。	卌三	天平神護元（七六五）年閏10／2称徳天皇、道鏡に太政大臣禅師の位を授ける。同2年10／20道鏡、法王となる（続日本紀）
七六四	天平宝字8	9	18	恵美押勝、道鏡を妬み、帝を憎んで、国家の反乱を起こす。	卌三	9／11恵美押勝の乱（続日本紀）
				近江国にて、押勝討たれる。	卌三	9／18恵美押勝、近江国高島郡で敗死（続日本紀）
七八五	延暦4	7		伝教大師、比叡山に登り、延暦寺を開く。	十九	7月中旬、最澄、比叡山に登り修行。延暦7年、根本中堂・一乗止観院を建立（扶桑略記）
八一〇	大同5			嵯峨天皇の皇女有智内親王を賀茂の斎院に立てる。	十六	3／19（日本紀略）、弘仁元（八一〇）年（一代要記）、弘仁9（八一八）年5月有智子内親王をもって

西暦	年号	月	日	事項	巻	備考
八一〇	大同5					賀茂斎院を置く（帝王編年記）
九三九	天慶2	7		将門・純友の反乱の鎮定御願のために、八幡の臨時の祭始まる。	十六	天慶5（九四二）年4／27東西賊徒追討のため、八幡に奉幣（日本紀略・本朝世紀）
	村上天皇の御時			天皇、青山の琵琶を弾ずるに、天人舞い降りて袖を翻す。	卌一	
一一八二	養和2	1	1	諒闇のため節会行われず。	一	保暦間記
		1	16	踏歌節会なし。	一	百錬抄
		2	23	夜半、太白昴星を犯す。	二	玉葉、2／3（帝王編年記）
		4	4	前権少僧都顕真、日吉社にて、如法経一万部を転読。	三	3／15顕真らの勧進により、如法懺法などを開始（玉葉）。顕真、3／15より三七日間、如法経を転読（百錬抄4／15条）
		4	11	肥後守貞能、菊池高直の雲上城を攻撃。	三	5／11兼実、菊池が貞能のもとへの帰降を伝聞（玉葉）
		4	15	重衡を大将軍として、三千余騎日吉社へ参向。	三	法皇、叡山に登山により洛中争乱。重衡、御迎えに参上し、法皇還御す（百錬抄）
	寿永元	5	24	二十二社に臨時の奉幣使を立てる。	四	
		5	27	寿永に改元。	四	玉葉・百錬抄・吾妻鏡・公卿補任・吉記
		9	4	右大将宗盛、大納言に還任。	五	玉葉・公卿補任・帝王編年記
		10	3	宗盛、大臣に昇進。	五	玉葉・公卿補任
		10	7	宗盛、兵仗を賜る。	五	玉葉・公卿補任
		10	13	宗盛、慶申あり。	五	玉葉
		10	21	大嘗会の御禊、行われる。	五	玉葉
		11	20	大嘗会行われる。	五	11／24（百錬抄・玉葉）
		冬		畿内～九州の各国の者共、義仲追討のために召し集めらる。	八	
一一八三	寿永2	1	1	例年のごとく節会行われる。	五	玉葉
		1	3	八条殿の拝礼、急遽行われる。	五	
		2	1	安徳帝、初めて蓮華王院の御所へ行幸。	五	2／21主上、法皇の御所法住寺に始めて朝観の行幸（玉葉・百錬抄・吉記）
		3	25	官兵、門出。	五	3月に追討使発向（吉記2／21条）
		3	26	宗盛、従一位に叙せらる。	六	1／21（公卿補任）

一一八三　寿永2

月	日	事項	章段	備考
3	27	宗盛、内大臣を辞任。	六	公卿補任
4	17	木曾義仲追討のために、官兵北国に発向。	五　八	百錬抄・一代要記。4／23征討の将軍等、次第に発向し、今日すべて発向（玉葉）
4	21	平家の軍勢、火燧城に攻め寄せる。	九	26日、官軍、越前国へ進攻（玉葉5／1条）
4	28	義仲、白山へ願書を奉る。	十	
5	2	平家、六郎光明・富樫太郎等の城郭二ヵ所を攻め落とす。	十	4／27官軍、越前国にて源氏城二ヶ所を落とす（百錬抄・一代要記）。5／3官軍、加賀国にて合戦、死傷の者多し（玉葉5／12条）
5	11	平家、三万余騎を志雄に、七万余騎を大手に差し向ける。盛俊の五千余騎、砺波山を越え越中国で今井兼平と合戦。盛俊、三千余騎が討死。	十	越中国合戦、官軍敗北（百錬抄）。砺波山で合戦、平家方敗北（一代要記）。5／11越中国にて官軍と源氏が合戦、官軍敗北し、過半が討死す（玉葉5／16条）
		北陸道の賊徒を追討すべき宣旨が下る。	十	＊底本は「五月廿　日」とある。
6	1	平家の大手、砺波山を越えて黒坂・柳原へ出るとの聞こえあり。	十	
		義仲、新八幡に願書を奉る。	十一	
		倶利迦羅谷の合戦で、平家七万騎討たれる。	十一	
6	2	平家、志雄の合戦で敗北。	十二	1日、北陸の官軍、悉く敗北（玉葉6／4、5条）
6	5	院の御所にて、北国の賊徒の事で評定あり。	十四	6／6（百錬抄）
6	10	義仲、山門に牒状を送る。	十八	＊底本「六月十　日」とあるが、返牒中に「右六月十日」とある。
6	11	院によって、延暦寺において薬師経の千僧の読経行われる。	十五	百錬抄・吉記
		定長、中臣親俊に大神宮へ行幸あるべき仰せを告げる。	十六	百錬抄
6上旬		義仲、合戦に勝つ。軍勢を東山道・北陸道に分けて攻め上る。	十七	
6	16	山門において、義仲の牒状が披露される。	十七　十八	
7		山門大衆、義仲に源氏への同心の返牒を送る。	十八	
7	10	平家、山門に牒状を送る。	十八　十九	7／8（百錬抄）
		林六郎光明を大将軍として、五百余騎が比叡山に登り、城郭を構え、大衆等、平家追討と騒ぐ。	廿	7／22源氏の軍兵、東坂本に着き、大衆を率いて比叡山に登る（百錬抄・玉葉・吉記）
7	13	筑前守重貞、近江国に源氏襲来を報じ、暁より世の中騒擾する。	廿	6／13（吉記）

西暦	年号	月	日	事項	頁	備考
一一八三	寿永2	7	18	肥後守貞能、鎮西より上洛。	廿	6／18（吉記・一代要記）
		7	24	安徳帝、亥の時あたりに密かに六波羅へ行幸。	廿一	主上、暁更に俄に法住寺殿へ行幸（吉記・玉葉・百錬抄）
				夜更けに、宗盛、建礼門院の御所へ参上する。	廿二	
				夜半過ぎに、後白河法皇、密かに御所を退出し、鞍馬寺へ御幸。	廿三	比叡山へ臨幸（百錬抄）、鞍馬路を経て横川へ渡る（吉記）
		7	25	橘内左衛門秀康、法皇の不在を知り、六波羅へ報告。平家の人々、慌て騒ぐ。	廿三	
				安徳帝、三種の神器を伴い都を落ちる。	廿四	吉記・玉葉・百錬抄
				惟盛、妻子と別れて都を落ちる。	廿五	
				頼盛、都落ちするも、途中で八条女院の御所に留まる。	廿六	頼盛卿一類、京都に留まる（百錬抄）
				摂政藤原基通、都落ちするも急ぎ都へ戻る。西林寺より知足院に入る。	廿七	吉記
				筑後守貞能、源氏追討のため川尻に向かうが、誤報ゆえ都に戻る。都での抵抗を主張するが賛同を得られず、泣く泣く福原へ向かう。	廿八	貞能、一矢射るべき由を称す（玉葉）
				薩摩守忠度、俊成卿を訪れ、百首の巻物を託す。	廿九	
				左馬頭行盛、定家卿を訪れ、自作の歌を託す。	卅	
				皇后宮亮経正、覚性法親王の御所に参上し、青山の琵琶を託す。	卅一	
				平家の人々、福原にて一夜を明かし、管絃を弾じ、和歌を詠ず。	卅二	
				法皇、比叡山に登山との報に、公卿殿上人ら参上する。	卅四	7／26（玉葉・吉記）＊底本は「明日廿五日」とする。
		7	28	法皇、比叡山を下山する。	卅四	7／27（玉葉・百錬抄・吉記）
				辰の刻あたりに、行家、伊賀国より宇治木幡を経て入京。	卅四	義仲北より、行家南より入京す（玉葉）
				未の刻あたりに、義仲、近江国より入京。	卅四	7／25行家、大和より木幡山へ着く。義仲、勢多に着く（一代要記）
		7	29	義仲・行家、院の御所にて平家追討の命令を受ける。	卅五	7／28（玉葉・吉記・百錬抄）
				新帝即位をめぐる評議が八月五日と定められる。	卅六	
		8	1	義仲が推薦した者に対して、京中守護の任を命ずる院宣が下される。	卅七	7／30（吉記・百錬抄・玉葉）
	後堀河院の御時			新勅撰集に、行盛の名とともに「ながれての」の歌が入集。	卅	

巻八

西暦	和暦	月	日	事項	章段	備考
前五八五	神武76丙子			神武天皇没。	九	3月（日本書紀）
前五八一	綏靖元庚辰			綏靖天皇即位。	九	1月（日本書紀）
前四八七	懿徳24甲子			懿徳天皇没。	九	懿徳34甲子（前四七七）年9月（日本書紀）
前四七五	孝昭元丙寅			孝昭天皇即位。	九	1月（日本書紀）
二九〇	応神21庚午			応神天皇没。	九	応神41甲午（三一〇）年2月（日本書紀）
三一三	仁徳元癸酉			仁徳天皇即位。	九	1月（日本書紀）
五三一	継体25辛亥			継体天皇没。	九	2月（日本書紀）
五三四	安閑元甲寅			安閑天皇即位。	九	継体25辛丑（五三一）年2月（日本書紀）
				天武天皇、偽って出家し、大伴皇子を討ち、即位。	九	大海人皇子出家、天智4辛未（六七一）年。天武天皇即位、天武元壬申（六七二）年（日本書紀）
				孝謙天皇、尼になり、後に位に還り即く。	九	孝謙天皇出家、天平宝字6（七六二）年。称徳天皇即位、天平宝字8（七六四）年（続日本紀）
				清和天皇即位に際して位争い。相撲にて決着。	三	清和天皇即位、天安2（八五八）年（日本三代実録）
八九三	寛平5	2	16	菅原道真、任参議従四位下左大弁式部大輔。	六	底本は「左大臣」。2／16は左中弁、2／22転左大弁（公卿補任・大鏡「裏書」第二）
八九五	寛平7	10	26	菅原道真、任中納言。	六	公卿補任・大鏡「裏書」二
		11	13	菅原道真、兼春宮大夫。	六	公卿補任・大鏡「裏書」二
八九六	寛平8	8	28	菅原道真、任民部卿。	六	公卿補任・大鏡「裏書」二
八九七	寛平9	6	19	菅原道真、任権大納言正三位。兼右大将。	六	7／13正三位（公卿補任・大鏡「裏書」二）、6／19権大納言兼右大将（公卿補任・大鏡「裏書」二）
		7	13	菅原道真、兼中宮大夫。	六	7／26（公卿補任）、7／24（大鏡「裏書」二）
八九九	昌泰2	2	14	菅原道真、任右大臣（五十五歳）。	六	日本紀略・公卿補任・大鏡「裏書」二
九〇一	延喜元	1	7	菅原道真、従二位。	六	日本紀略・公卿補任・大鏡「裏書」二
	昌泰4	1	25	菅原道真、大宰権帥に遷され、配流。	六	日本紀略・公卿補任・大鏡「裏書」二
九〇三	延喜3	2	25	菅原道真、大宰府で没（五十七歳）。	六	59歳（日本紀略・公卿補任・大鏡「裏書」二）
九〇九	延喜9	4	4	左大臣藤原時平没（四十九歳）。	六	39歳（日本紀略・公卿補任・大鏡「裏書」二）
九五五	天暦9	3	13	酉時、近江比良宮で天満天神の託宣下る。	六	3／2（北野天神御託宣記文）

九五七〜六一	天徳の頃		内裏度々焼亡。	六	
九九〇〜九五	正暦年中		大宰大弐好古、鎮西安楽寺の道真廟で通夜し、道真の御詠を聞く。	六	
			菅原道真に贈正一位。	六	正暦4（九九三）年5／20（公卿補任・大鏡「裏書」二）　＊大鏡「裏書」二に「或云天暦九年二月廿一日贈正一位」の傍書
			好古、道真廟で宣命を読む。空より詩篇下る。	六	
			菅原道真に贈太政大臣。	六	正暦4年閏10／20（日本紀略・公卿補任・大鏡「裏書」二）
			好古、道真廟で通夜し、不思議な夢を見る。	六	
一一六八	仁安3	5頃	珍光、安楽寺に参詣。	六	
一一八三	寿永2	5	源義仲、加賀国白山宮に書状を書く。	（卅六）	＊5／3加賀で合戦（玉葉5／12条）　＊寿永3（一一八四）年5月か。
		6	加賀国安高・篠原合戦で源義仲、妹尾太郎兼康・斎明威儀師を生捕りにする。	十九	＊北陸合戦。吉記・玉葉共に6／4〜6条にあり。＊去5月（覚一本）、去6月（長門本・盛衰記）
		8／5	後白河院、三宮・四宮に対面し、四宮即位を決定。	一	践祚卜（百錬抄）　＊8／5（盛衰記）、8／15（長門本）
			藤原泰経、義仲より知康への不満等を聞く。	一	
		8／6	平家一類百八十二人解官。	二	玉葉8／9条、百錬抄　＊8／6（長門本・盛衰記）
		8／7	上総介忠清父子、義仲のもとに連行される。	二	
			源頼朝に征夷将軍の宣旨を下す。	十五	建久3（一一九二）年7／12（山槐記逸文）、建久3年7／12（吾妻鏡7／26条）　＊日付は十六章段の請文による。　＊8／7（盛衰記）、8月（長門本）
		8／9	西海道より女房・貞能の返書届く。	二	8／10（玉葉8／12条）
		8／10	後白河院、蓮華王院から南殿に移徙。小除目。義仲左馬頭兼越後守、行家備前守。	四	玉葉8／11条、百錬抄　＊底本は「南都」　＊8／10（長門本・盛衰記）
		8／14	義仲、高倉宮遺児の即位を推薦。	二	玉葉　＊8／14（盛衰記）
		8／16	院殿上で除目。義仲伊予守、行家備前守に遷り、源氏十余人、勲功の賞に預かる。	四	玉葉・百錬抄　＊8／16（長門本・盛衰記）
		8／17	平家、筑前大宰府に到着。	五	8／26（玉葉10／14条）　＊8／17（長門本・盛衰記）

一一八三 寿永2

月	日	事項	本文	備考
8	18	四宮即位・三種神器の事等の議定。	九	玉葉・百錬抄 ＊8／18（盛衰記）
		平家没官領など、源氏に分与。	九	＊同日（盛衰記）
8	20	法住寺の新御所で四宮践祚（四歳）。	九	玉葉・百錬抄 ＊8／20（盛衰記）、8／24（長門本）
		安徳天皇以下の平家一門、宇佐神宮に参詣。	七	
9	2	平家追討の祈りのために後白河院、伊勢公卿勅使を発遣。	九	玉葉8／30条、百錬抄 ＊9／2（長門本・盛衰記）
9	4	使中原康定、鎌倉に下着。頼朝に征夷将軍の院宣を下す。	十六	建久3（一一九二）年7／26（吾妻鏡） ＊使者は中原景良・康定（吾妻鏡） ＊9／4（長門本・盛衰記）、10／14（覚一本）
9	翌	康定、頼朝の館で対面。饗応を受ける。	十六	建久3年7／27（吾妻鏡）
9	翌々	康定、頼朝の館で太刀・矢を賜る。	十六	建久3年7／28（吾妻鏡） ＊北条殿沙汰（吾妻鏡）
		康定、帰途に着く。	十六	建久3年7／29（吾妻鏡）
		義仲、京の人々の顰蹙を買う。	十八	
		義仲配下の武士たち、京中で乱暴狼藉を働く。	廿二	玉葉9／3～5条
		刑部卿三位頼輔、子息頼経に平家の九国退去を命じ、頼経は緒方伊栄（惟義）に命じる。	十	
		肥後守貞能・平資盛・清経・有盛、緒方伊栄の説得に失敗。	十二	
		緒方伊栄子息伊村、平家に九国退去を説得。伊栄、平家追討に進発。	十二	
		平家、大宰府を落ち、山鹿城に籠もる。	十二	
9	13	平家の公達、歌を詠み交わす。	十二	＊9／13（長門本・盛衰記）
		平家、山鹿から豊前柳に落ちる。	十二	＊底本では、柳に七日間滞在。
9	15	石清水八幡放生会。	九	＊9／15（長門本）
		後白河法皇、日吉社御幸。	九	百錬抄
		平家、四国に落ちる途上、平清経入水。	十三	
		平家、屋島に到着。	十四	＊玉葉閏10／2、13条に伝聞記事。
		修理大夫時光、平家との交渉役を断る。	十四	
9	27	康定、鎌倉より戻り、関東の様子を報告。	十六	＊9／27（長門本）、9／25（盛衰記）
		文学（文覚）、源義朝・鎌田正清の首を頼朝に渡す。	十七	
10	1	備中国水島津で義仲軍、平家と戦い、敗退。	十九	閏10／1（吾妻鏡寿永3年2／20条） ＊源平合戦。

一一八三　寿永2

				源氏敗退（百錬抄閏10／1条）＊閏10／1（盛衰記・覚一本）、閏12／1（長門本）
		義仲、平家追討のために西国下向。	十九	9／21（玉葉）、9／20（百錬抄）
10	4	義仲、播磨路今宿に到着。	廿	＊義仲、播磨にありとの伝聞（玉葉10／9条）＊10／4（長門本）、閏10／4（盛衰記）
		妹尾兼康、備前国草加部で倉光五郎を夜討ちにし、佐々迫、河ノ郷に籠もる。	廿	
10	翌	義仲、妹尾を討ち取り、備中国鷺が森、万寿庄に陣を構える。	廿	＊備前国で合戦との伝聞（玉葉10／17条）＊播磨から備中に赴くとの伝聞（玉葉 閏10／14条）
11	2	行家の裏切りにより義仲が摂津から京に戻ると聞き、行家、京より丹波国に抜け播磨路に下る。	廿一	義仲入京、閏10／15（玉葉）。行家発向、11／8（玉葉・百錬抄）＊11／2（長門本・盛衰記）
		播磨国室で、行家、平家軍と戦い、敗れて和泉国に落ちる。	廿一	11／28（吉記12／3、7条）。11／29（玉葉12／2条）
11	9	東海東山諸国年貢・神社仏寺王臣家領庄園に領家に従うようにと宣旨を下す。	廿一	10／14（百錬抄）＊玉葉10／2、4条に頼朝からの折紙。
11	11	平家余党を責めるべき宣旨を下す。	廿一	閏10／26（玉葉）
		平知康の言を入れ、後白河法皇、義仲追討を決意し、法住寺殿に城郭を構える。	廿三	11／18（玉葉・吉記・百錬抄）
11	13	義仲、山門に怠状を出す。	廿四	＊11／13（盛衰記）、12／13（長門本）
11	19	辰時、義仲、法住寺殿に攻め入り、主上を閑院殿に、法皇を五条内裏に遷す。	廿五	玉葉・吉記・百錬抄　＊主上は七条邸。閑院殿には11／20（百錬抄）＊11／19辰時（盛衰記）
11	20	辰時、義仲、六条川原に討ち取った頸を渡す。	廿六	百錬抄、11／21（吉記）＊11／20卯時（盛衰記）、11／21辰時（長門本）
		藤原修憲、急ぎ出家して法皇に面会をする。	廿七	修憲出家。11／21（吉記）
11	20	義仲、自ら院御厩別当になる。	廿八	
11	21	藤原師家、内大臣摂政となる（十三歳）。	廿九	山槐記・吉記・百錬抄　＊11／21（長門本・盛衰記）
11	28	義仲、公卿以下四十九人を解官。	卅	玉葉11／29条、吉記・百錬抄　＊11／28（長門本・盛衰記）、11／23（覚一本）
		北面の公朝・藤原時成、尾張の範頼・義経に報告。更に公朝、鎌倉に下り頼朝に報告。	卅一	11／21（玉葉12／1条）
		知康、鎌倉に下り頼朝に見参。	卅二	

西暦	和暦	月	日	事項	章段	備考
一一八三	寿永2			頼朝、範頼・義経に義仲追討を命じる。	卅三	
				義仲、平家に和睦を提案。平家拒絶。	卅四	＊玉葉12／2、7条に伝聞記事。
				惟盛、都を恋しく思い悩む。	卅五	
				義仲、基房の忠告に従い、公卿等の監視を緩和。	卅六	12／1（吉記12／3条）＊義仲、基房に従う（玉葉11／27条）
		12	10	法皇、五条内裏から六条西洞院の藤原業忠邸に遷る。	卅七	吉記　＊12／10（長門本・盛衰記・覚一本）
				歳末懺法を始める。	卅七	＊12／17懺法結願（吉記）＊12／13（覚一本）
		12	13	義仲、除目を行ない、自身は院御厩別当、左馬頭、伊予守となる。	卅七	12／10（吉記）＊義仲、左馬頭辞退（玉葉・吉記）
		12	21	頼朝、山門に義仲追討要求の牒状を書き、山門賛同。	卅三	＊12／21（盛衰記）、12／22（長門本）
一一八五〜九〇	文治の頃			伊登藤内、鎮西地頭として下り、下郎が安楽寺に乱入。	六	＊伊豆藤内か。
				宇佐神官の娘、後鳥羽院に一夜召され、後に出家して真如と号す。	八	

巻九

西暦	和暦	月	日	事項	章段	備考
				平将門、相馬郡に都を建て、平親王と号する。	十七	天慶2（九三九）年10／15（扶桑略記・将門記）＊天慶2年11月（古事談四）
九九〇	正暦元	4	27	道兼、関白に任じるも在任期間七日間のみ。	十一	長徳元（九九五）年4／27（公卿補任・大鏡「裏書」）、同5／2（大鏡・栄華物語）＊七日関白の称は、5／2の慶申より薨去の5／8までをいう。底本「正暦元年」は「正暦六年（長徳元年）」の誤写か。
一一七七	治承元	3		足利又太郎、宇治川を渡す。	七	＊闘諍録に「治承四年」とある。治承四（一一八〇）年5／23。底本巻四—十八に記事あり。
一一八四	元暦元（寿永3）	1	1	院の御所には拝礼行われず。	一	百錬抄・玉葉・保暦間記
				屋島の御所には四方拝もなし。	二	保暦間記
		1		正月頃より、平家、一谷に城郭を構える。	十五	「正月比」（一代要記「後鳥羽」）、「正二月比」（歴代皇紀四）
		1	10	義仲、平家追討のため西国下向を奏聞する。	三	保暦間記　＊覚一本「十一日」。長門本・闘諍録・盛衰記は平家追討のため門出するとの聞こえありとす

年	月	日	事項	巻	備考
一一八四 元暦元（寿永3）					る。
			義仲追討の東国軍、由伊の浜にて勢汰え。	六	＊前後の記事の日付より見て、10日の勢汰は存疑。
	1		東国の軍勢、先陣は美濃国不破関、後陣は尾張国鳴海に着到する。	三	＊百錬抄8日条に「坂東武士令三越二来美濃伊勢等国一」、玉葉5日条に「頼朝之軍兵在二墨俣一」、また同6日条に「坂東武士已越二墨俣一入二美乃一」との風聞を記す。南都本は「廿日」とし、義仲死去まで日付を記さない。覚一本は13日に、美濃伊勢国に着くとする。
	1	10	義仲、宇治・瀬多の固めに親類郎従を派遣する。	三	＊百錬抄8日条に「義仲為二相禦一差二遣軍兵等一」、玉葉16日条に、近江国に派遣した郎従が帰洛した記事を載せる。覚一本「十三日」
	1	11	義仲、征夷大将軍に任命される。	四	10日（帝王編年記・吾妻鏡1／20条）、15日（百錬抄・玉葉）
	1	17	義仲、河内の行家追討のため樋口兼光を派遣する。	五	19日（玉葉）　＊一代要記「後鳥羽」・歴代皇紀四に記事あるも、派遣の日時を記さない。長門本は派遣の日時を記さない。
	1	19	兼光、行家と合戦、行家は逃走する。	五	＊吾妻鏡21日条・一代要記「後鳥羽」・歴代皇紀四に記事あるも、日時を記さない。
	1	20	東国の軍勢、宇治・瀬多より京に入る。	七	尊卑分脈・百錬抄・玉葉・愚管抄五・吾妻鏡・醍醐寺雑事記上之下・帝王編年記・皇帝紀抄七・一代要記「後鳥羽」・歴代皇紀四・保暦間記　＊覚一本「廿口あまり」、四部本「廿六日」
			義経、院の御所に参る。	八	吾妻鏡
	1	21	義仲討たれる。	九	尊卑分脈・武家年代記「裏書」、20日（公卿補任 寿永3〈一一八四〉年条・百錬抄・玉葉・吾妻鏡・醍醐寺雑事記上之下・帝王編年記・皇帝紀抄七・一代要記「後鳥羽」・保暦間記）、19日（六代勝事記）＊底本、「廿日」とし、「廿」と「日」の間に「一」を加え、さらに「廿八日イ」と傍書し塗りつぶす。後補か。長門本・四部本・闘諍録・盛衰記「廿日」、覚一本「廿一日」
			今井四郎兼平自害する。	九	20日（保暦間記）

一一八四	元暦元（寿永3）	1		樋口次郎兼光生け捕られる。	十	21日（吾妻鏡）、2／10（一代要記「後鳥羽」）＊皇帝紀抄七には、20日入洛、後日捕らえられるとある。歴代皇紀四に、2／10入京、鞍馬山に逃げ込み、後に捕らえられるとある。
		1	22	師家、摂政を解任され、基通、摂政に還任する。	十一	公卿補任・百錬抄・玉葉・一代要記「後鳥羽」・歴代皇紀四、25日（保暦間記）＊四部本「廿四日」
		1	26	義仲の頸、都大路を渡し獄門に懸けられる。	十二	百錬抄・吾妻鏡・醍醐寺雑事記上之下・帝王編年記・皇帝紀抄七・歴代皇紀四・保暦間記　＊覚一本「廿四日」、南都本「廿七日」
		1	27	兼光、五条朱雀で頸を刎ねられる。	十二	2／2（吾妻鏡）＊歴代皇紀四に記事あるも、「後日」とし、日時を記さない。覚一本「廿五日」、闘諍録「廿六日」
		1		平家、屋島より移り、播磨と摂津の境一谷に籠る。	十五	＊南都本「去ル正月廿八日ヨリ」、闘諍録「正月十日」
		1		義経、鞍馬に参る。	十三	
		1	29	義経、平家追討のため西国に下向。	十四	吾妻鏡・百錬抄　＊保暦間記は下向の奏聞ありとする。玉葉は26日に出門、29日に下向とする。闘諍録「寿永二年十二月廿九日」。底本巻九―廿に2／4の発向記事を重複して載せる。
				通盛・教経、淡路に渡り、淡路冠者・掃部冠者を討ち取る。	十六	＊保暦間記は淡路冠者の名のみ記す。
				通盛・教経、河野四郎通信と合戦。通信は逃走する。	十六	保暦間記
				教経、阿万六郎宗益・園部兵衛重茂と合戦。	十六	
		1		教経、今木城に籠る河野四郎通信・緒方三郎伊能（惟義）を攻める。	十六	
		2	4	平家、福原にて清盛の仏事を執り行う。	十七	吾妻鏡・保暦間記
				福原にて叙位除目行われる。	十七	保暦間記
				範頼・義経、平家追討に発向。	廿	卯時（保暦間記）＊闘諍録「卯時」、南都本「寅卯ノ時」、覚一本「辰の一点」。底本巻九―十四には、義経の京都発向を1／29とする。
				梶原平三景時、勝尾寺を焼く。	十八	
				義経、戌の刻に三草山の東の山口に着到する。	廿	保暦間記、5日（吾妻鏡）＊底本「其日」とある。

西暦	年号	月	日	記事	章段	出典・備考
一一八四	元暦元（寿永3）					日時は前後の記事から推測。盛衰記・南都本は「其日」を4日とし、四部本・闘諍録・覚一本も4日と推測される。
				義経、丑の刻に三草山の西の山口を夜討にする。資盛等は淡路の由良に落ちる。	廿	保暦間記、5日夜半（吾妻鏡）＊底本「同日（2／4と推測）丑尅」とするが、5日にあたる。四部本「丑刻」、盛衰記「子丑刻」、覚一本「夜半ばかり」
		2	5	教経、三草山の陣に援軍に向かう。	廿	保暦間記
		2	6	範頼、酉の刻に摂津国生田森に着到する。	廿	＊四部本「同日（4日）」未刻に児屋野、闘諍録「同日（4日）申ノ尅」に小屋野、南都本「同日（4日）ノ申ノ剋」小矢野、盛衰記「次ノ日（5日）」昆陽野に陣を取るとする。覚一本「其日（4日）」申酉の剋に崐陽野、5日生田の森。
		2	7	熊谷父子、平山武者季重、一谷の先陣を争う。	廿	吾妻鏡・保暦間記
				範頼、浜の手より一谷の城郭に寄せる。	廿	吾妻鏡
				梶原、一谷二度の懸で名を上げる。	廿	保暦間記
				義経、背後の鉢伏蟻の戸より一谷の城郭に寄せる。	廿	吾妻鏡・保暦間記、6日（愚管抄）
				教経、須磨の関より淡路の岩屋に落ちる。	廿	保暦間記　＊吾妻鏡は遠江守義定に討たれたとする。
				後白河法皇、八条烏丸の御所にて平家追討のため、毘沙門天像を造立する。	十九	＊盛衰記は3日の記事を受け「其比」とする。
				越中前司盛俊討たれる。	廿一	＊吾妻鏡・武家年代記「裏書」等は一谷で討死した人々の中に名を記す。
				一谷落城、先帝・女院・二位殿以下、船に逃れる。	廿一	一谷合戦、平家敗北（百錬抄8日条・玉葉8日条・帝王編年記・皇帝紀抄七・皇年代略記・一代要記「後鳥羽」・歴代皇紀四・六代勝事記・保暦間記）
				薩摩守忠度討たれる。	廿二	＊吾妻鏡・武家年代記「裏書」・保暦間記は一谷で討死した人々の中に名を記す。
				本三位中将重衡生け捕られる。	廿三	百錬抄8日条・吾妻鏡・皇帝紀抄七・一代要記「後鳥羽」・歴代皇紀四・六代勝事記・保暦間記
				武蔵守知章討たれる。	廿四	吾妻鏡　＊保暦間記・武家年代記「裏書」等は一谷で討死した人々の中に名を記す。
				新中納言知盛、一谷の海上に逃れる。	廿四	歴代皇紀四

西暦	和暦	月日	事項	章段	備考
一一八四	元暦元（寿永3）		大夫敦盛討たれる。	廿五	
			備中守師盛討たれる。	廿六	＊保暦間記・武家年代記「裏書」等は一谷で討死した人々の中に名を記す。
			越前三位通盛討たれる。	廿七	＊保暦間記・武家年代記「裏書」等は一谷で討死した人々の中に名を記す。
			大夫業盛討たれる。	廿八	＊保暦間記等は一谷で討死した人々の中に名を記す。
			平家の頸千二百余、竹を結い渡して懸けられる。	廿九	
		2／8	直実、敦盛の頸と書状を経盛に送る。	廿五	＊盛衰記は書状の日付を「二月十三日」とする。吾妻鏡13日条・武家年代記「裏書」に、入京した頸のなかに敦盛の名を記す。
		2／10	平家の人々の頸、京に入る。	卅	＊玉葉10日条・吾妻鏡11日条に、頸を渡すか否かの論議のあったことを記す。南都本「七日」、覚一本「十二日」
		2／13	平家の人々の頸、都大路を渡され獄門に懸けられる。	卅一	百錬抄・玉葉・吾妻鏡・帝王編年記・皇帝紀抄七・一代要記「後鳥羽」・歴代皇紀四・保暦間記、12日（武家年代記「裏書」） ＊南都本「十一日」
			惟盛の北の方、斎藤五・斎藤六に惟盛の頸の有無を確認にやる。	卅二	
			直実の書状および敦盛の頸、経盛のもとに届けられる。	廿五	＊保暦間記に記事あり。ただし日時を記さない。
			通盛の北の方、小宰相の局入海する。	卅	
		2／14	経盛、返書を直実に送る。	廿五	＊長門本は返書の日付を「二月八日」とする。

巻十

西暦	和暦	月日	事項	章段	備考
七七〇	宝亀元		大伴孔子古、粉河寺を建立。	十五	＊粉河寺縁起
七八〇	延暦3	3／16	大伴山見、粉河寺で託宣を得る。	十五	
八〇三	延暦23		弘法大師、入唐。	十一	続日本後記、5／21（大師御行状集記）
八〇八	大同3	春	実宝寺の忍戒、夢想により薬師如来像を迎え御堂に安置。	十五	
八三五	承和2		弘法大師、入定。	十二	3／21（続日本後記・大師御行状集記・空海僧都伝） ＊長門本3／21

	延喜御門の御時			醍醐天皇、夢想により観賢僧正を勅使として弘法大師の廟に御衣を賜る。	十二	今昔物語集十一―二五、打聞集、延喜21（九二一）年11／27（高野山奥院興廃記）
				日吉山王、石崇上人の夢にあらわれ、粉河寺に行くよう告げる。	十五	正暦元（九九〇）年（和文粉河寺縁起廿五）
				花山法皇、粉河寺に御幸。	十五	正暦2（九九一）年（和文粉河寺縁起六）
一〇六八	治暦4	7		後三条院、太政官庁で即位。	廿九	7／21（公卿補任・本朝世紀・扶桑略記・一代要記・今鏡）
				弘法大師、法懐大徳の夢にあらわれ、粉河寺に住むよう告げる。	十五	永保元（一〇八一）年法懐の粉河寺来訪（和文粉河寺縁起廿八）
	白河院御宇			永観律師、東大寺別当に補される。	十三	私聚百因縁集八―五、発心集二―十四
	別当就任から二、三年後			永観律師、伽藍の修造を終え、東大寺別当を辞す。	十三	私聚百因縁集八―五、発心集二―十四は「三年後」のこととする。
				藤原宗永、狩猟の際に見つけた八重桜を夢告に従って粉河寺に献上。	十五	康和元（一〇九九）年（和文粉河寺縁起十三）
				公舜法印、熊野権現の夢告で、来迎印接を粉河寺の観音の力に頼むように告げられ、粉河寺に参詣して往生を約束した偈を得る。	十五	久安3（一一四七）年夢告、承安3（一一七三）年極楽往生（和文粉河寺縁起卅一）
一一五九	平治元			平治の乱で、余三兵衛重景の父景康、悪源太義平に討たれる。	十四	＊平治物語
一一七六	安元2	春		惟盛、法住寺殿で行われた後白河法皇の五十賀で、青海波を舞う。	十八	建礼門院右京大夫集、3／4（安元御賀記・玉葉）
	治承の時			重盛の熊野参詣に同行した惟盛の浄衣が濡れて諒闇の色に変わったのを平貞能が見とがめる。	十六	＊底本巻三―廿一では治承3（一一七九）年。
		10	3	滝口時頼、出家して法輪寺往生院に入る。	十三	養和元（一一八一）年11／20（吉記）、治承4（一一八〇）年7月（高野春秋編年輯録七）
		10		横笛、桂川に身を投げる。	十三	＊長門本10／6
一一八四	元暦元（寿永3）	2	14	重衡、六条を東に渡される。	一	保暦間記・玉葉・吾妻鏡
				内侍所と重衡を交換するという内容の院宣が下る。	二	
		2	15	重衡の家人平重国、使者として院宣を持って西国に下る。	二	＊盛衰記によれば、重衡の烏帽子子。
		2	16	重衡、召し問われる。	二	吾妻鏡　＊長門本2／13、盛衰記2／15
		2	24	十四日の院宣が屋島にいる平家に届く。	三	吾妻鏡2／21　＊院宣の日付は元暦元年
		2	28	宗盛、院の申し出を断る請文を書く。	三	＊請文の日付は元暦元年。吾妻鏡2／20条、玉葉2／29条、同3／1条

一一八四　元暦元（寿永3）

3	1	重衡の家臣木公信時、土肥実平のもとを訪れ重衡に面会し、内裏にいる女房へ文を届け、それがきっかけとなって女房が重衡に面会を果たす。	四	
3	2	重衡を土肥実平のもとから義経の宿所に移す。	六	吾妻鏡
3	5	出家した平盛国親子、義経に捕らえられる。	六	＊盛国の出家は吾妻鏡によれば承安2（一一七二）年10／19、玉葉には、同3年10／19条に「盛国」とあるので、吾妻鏡の記事は疑問。吾妻鏡によれば、文治元（一一八五）年5／16の宗盛の鎌倉入りに騎馬で従い、翌2年7／25に断食して死去。
3	7	朝廷より頼朝へ平家の知行国に関することなどの条々が伝えられる。	七	＊書状の日付は元暦元年
		板垣兼信・土肥実平、平家追討のために西国へ下向。	七	3／8（吾妻鏡）
3	10	重衡、法皇の命により、梶原景時の護衛のもと、鎌倉へ下る。	八	玉葉・吾妻鏡・保暦間記
		惟盛ら、秘かに屋島の陣を抜け出す。	十 廿七	
3	18	武士の狼藉を禁止する宣旨が出る。	九	2／18（吾妻鏡）、2／22（玉葉）＊四部本2／15、長門本・盛衰記2／16
3		惟盛ら、時頼入道を先達として高野山を巡礼し、出家。	十一 十四	
3		惟盛ら、時頼入道と粉河寺に詣でる。	十五	
3		惟盛ら、熊野権現に詣でる。	十六	
3	26	重衡、伊豆に到着し、狩りに来ていた頼朝が、門外よりその姿を垣間見て、比企能員を使いとして、重衡と言葉を交わす。重衡の態度に感銘を受けた頼朝が厚遇を命じ、重衡は湯浴みをし、一夜千手の前とすごす。	八 九	3／18頼朝伊豆へ出発、3／28頼朝重衡対面、4／20重衡湯浴み・千手前の訪問（吾妻鏡）＊盛衰記3／26鎌倉着、3／27対面。長門本3／22大庭で対面
3	27	諸国の兵糧攻めを禁止する宣旨が出る。	九	2／22（玉葉）＊長門本3／22
		重衡、狩野宗茂に伴われて鎌倉に到着。	廿	
3	28	惟盛ら、那智沖で入水。	十九	高野春秋編年輯録七・保暦間記・尊卑分脈・吉記
		頼朝、正四位下となる。	廿一	3／27（玉葉・吾妻鏡・百錬抄・保暦間記・公卿補任）
4	15	大炊殿跡に社を建てて、崇徳院を祀る。	廿二	玉葉・吉記・百錬抄・愚管抄

一一八四	元暦元（寿永3）	4	26	頼朝、一条忠頼を誅す。	廿二	6／16（吾妻鏡）
		5	3	頼盛、関東に下向する。	廿三	百錬抄・公卿補任・保暦間記
		5	16	頼盛、鎌倉に到着し、頼朝と面会。	廿四	5／19（吾妻鏡）
		6	1	義経、秘かに関東に下向。	廿五	
		6	3	前斎院次官親能、双林寺で前美濃守義広を捕らえる。	廿五	
		6	5	頼盛、関東より帰京。	廿五	吾妻鏡・保暦間記・公卿補任・一代要記
		7	4	惟盛の北の方、屋島へ使者を派遣。	廿七	
		秋		屋島よりの使者が惟盛の北の方に惟盛の死を伝える。	廿七	
		7	25	屋島の平氏、都落ちから一年が過ぎたことを嘆く。	廿八	
		7	28	後鳥羽天皇、神器のないまま、太政官庁で即位。	廿九	玉葉・山槐記・百錬抄・保暦間記
		8	6	義経、左衛門尉になり、九郎判官と称する。	卅	玉葉・山槐記・吾妻鏡、8／6使の宣旨、8／28大夫判官と称す（保暦間記）
		9	18	義経、五位尉に留まり、大夫判官と称される。	卅	玉葉・山槐記・一代要記・保暦間記
				範頼、参河守に補される。	卅	保暦間記・吾妻鏡6／20条、6／5（国司補任）
		9	21	範頼、大将軍として数万騎を率い西国へ発向。	卅一	9／2（百錬抄・保暦間記）、8／8（吾妻鏡）＊長門本9／22、盛衰記9／2
		9	25	佐々木三郎盛綱、藤戸の源氏の陣から平家の陣取る小島へ渡る浅瀬を調査。	卅一	
		9	26	盛綱、浅瀬を通って小島へ渡り、それに続いた源氏勢によって平家は敗れて屋島に退く。	卅一	12／7（玉葉・吾妻鏡）
		10		平家、屋島にて冬を迎える。	卅二	
		10	23	大嘗会御禊の行幸。	卅三	10／25（玉葉・百錬抄）、9／20（保暦間記、国会図書館本は27日）
		10	25	豊御衣浄があり、後徳大寺実定が節下を務める。義経は本陣に供奉。	卅三	
		11	18	大嘗会遂行。	卅四	玉葉・吉記・百錬抄・保暦間記・千載和歌集・新古今和歌集
		12	20	西国の範頼、このころまで動かず。	卅四	
				頼朝、平家追討の事など後白河院へ奏上。	卅五	元暦元年2／25（吾妻鏡）

巻十一

西暦	和暦	月	日	事項	章段	備考
				素戔烏尊、八岐蛇を退治して神剣を得、天照大神に献ずる。天叢雲の剣として、天孫降臨の時、帝の御守となる。大蛇は今の伊吹大明神なり。	十九	日本書紀・古事記・古語拾遺　＊大蛇は今の伊吹大明神（伊吹童子）
				素戔烏尊、出雲国素鵞里に宮造りの時、大和歌の始め「八雲立出雲八重垣……」の歌を詠ずる。素戔烏尊は出雲国杵築の大社なり。	十九	日本書紀・古事記・古今集「仮名序」　＊素戔烏尊は出雲国杵築大社（大日本国一宮記・本朝神社考所引「神祇令註」）
				天照大神、天忍穂耳尊に鏡を授け、我が子孫、同じ殿の内に置き、我を見る如くせよと命ず。	廿五	日本書紀・古語拾遺
	開化天皇の御時			開化天皇の御代まで、内侍所と帝は同じ御殿にあり。	廿五	撰集抄九
	崇神天皇御宇			内侍所の霊威を怖れ、帝とは別の御殿に置かれる。	廿五	撰集抄九
前九一	崇神6			神剣の霊威を怖れて、豊鋤入姫命に授け、大和国笠縫村磯城に遷すも、なお霊威に怖れ、再び天照大神に戻す。剣を鋳替える。	十九	日本書紀・古語拾遺
一一〇	景行40	10		日本武尊が東征に出発の際、天叢雲の剣を献ずる。駿河国にて凶徒を討ち、名を草薙の剣と改める。	十九	日本書紀・古事記
	景行天皇の御代			尾張国熱田の地に明神垂迹する。	卅	尾張国風土記（逸文）・尾張国熱田大神宮縁記
一一二	景行42	10		日本武尊、都に上る途中、尾張国御器所にて薨じ、白鳥となって西を指して飛び去る。讃岐国白鳥明神として祀られる。草薙の剣は熱田社に納められる。	十九	日本書紀・古事記・尾張国熱田大神宮縁記
	辛亥歳	10	2	神功皇后、臨月にて三韓征圧。このため博多津で船揃え。	十三	10／3（日本書紀「仲哀天皇九年」）
		11	28	神功皇后、博多津に還御。	十三	
		12	2	神功皇后、皇子出産。後の応神天皇、八幡大菩薩。	十三	12／14（日本書紀「仲哀天皇九年」）
	己丑歳			神功皇后、百一歳にて崩御。	十三	4／17（日本書紀「仲哀天皇六十九年」）　＊百歳にて崩御（本朝皇胤紹運録・皇代記）
	天智天皇御宇			都を大和国明香岡本宮より近江国志賀郡大津宮に遷都。	卅	天智6年3月（日本書紀）、正月（扶桑略記）
六六八	天智7			新羅の沙門道行、改鋳された草薙剣を盗むが、帰国途中、剣の祟りによる荒き風浪によって海に沈まんとす。	十九	日本書紀・尾張国熱田大神宮縁記
六八六	天武朱鳥元			罪を謝し帰国を断念した道行、剣を本国に持ち帰り、大内に戻す。	十九	＊天武朱鳥元年6月、草薙剣の祟りにより天皇病を受ける（日本書紀）

				陽成院、病に冒され宝剣を抜き、電光に怖れ投げ捨てる。剣は自ら鞘に戻る。	十九	古事談一―四
	朱雀院御宇			宇治民部卿忠文、将門追討のために奥州へ下る時、清見関にて唐歌を詠ず。	卅	十訓抄・袋草子・江談抄
九六〇	天徳4	9	23	子の刻に内裏焼亡。内侍所、自ら火中を脱し、南殿の桜木にあり。	廿五	日本紀略・扶桑略記・古今著聞集・撰集抄
	長保の末			尾張守大江匡衡、大般若経を書写し、熱田宮にて供養し、願文を書く。	卅	本朝文粋十三
				安徳天皇受禅の日、昼の御座の御茵を犬が汚し、夜の御殿の御帳の内に山鳩が籠もる怪異あり。	十七	安徳天皇受禅、治承4（一一八〇）年2／21（玉葉・山槐記・吉記・百錬抄・本朝皇胤紹運録・皇代記）
				安徳天皇即位の日、高御座の後ろで女房絶入するという怪異あり。	十七	安徳天皇即位、治承4年4／22（玉葉・山槐記・吉記・百錬抄・本朝皇胤紹運録・皇代記）
				安徳天皇御禊の日、白子帳の前に夫男が上がるという怪異あり。	十七	安徳天皇御禊、寿永元（一一八二）年10／21（玉葉・皇年代略記九）　＊「狂物一人乱二入御膳幄一」（玉葉同日条）
一一八五	元暦2	1	10	義経、平家追討のために西国へ向かう。院の御所に参上。	一	吉記・百錬抄　＊大蔵卿泰経、院にて義経四国へ向かうべき由を示す（吉記1／8条）
		2	13	義経軍、淀を立ち渡辺に向かう。範頼軍、神崎に向かう。	一	＊範頼、元暦元年9／2に出京、西海にあり（吾妻鏡元暦2年1／6条）
		2	14	院より伊勢大神宮、石清水、賀茂に奉幣使を立てる。	二	
				範頼・義経以下の追討使、渡辺・神崎より船出との風聞。	二	
		2	15	綸言を受けて、平家追討せんとす。	十七	
				範頼、神崎を出て、山陽道より長門国へ向かう。	二	1／12、範頼、周防国より赤間関に至り、九州へ渡ろうとするも、船・糧米なく数日逗留。周防国に戻る（吾妻鏡）。1／26範頼、豊後国に向かい、2／1に到着（吾妻鏡）
		2	16	激しい南風のため、大物にて義経軍の兵船損害を受ける。	四	2／18義経、渡部にて兵船損害（吾妻鏡）
		2	18	寅の刻、南風から激しい北風に変わり、義経船出を強行する。三日の行程を二時で阿波国蜂間、尼子の浦に着く。	四	2／16義経、先陣として纜を解き、讃岐国に向かう（玉葉2／27条、吾妻鏡）。2／18阿波国椿浦に着く（吾妻鏡）　＊吾妻鏡3／8条の義経の報告によれば、義経の船出は2／17

一一八五　元暦2

		義経、毎月十八日の観音講を営んでいる金仙寺に押し寄せ、用意されていた大饗の膳で酒飯を飲食し、後に弁慶、観音講式を読む。講衆に沙金三十両を与える。	六	
		義経軍、阿波国勝浦、坂東、坂西を経て、阿波と讃岐の境にある中山に陣を取る。	七	2／18終夜、阿波と讃岐の境の中山を越える（吾妻鏡2／19条）
2	19	阿波勝浦にて、民部大夫成良の叔父桜間の外記大夫良遠、源氏方に降人となる。	十二	
		義経軍、引田浦、丹生社、高松郷を経て、屋島の城に押し寄せる。先帝はじめ大臣殿以下、平家一門、船に乗り海上に浮かぶ。	八	屋島内裏の向かいの浦に至り、牟礼・高松の民家を焼き払う（吾妻鏡）
		義経の郎等、奥州の佐藤三郎兵衛継信、討たれる。	八	吾妻鏡
		屋島合戦。那須与一、扇の的を射る。	九	
		夜、源氏は芝山、牟礼、高松という毛無山に陣を取る。	九	
2	20	寅の刻、義経、六十余騎にて平家の陣を攻撃する。	九	
		夜明けて、義経軍集結。熊野別当湛増、河野四郎も源氏に付く。	十一	2／21（吾妻鏡）
		巳の刻、平家、攻め落とされて屋島を出る。	十一	2／21（吾妻鏡）、2／18（玉葉3／4条）
2	21	志度の戦い。	十二	吾妻鏡
3	16	子の刻、住吉明神の第三の神殿より鏑矢が西を指して飛ぶ。	十三	2／16（吾妻鏡・玉葉2／20条・百錬抄2／19条）
3	19	住吉明神の神主長盛、鏑矢のことを院に報告。	十三	百錬抄（2／20吾妻鏡・玉葉）
3	24	明け方、源氏、義経を大将軍として三千余艘、壇ノ浦に集結。	十五	百錬抄・吾妻鏡、玉葉4／4条
		平家軍と矢合わせ。平家敗北。	十五	醍醐寺雑事記・愚管抄・六代勝事記
4	3	義経、壇ノ浦合戦について、使者を立てて後白河院に報告する。	十七	玉葉4／4（百錬抄・吾妻鏡）
4	5	後白河院、藤判官信盛を西国に派遣する。	十七	吾妻鏡
4	12	宇佐宮に願書を奉じ、宝剣の無事を祈願する。	十七	＊宝剣の御祈りのため七社に奉幣す（百錬抄文治3〈一一八七〉年7／20）　＊二十二社に奉幣（5／6玉葉・吉記）
4	16	義経、生虜の人々を伴い上京途中、明石浦に滞在する。	十七	
4	24	内侍所と神璽、鳥羽に到着。子の刻、太政官に入る。	十八	吾妻鏡、4／25（玉葉・百錬抄・愚管抄）
		夜、二宮守貞親王、御帰京。	廿	愚管抄
4	26	平宗盛以下の平家の生虜、京に入り、大路を渡される。	廿一	百錬抄・吾妻鏡・玉葉・醍醐寺雑事記、4／29（一代要記）

一一八五	元暦2	4	27	頼朝、平家追討の勧賞として従二位となる。	廿三	百錬抄・公卿補任、吾妻鏡5／11条、玉葉4／28条
				夜、内侍所、太政官庁より温明殿に入る。行幸なって、臨時の御神楽あり。	廿四	百錬抄・玉葉
		5	1	建礼門院、長楽寺の印西を導師として出家する。	廿七	吉記・吾妻鏡、4／29（女院小伝）
		5	7	暁、義経、平家の生虜を具して鎌倉へ出発する。	卅	百錬抄・玉葉・吉記・醍醐寺雑事記
		5	17	宗盛父子、鎌倉に下着する。翌日（18日）まで義経は金沢洗に留め置かれる。	卅二	5／16吾妻鏡　＊義経を酒匂宿に留め置く（吾妻鏡5／15条）。頼朝、宗盛を引見（吾妻鏡6／7条）
	文治元	5	27	文治元年に改元。	卅四	8／14（玉葉・百錬抄・吾妻鏡・吉記・山槐記・一代要記・公卿補任）
		6	9	宗盛父子と重衡を京都に向けて鎌倉を発つ。	卅四	吾妻鏡
				近江国篠原にて、宗盛父子処刑される。	卅四	6／21（百錬抄・吾妻鏡）、6／22（醍醐寺雑事記）、6／23（玉葉）、愚管抄（セタノ辺ニテ）
				重衡、木津川のほとりにて処刑される。	卅六	6／21（百錬抄）、6／22（醍醐寺雑事記）、6／23（玉葉・吾妻鏡）
		6	23	宗盛父子の首、大路を渡され、左の獄門木に懸けられる。	卅八	百錬抄・玉葉・吉記・吾妻鏡
		6半		建礼門院、物思いに沈む。	卅九	

巻十二

西暦	和暦	月	日	事項	章段	備考
八〇四	延暦23			伝教大師渡唐、天台山行満大師より仏舎利を相承、比叡山に安置する。	二	
八五六	斉衡3	3		大地震あり。	一	文徳実録　＊四部本「斉衡元年三月」
九三八	天慶元	4	15	大地震あり。八月まで地震続く。	一	日本紀略・康富記、山槐記元暦2年7／9条
九七七	貞元2			雷神が惣持院の瑪瑙の扉を持ち去る。	二	
一一八五	文治元（元暦2）	7		平氏全滅し西国鎮静す。	一	
		7	9	大地震あり。	一	百錬抄・吾妻鏡・玉葉・山槐記・吉記・方丈記・愚管抄・醍醐寺雑事記
		8	1	東大寺大仏開眼の宣旨が下される。		元暦2年7／29（東大寺続要録「供養篇」）　＊玉葉元暦2年7／20条によると、7／20に供養の日次が兼実に諮られている。　＊底本、章段番号を欠く。当

一一八五 文治元（元暦2）					該事項は「東大寺供養之事」の章段。後掲8／27、28の事項も同章段。
	8	14	除目があり、義経が伊予守になるなど、源氏の六人が受領になる。	四	8／16（吾妻鏡・玉葉・山槐記・百錬抄）＊この日改元。
	8	27	後白河法皇、南都へ御幸。		玉葉・山槐記・東大寺続要録
	8	28	東大寺大仏開眼供養が行われる（後白河法皇臨席）。		玉葉・百錬抄・山槐記・一代要記・東大寺要録・醍醐寺雑事記・興福寺年代記・吾妻鏡
	9	23	時忠・時実・信基・尹明・行明法眼・能円法眼・僧都印弘・忠快、それぞれの配所に送られる。	六	吾妻鏡・山槐記　＊四部本9／25　＊配流先の決定は玉葉元暦2年5／21条、吾妻鏡元暦2年6／2条によると、元暦2年5／20。なお、忠快について、吾妻鏡文治元年8／26条には、「一昨日伊豆国小河郷ニ到着」とある。
	9		建礼門院、小原寂光院へ移る。	七	9／28（神皇正統録）＊屋代本9／20、長門本文治元年8月、四部本・盛衰記巻四六に9／28、同巻四八に10月末。＊底本、章段番号「七」重複。当該事項は「建礼門院小原へ移給事」の章段。
			阿波民部大夫成良、処刑される。		＊底本、章段番号を欠く。当該事項は「阿波民部并中納言忠快之事」の章段。次項も同じ。
			律師忠快処刑直前に許される。		＊忠快は、吾妻鏡によれば、文治元年5／20に伊豆に流され、同5年5月に召還、建久6（一一九五）年6月に関東に下っている。
	9	29	土佐房昌俊、義経追討のため鎌倉を出発。	九	10／9（吾妻鏡）＊覚一本はこの日京都に到着したとする。
	10	11	義経、弁慶を使者として昌俊を召し、起請文を書かせる。その夜昌俊、義経に夜討ちをかけるが失敗。	九	10／17（吾妻鏡）＊覚一本9／30、盛衰記・四部本10／17
			昌俊、鞍馬で捕らえられ斬られる。	九	10／26（吾妻鏡）＊覚一本10／1、屋代本10／21、盛衰記10／18
	10	13	義経に頼朝に背く意ありとの噂が流れる。	八	10／6（吾妻鏡）＊長門本・四部本10／3
	10	16	義経の申し出により頼朝追討の宣旨が下される。	八	10／11（吾妻鏡）、10／17（百錬抄・玉葉）、11／3（愚管抄）＊長門本10／6、盛衰記10／17
			範頼に叛意ありとされ、千枚の起請文を書くが、頼朝によって討たれる。	十	＊吾妻鏡建久4（一一九三）年8／17条には、範頼の伊豆国配流の記事が見えるが、討たれた日につい

西暦	年号	月	日	事項	巻	備考
一一八五	元暦2（文治元）					ては不明。尊卑分脈には文治元年に伊豆で討たれたとの記述がある。
		11	1	原田大夫高直斬られる。	十一	
		11	2	義経に鎮西下向の院庁下文が下される。	十二	玉葉・吾妻鏡
		11	3	義経、都を出る。	十二	玉葉・吾妻鏡・愚管抄・百錬抄・醍醐寺雑事記
				義経、大物浜より出航しようとするが暴風のため失敗、吉野へ逃れる。	十二	11／6（吾妻鏡）、11／5夜半（玉葉）＊盛衰記（11／）6
		12	6	美濃・近江両国の源氏等、義経・行家追罰のために西国へ下り、頼朝の申し出により、義経・行家追討の宣旨が下される。	十三	11／11（吾妻鏡）、11／12（玉葉）、文治2年11／26（愚管抄）＊覚一本11／8、屋代本11／7、長門本（11／）6
		12	7	頼朝の代官北条時正（時政）、上洛。	十四	11／24（玉葉）、11／25（吾妻鏡）＊覚一本11／7、長門本11／6、盛衰記11／28
				頼朝の代官時正（時政）、諸国に守護・地頭を設置することを要請、許可される。	十四	10／28（百錬抄）、11／29（玉葉・吾妻鏡）＊屋代本11／20
		12		時正（時政）、平家の子孫を捕らえて斬る。惟盛の遺児六代も密告により捕らえられる。	十六 十七	12／17（吾妻鏡）
		12	16	時正（時政）、六代を伴って鎌倉へ出発。	十八	
		12	17	頼朝の申状により義経に関わった大蔵卿泰経らが解官される。	廿一	公卿補任・玉葉・吾妻鏡
				六代、千本の松原での処刑直前に頼朝の許しを得た文学（文覚）が駆けつけ、救われる。	十九	＊吾妻鏡によれば、文覚の弟子某が六代の助命嘆願の使者として鎌倉に着いたのは12／24
		12	27	頼朝、議奏に与かるべき公卿の交名と、兼実を内覧にすべき旨の書状を注進する。	廿一	玉葉・吉記　＊吾妻鏡によると頼朝の書状の日付は12／6　＊長門本11／28
		12	晦	宣旨により親宗・光雅・頼経らが解官され、泰経が伊豆へ、頼経が安房へ流される。	廿一	12／28（愚管抄）、12／29（吉記・吾妻鏡）、12／30（玉葉）
一一八六	文治2	1	5	文学（文覚）、六代を伴って二条猪熊に到着。	十九	
				和泉国に潜んでいた行家を、北条平六時定の命を受けた常陸房昌命が討ち取る。	廿二	5／12（吾妻鏡）、5／15（玉葉）
				行家の兄、志田三郎先生義憲も醍醐山で自害。	廿二	＊義憲（吾妻鏡では義広）は、義仲軍に加わって義経・範頼と戦ったが敗れ（玉葉・吾妻鏡寿永3年1／20条）、元暦元年5／4に伊勢国で殺害されている（吾妻鏡では元暦元年5／15条）

一一八六	文治2	2	7	頼朝が兼実を摂政に推薦し、兼実に内覧の宣旨が下される。	廿二	文治元年12／28（愚管抄、内覧宣旨のみ）＊頼朝の兼実推薦については、吾妻鏡文治2年1／26条、同年2／27条にも見える。＊四部本12／28
		2	10	経宗が弁明のため鎌倉に派遣した筑後介兼能が帰京する。	廿二	
		4半		後白河院が小原へ御幸。	廿五	「文治二年ノ春」（閑居友下）、「文治二年夏四月」（神皇正統録）＊覚一本「北祭もすぎしかば」、屋代本「賀茂ノ祭ノ比ヲヒ」、長門本「あふひをかさすまつりも過しかは」、盛衰記「北祭ナド打過テ卯月ノ末ノ三日」＊四部本4／23
一一八七	文治3	3	12	頼朝の兼実摂政推挙を後白河院から基通に通知、基通は門を閉ざす。	廿二	四部本（2／）3
		3	13	兼実に摂録の詔書下される。	廿二	文治2年3／12（公卿補任・玉葉・吾妻鏡・百錬抄・山槐記・師守記・簾中抄・愚管抄）＊長門本文治2年3／13、四部本2／12
一一八九	文治5	3末		六代が出家し高野・熊野をめぐる。	廿三	＊長門本「文治四年の春のころ」、四部本「文治四年春比」
一一九〇	建久元	11	7	頼朝上洛。	廿七	百錬抄・玉葉・吾妻鏡・愚管抄
		11	9	頼朝、正二位・大納言となる。	廿七	＊11／9、頼朝権大納言になる（公卿補任）。正二位昇進は文治5年1／5（百錬抄・玉葉・吾妻鏡・愚管抄）
		12	4	頼朝、右大将を拝任し、大納言と兼任する。	廿七	11／24（公卿補任・百錬抄・玉葉・吾妻鏡・愚管抄）
				即日両職を辞す。	廿七	12／3（公卿補任・百錬抄・玉葉・愚管抄・神皇正統録）
		12	16	頼朝、関東へ下向。	廿七	12／14（百錬抄・玉葉・吾妻鏡）
一一九一	建久2	冬		後白河院病に伏す。	十五	12／4（玉葉）
一一九二	建久3	2		後白河院、後の奉行を吉田経房に託す。	十五	
		3	13	後白河法皇崩御。	廿七 卅八	百錬抄・玉葉・吾妻鏡・明月記・愚管抄・本朝皇胤紹運録、3／10（六代勝事記）
一一九五	建久6	3	12	頼朝、南都へ到着。	廿八	3／10（吾妻鏡）
		3	13	東大寺大仏供養。頼朝参列。	廿八	吾妻鏡、3／12（愚管抄・神皇正統録）

一一九五	建久6			参列の群衆に紛れて頼朝暗殺を狙った、薩摩平六家長が捕らえられ、のちに斬られる。	廿八	＊長門本「薩摩中務丞宗助」、覚一本「薩摩中務家資」
				上総悪七兵衛景清干死する。	卅	＊長門本建久7年3／7
一一九六	建久7	7	10	知盛の子、伊賀大夫知忠のもとに平家方の残党が集まり、法性寺一の橋の辺に立て籠るが、後藤基綱によって討たれる。	卅一	6／25（明月記）＊四部本、覚一本10／7
				湯浅宗重のもとに匿われていた重盛の子、忠房のもとに平家方の残党五百余人が加わり、熊野堪増（湛増）と三ヶ月の間戦いを交えるも討たれる。	卅二	文治元年12／16（吉記）＊吾妻鏡文治元年12／17条には、忠房の身柄を後藤基清に預けるとの記事がある。
				左大臣経宗の養子、重盛の末子土佐守宗実（生蓮房）は、春乗上人（重源）のもとで出家して東大寺にかくまわれていたが、鎌倉へ連行される途中の関本で断食死する。	卅三	＊屋代本建久8年10／23　＊吾妻鏡によれば、経宗の助命嘆願により六代とともに赦されている（文治元年12／1、26条）。
一一九七	建久8			但馬国で捕らえられていた越中次郎兵衛盛次、斬られる。	廿九	＊吾妻鏡建久4年3／16条によれば、この日盛次追討の命が出ている。＊長門本建久5年。屋代本では、建久8年11／7に、盛次の首が但馬国の住人によって鎌倉に到着したとある。
一一九九	正治元	1	13	頼朝死去。	卅六	公卿補任・百錬抄・明月記・愚管抄・増鏡・猪隈関白記・業資王記
		2	5	六代、千本の松原で斬られる。	卅七	建久9年2／5（北条九代記・武家年代記「裏書」・保暦間記）
		2	6	文学（文覚）、佐渡へ配流。	卅六	3／19（百錬抄・皇帝紀抄）、3／20（明月記）
一二二〇	承久2			文学（文覚）、明恵の夢に現れる。	卅六	＊文脈から正治元（一一九九）年の11年後のこととした。
一二二一	承久3			建礼門院、承久の乱に心をいためる。	廿六	
一二二三	貞応2	晩春		建礼門院崩御。御年六十八。	廿六	建久2年2／15（寂光院過去帳）、建保元（一二一三）年12／13（皇代暦）、建暦3（一二一三）年2／19（華頂要略）＊覚一本建久2年2月、屋代本「建久始」、長門本建久3年3／13、盛衰記貞応3年春

『校訂延慶本平家物語』正誤一覧

凡　例

・本表は、『校訂延慶本平家物語』㈠〜㈩および(十二)における訂正箇所、およびルビ・頭注を追加すべき箇所を一覧にしたものである。
・本表は、各巻の編者からの申請により、作成した。なお、これまで本文作成の過程で、研究会の席上やメールで討議した問題も含まれている。様式の統一は原田敦史が担当した。
・該当箇所は頁数と行数で示し、「→」の下に正しい形を記した。頭注に訂正がある場合には、行数欄を「注」とした。
・年表の訂正箇所は、行数で示した上、該当する欄を記した。
・必要に応じ、「＊」によって備考を記した。

巻一

頁	行	事項
3		良充→良允 ＊「村岡五郎大夫」の名。7頁「良文」の「文」に注して「允歟《イン》」とあり、「允」の字体も、147頁8行目「馬允」の「允」に一致する。
6		忠度の左注「母丹後守藤為忠女」を、その左の「女」の右注に移す。
7	注	頭注2「充歟《クニ》」→「允歟《イン》」
11		「頼綱」の位階「従四下」→「従四上」
18	1	寄合（目録廿二）→寄会 ＊91頁見出し、91〜95頁の柱も同じ。
19	9	人臣、従者→人臣位者
23	11	ミガクレ→ミカクレ
24	13	都鄙遠近《とひゑんきんの》→都鄙遠近《とひゑんきん》
27	9	文珠→文殊

頁	行	誤→正
		*同頁13行も同様。
28	6	於《おいて》二内ノ昇殿ニ一哉《をや》→於《おいてを》二内ノ昇殿ニ一哉《や》
32	6	腰刀《こしのかたな》→腰刀《こしがたな》
34	6	穴白々《しらしら》→穴白々《しろしろ》
35	10	幸《さきは》ヒ→幸《さいは》ヒ *43頁8行目も同じ。
37	11	調美《てうび》→調美《てうみ》
39	9	若《もし》ハ→若《もしく》ハ
41	4	即《すなわち》→即《すなはち》
43	10	御台盤所《みだいばんどころ》→御台盤所《みだいバンどころ》
58	10	晏駕→宴駕
59	10	行相《おこなひあひ》→行相《ゆきあひ》
61	7	勝事《しようじ》→勝事《しようし》
62	6	称ス→称ズ
65	7	准《なずらへ》テ→准《なぞへ》テ
68	5	西金堂ノ御油代官小河四郎遠忠→西金堂ノ御油、代官小河四郎遠忠
68	6	興福寺上綱《こうぶくじのじやうかう》侍従ノ五師快尊ヲ率シテ→興福寺上綱《こうぶくじのしやうかう》、侍従ノ五師快尊ヲ率シテ
68	7	大衆ヲ語《かたらひ》テ昌春ヲ追籠テ、「御榊ノ餝《かざり》奉テ、奏聞ヲ経ベシ」→大衆ヲ語テ、「昌春ヲ追籠テ、御榊ノ餝奉テ、奏聞ヲ経ベシ」
88	6	奉リ→拳《にぎ》リ
92	1	親《ちか》ク→親《まのあた》リ
95	6	無《ナカリ》レ難《ワリ》→無《ナカリ》レ離《ワリ》
100	2	企二テ、→企二テ、 *読点をカタカナの踊り字に改める。
101	2	豈《あに》然るべからず→豈然るべからざらんや
102	9	旅路次→旅の路次
103	1	椎津→推津《すいづ》 *同頁4行目も同じ。
104	12	請ふ→請《う》く *他の場所の「請ふ」も全て「請《う》く」に改める。
108	3	陳《ちんじ》→諫《いさめ》

頁	行	事項
110	1	延暦寺の衆徒等、解して↓延暦寺の衆徒等の解、
112	6	被ル、二↓被ルヽ二 *読点をカタカナの踊り字に改める。
118	8	コレガアマリニ心ウケレバ、「イカニ申《まうす》トモ…」↓「コレガアマリニ心ウケレバ、イカニ申《まうす》トモ…
120	3	惣ジテ↓「惣ジテ
122	8	晴タルが故ニ↓晴タルガ故ニ
126	2	田中ノ常世↓田中ノ常世《つねよ》 *同頁4行目の「常世《とこよ》」のルビは削除。
130	注	頭注1「挙ニギル」↓「拳ニギル」
136	11	身毛《みのけ》堅《だ》ツ↓身毛《みのけ》堅《いよだ》ツ *頭注に「「驚キ毛堅《イヨダツ》」(地蔵十輪経)、「堅《キヨダツ》身毛《ミノケ》」(易林本節用集)」を加える)。
136	12	奉レ捨テ置一↓奉二捨テ置一
137	4	直《ただ》ニ↓直《ただち》ニ
146	7	日吉社に神輿を捧げ↓日吉社の神輿を捧げ
149	4	橘逸成《ノイツセイ》《トシナリ》↓橘逸勢《ノイツセイ》《トシナリ》
149	注	頭注2「「成」の下、二字分空白」↓「「勢」の下、二字分空白」
159	19	和暦欄「治承元」↓「安元3(治承元)」
162	2	西暦欄「一一八一」↓「一一八〇」

巻二

頁	行	事項
6	9	流レ深シテ↓流レ深シテ
22	注	頭注2「「神」の注記」↓「「初」の注記」
27	11	変ゼス↓変ゼズ
38	10	一マドナリトモ↓「一マドナリトモ
40	10	兵衝佐↓兵衛佐
74	4	「雅楽《うた》ノ寮」↓頭注に「「寮」、底本「祭」。誤写と見て改めた。」を加える。
75	8	誠ナルカヤ。↓誠ナルカヤ、
80	8	ヅシ↓ツシ
86	9	問ヘバ、大政入道殿ノ↓問ヘバ、「大政入道殿ノ

頁	行	事項
99	1	「島ニ」→頭注に「底本「島□」、□の部分は判読困難。文脈から判断して「ニ」とした。」を加える。
111	7	五辛酒 肉《ごしんしゆにくの》檀→五辛酒肉《ごしんしゆにくの》 檀
127	4	唱《となふ》二西方六字之名《さいはうろくじのな》一ヲ。→唱《となへ》二西方六字之名《さいはうろくじのな》一ヲ、
129	4	又サモ→ヌサモ
131	4	苦行《くぎやう》→苦竹
151	6	給テ、三年久《ひさしく》→給テ三年、久《ひさしく》
161	20	章段欄「十二」→「十一」
163	20	章段欄「卌」→「卌一」

巻三

頁	行	事項
17	10	光明真言尊勝ダラニ→光明真言、尊勝ダラニ
19	13	八仙《はつせん》→頭注に「「法全」の当て字」を加える。
47	9	仏法既ニ滅ス。将来之→仏法既ニ滅ス、将来之
48	8	貞元→頭注に「「貞観」の当て字」を加える。
54	12	難レ忍《シ》→難レ忍《ラン》
56	5	富士《ふじの》→富士《ふじの》
74	1	聞テ→頭注に「「開テ」の誤写か」を加える。
108	13	前立《さきだち》テ→前立《さきだて》テ
112	8	鶴林→頭注に、『本朝続文粋』巻十一、『朝野群載』巻二十、『十訓抄』巻一にこの牒詩を載せ、そこには「鶏林」とある。」を加える。
119	4	段落頭の二字下げを一字下げに改める。
180	18	備考欄「貞観3（六六四）」→「貞観3（六二九）」

巻四

頁	行	事項
7	9	冢宰《ちよさい》→冢 宰《ちようさい》
10	8	御幸初《ごかうのはじめ》→御幸初《ごかうはじめ》
14	12	捜給ヘバ→ルビを加える。「捜《さぐり》給ヘバ」 ＊頭注に「捜サグル（類聚名義抄）」を加える。
20	10	弘徽殿→弘徽殿

35	9	オボエ→オホエ ＊頭注に「盛衰記「大江」」を加える。
39	9	抜合テ→ルビを加える。「抜合《ぬきあはせ》テ」
91	5	追下テ→ルビを加える。「追下《おひくだし》テ」
92	8	物ヘ進《まゐら》セタレドモ→頭注に「「ヘ」は衍字か。四部本「物進セケレトモ」」を加える。
166	10	鉄→頭注に「底本「銭」。誤写と見て改めた。」を加える。
166	注	頭注3「阿房殿ヲ建／東西ヘ」→「阿房殿ヲ建ッ／東西ヘ」（167頁頭注欄2行目）
191	13	備考欄「『山塊記』」→「『山槐記』」
191	20	事項欄「北条時政を頼み、」→「頼朝、北条時政を頼み、」
192	12	備考欄「百錬抄』」→「『百錬抄』」
197	11	6月4日と9日の間に左の項目を挿入する。 （月日）（事項）　（章段）（備考） （空欄）安倍季弘勘状　卅　8・8（『玉葉』8・29条）
198	8	備考欄「『百錬抄』」を加える。
198	9	西暦欄「一二〇〇」→「一一九九」 和暦欄「正治2」→「正治元」

巻五

頁	行	事項
8	7	衞→衛
9	12	亡父→頭注に「「亡父」、「亡夫」とあるべきか」を加える。
11	4	常住之思一ヲ。……盍《ラム》レゾ尋二ネ覚悟之月一ヲ、→常住之思一ヲ、……盍《ラム》レゾ尋二ネ覚悟之月一ヲ。
27	注	頭注1「無き」→「無からむ」
35	9	御所→御前
40	11	風俗催馬楽→風俗、催馬楽
57	6	湯屋→温屋
69	1	舊→奮 ＊「舊」は「奮」の異体字。頭注5は削除。 ＊異体字一覧を「○舊→旧」→「○舊→奮」とする。 ＊当て字一覧から「○舊フ（奮ふ）」を削除。

69	注	頭注8→末尾に、「ルビ「ハカリコトヲ」は底本では「於」の捨仮名として付せられている。衍字「ヲ」を削り、位置を改めた。」を加える。
81	注	頭注2「弁言《まう》して」→「弁言して」
84	3	陣→陳 ＊同頁5行目も同様。
102	3	カケテ、振合《ふりあはせ》々々シテ→カケテ振合《ふりあはせ》々々シテ、
138	7	候へ、→候へ。
155	注	頭注16「無歟」→「無闕」
157	7	頭注番号10を7行目「嗚」から6行目「違」に移す。
157	注	頭注10「嗚」→「違」、「右」→「左」
179	4	彼等→彼寺
181		この頁の左下に「(花押)」を加える。
183	11	西暦欄「一一八四」→「一一七九」
183	15	西暦欄「一一八五」→「一一八〇」 ＊186頁まで同様に訂正。
186	8	章段欄「二一」→「三一」
187	8	西暦欄「(一一八六)」→「(一一八一)」

巻六

頁	行	事項
7	6	而《しかるに》→而《しかうして》
11	9	国母、仙院モ立給ナムズ→頭注に「長門本「国母、仙院ともいはれなんす」、盛衰記「国母、仙院トモ祝レ給ナン」」を加える。
15	10	ハゲ〳〵シカリケレバ→頭注に「底本のママ。「〳〵」は衍字か。長門本「はけしかりけれは」」を加える。
15	注	頭注7「『大鏡』雑々物語、」→「『大鏡』雑々物語では醍醐帝としてあるが、」
17	12	者デ→頭注に「長門本「物にて」、覚一本「ものをつけて」」を加える。
20	注	頭注2「『発心集』六—一」→「『発心集』六—八」
40	7	安曇郡《アヅサノ》→頭注に「四部本「安東郡《ツマノ》」(巻五)」を加える。
47	2	仮るる→仮る
47	注	頭注3「同日条にあり。」→「八日条にあり（七日付

頁	行	誤→正
		文書)。」
49	7	東国討手→ルビを加える「東国討手《とうごくのうつて》」
58	4	聊無し→聊《やす》きこと無し ＊頭注に「聊ヤスシ（類聚名義抄）」を加える。
61	10	自《みづか》ラ→自《おのづか》ラ
64	9	我父《わがちち》、寛平法皇→我、父寛平法皇
65	5	立フヂ→立ブチ
65	9	取《とりいらむ》入ズル→取《とりいれむ》入ズル
66	2	下司《げす》→下司《げし》
71	注	頭注に『冥土蘇生記』と『冥途蘇生記』が混在→『冥途蘇生記』に統一 ＊79頁まで同様に訂正。『冥土蘇生記』は外題。『冥途蘇生記』は内題。
73	1	持テル→ルビを加える「持《たも》テル」
73	3	菩薩精進ヲ持テ→頭注に「『蘇生記』「菩薩於浄身」」を加える。
75	3	懺悔→懺悔[7]

頁	行	誤→正
		＊5行目頭注7はそのまま。
80	3	戊→頭注に「底本のママ。「戌」の当て字。」を加える。
84	8	ヌギサゲテ→ヌギサケテ
93	注	頭注2 訓読5行目「芳跼《はうちよく》」→「芳躅《はうちよく》」
99	3	ソヾシキ→頭注に「北原本「ソヾシキ」。或いは「ソヽシキ」か。」を加える。
101	10	タルニヤ、→タルニヤ。
106	2	除目。聞書、→除目聞書《ぢもくのききがき》、
125	9	令レ遂二於上洛一ヲ、速ニ成二鎮護国家之衛官一ヲ給倍。→令下遂二於上洛一ヲ、速ニ成中鎮護国家之衛官上ヲ給倍。
130	5	上洛を遂げしめ、速かに鎮護国家の衛官を成し給へ。→上洛を遂げ、速かに鎮護国家の衛官を成さしめ給へ。
131	11	如《すなのごとし》レ砂→如《いさごのごとし》レ砂
136	7	承《せうへいの》平将門→承《じようへいの》平将門
136	8	次カナ→次《ついで》ガナ
137	10	三部→三郎

頁	行	事項
139	6	サシクヾミテ→サシク、ミテ
142	7	承《せうへいの》平将門→承《じようへいの》平将門
144	5	不《ほろばざらむ》レ亡→不《ほろびざらむ》レ亡
149	5	籬宮→頭注に「底本のママ。「離宮」の当て字。」を加える。
150	2	ヒヾカス→ヒヾカズ ＊頭注に「長門本「ひびかさず」」を加える。

巻七

頁	行	事項
8	4	殺ツ→ルビを加える「殺《ころし》ツ」
8	5	殺《ころし》奉ル→殺奉ル
11	3	月《つきのなかに》中ト一→月中《つきのなかに》一ト
13	9	国衙《こくが》庄園→国衙《こくが》、庄園
17	5	左少将清経朝臣、→左少将清経朝臣。 ＊頭注に「長門本、盛衰記も同じ」を加える。
17	9	左中将清経→頭注に「長門本「右中将清経」」を加える。
20	3	打シナヘテ→頭注に「誤写か。長門本「うちしたかへて」。」を加える。
24	5	クルシク候ベキ。→クルシク候ベキ、
27	10	スマジ。→スマジ、
30	4	或ハエム。中門ニ→或ハエム、中門ニ ＊頭注に「「エム」は「椻」の意。」を加える。
31	10	清房朝臣。→清房朝臣、
41	注	頭注2「引用する」→「引用する。」
57	6	手向→ルビを加える「手向《たうげ》」
59	9	サグルニハアラズ。→サグルニハアラズ、
72	2	身《みづ》カラ→身ガラ
75	3	命。ヲ→命ヲ、
77	8	訴二相海之波濤一→頭注に「盛衰記「泝二蒼海之波濤一」」を加える。
79	8	載く→頭注に「読みは「いただく」か。」を加える。
81	11	鎮《とこしな》へに→鎮に

頁	行	訂正
81	注	頭注5「鎮トコシナヘ（以呂波字類抄）」に「鎮シキリニ、ツネニ（類聚名義抄）」を加える。
83	13	見せしめ給ふのみ→見せしめ給へとのみ
85	9	平家安隠→頭注に「「安隠」は底本のまま。「安穏」の当て字。」を加える。
98	7	目モカケズ。→目モカケズ、
111	1	「其外ノ→其外ノ
108	13	秀康→頭注に「一二九頁には「季康」とある。誤写か。」を加える。
116	6	二人《ふたりの》侍→二人《ににんの》侍
130	10	「ソレモカヽル乱《みだれ》ノ世ナレバ、イカヾハセサセ給ベキ」→ソレモカヽル乱《みだれ》ノ世ナレバ、「イカヾハセサセ給ベキ」
131	13	開闢《かいひやく》→頭注に「カイヒヤク caifiacu（日葡辞書）」を加える。
132	5	落留《おちとどま》ラセマシマサム。所ヲ→落留《おちとどま》ラセマシマサム所ヲ
135	8	ミヤギガハラ→頭注に「文意からは「ミカキガハラ」とあるべきところ。底本「ヤ」の下半分が虫損。「カ」とも見えるが微妙。」を加える。

頁	行	訂正
135	注	頭注2「「切終」は「沙汰」の誤写か。」→「底本「切終」は「功終」あるいは「切継」の誤写か。」
136	1	ウヘクチサマ→ウヘクチザマ
137	8	有ツレ。→有ツレ、
139	2	下預《くだしあづかり》テ候青山ヲバ→下預《くだしあづかり》テ候シ青山ヲバ
139	5	不㆑及㆓御返事㆒《おんぺんじにおよばず》→不㆑及㆓御返事㆒《おんぺんじにおよばず》
140	4	奇端→奇瑞
141	7	懸《かくる》→懸《かかる》
143	2	紫竹→頭注に「「紫竹」は「糸竹」の当て字。」を加える。
147	11	輔典侍→頭注に「「輔」は「帥」の誤写か。巻三の六〇頁、頭注6を参照のこと。」を加える。
150	1	連府→頭注に「「連府」は「蓮府」の当て字。」を加える。
150	4	湖ノ→頭注に「「湖」は「潮」の誤写か。『六代勝事記』「うしほの」、長門本「うしほの」、盛衰記「潮ノ」。」を加える。
150	7	「又兵船ノ→又「兵船ノ
152	12	一門引具《ひきぐ》テ→一門引具《ひきぐし》テ

頁	行	事項
161	19	章段欄「巻頭部」→「一」
163	9	事項欄「除せらる」→「叙せらる」
164	17	事項欄「延暦寺おいて」→「延暦寺において」
165	3	章段欄「十八」→「十七・十八」
165	5	章段欄「十九」→「十八・十九」
166	19	章段欄「卅五」→「卅四」

巻八

頁	行	事項
8	3	禍《わざわひ》→禍《わざはひ》
31	6	非レ無レ謂《いはれなきにあらず》→非レ無レ謂《いはれなきにあらずと》
120	2	備考欄「継体25辛亥2月」→「継体25辛丑2月」
120	6	事項欄「孝謙天皇、尼になり、後に位に還り着く」→「孝謙天皇、尼になり、後に位に還り即く」
123	5	備考欄「建久3（一一九二）・7・9」→「建久3（一一九二）・7・12」

巻九

頁	行	事項
7	9	申請《まうしこふ》→申請《まうしうくる》
69	5	「愛執増長、一切煩悩」→『愛執増長、一切煩悩』
69	6	「穢土ヲ→穢土ヲ ＊発話記号を削除。
78	3	教盛→教経
83	3	皆紅《みなぐ〱れなゐ》→皆紅《みなぐれなゐ》
151	9	申請《まうしこふ》→申請《まうしうくる》
166	11	章段欄「十一」→「十七」
170	20	備考欄「本巻は九・廿」→「本は巻九・廿」

巻十

頁	行	事項
7	6	中運→頭注に「長門本「途中」、盛衰記「中途」」を加える。
8	5	中運→中途

Page	Line	Correction
16	1	軍合戦↓軍、合戦
23	8	十悪五逆、罪滅往生↓十悪五逆罪滅往生
24	9	省シクテ↓ルビを加える。「省《おぼ》シクテ」
25	3	侍大将軍↓頭注に「長門本も同」を加える。
28	10	一↓一、
28	12	一↓一、
30	10	為ニ二↓為二ニ
32	8	渺々↓眇々
33	注	頭注1「(上・下)」↓「(上・中)」
33	注	頭注6を削除
41	10	也。↓也」。
42	9	「賢ゾ〜心苦カラマシ」↓「有セバ〜心苦カラマシ」
47	7	航《フネワタシ》↓航《フナワタシ》
69	注	頭注5「補陀海」↓「補陀落海」
69	12	麋↓頭注に「麞の当て字」を加える。
70	9	麋↓麞
73	4	欣↓攸
78	4	妙観察智宝蔵、比丘↓妙観察智、宝蔵比丘
80	5	右ノ↓頭注に「「右ニ」とあるべきか。」を加える。
96	11	オハセヌ↓オワセヌ
97	9	遠離《トヲザカル》事有《ある》トモ↓遠離《トヲザカル》事有《あり》トモ
113	11	備考欄「永保元年（一〇九九）」↓「永保元年（一〇八一）」
114	5	備考欄「＊延慶本巻三―二十二」↓「＊延慶本巻三―二十一では治承3（一一七九）。」
114	19	備考欄に「『吾妻鏡』2・21」を加える。
114	20	備考欄に「『吾妻鏡』2・20条、＊『玉葉』2・29条、同3・1条」を加える。
115	19	章段欄「十」↓「十、廿七」
115	20	備考欄「7・2吾妻鏡」↓「2・18『吾妻鏡』、2・22『玉葉』＊長門本・盛衰記2・16」
116	4	章段欄「九」↓「八、九」
118	12	備考欄「元暦二・2・5」↓「元暦元・2・25」

巻十二

頁	行	事項
144	4	章段欄「三」→章段番号を削除。備考欄に「＊底本、章段番号を欠く。当該事項は「東大寺供養之事」の章段。後掲8・27、28の事項も同章段。」を加える。
144	11	章段欄「三」→章段番号を削除（同頁12行も同じ）。
144	15	章段欄「五」→「六」
145	2	備考欄に「＊底本、章段番号「七」重複。当該事項は「建礼門院小原へ移給事」の章段。」を加える。
145	7	章段欄「七」→章段番号を削除。備考欄に「＊底本、章段番号を欠く。当該事項は「阿波民部幷中納言忠快之事」の章段。次項も同じ。」を加える。
145	8	章段欄「七」→章段番号を削除。
147	9	章段欄「十七」→「十六・十七」
151	17	備考欄に「＊文脈から正治元（一一九九）の十一年後のこととした。」を加える。

跋文

松尾葦江

平成八年の晩秋だったと思う。栃木孝惟氏から、「埼玉県立博物館へ、太平記絵巻を見に行かないか」との電話を頂いた。栃木氏と御一緒するのは、その昔『国書総目録』の「へいけものがたり」項の調査を担当して以来三十五年ぶりのことで、いそいそ出かけた。実際、「太平記絵巻の世界」という企画展はすばらしく、大いに堪能したが、見終わって食事をしながら、軍記研究のあれこれに話が及び、延慶本古態説が斯界を席捲してからすでに二十数年、注釈はおろか、通読や授業に適した本文すら未だに刊行されていないこと、延慶本の性格が必ずしもひろく認知されないまま古態説がひとり歩きしていること、延慶本の解明には平家物語研究のみならず、語学、史学、民俗・社会・宗教、ときには建築や経済史の知識なども必要であろうこと、そのため多くの人々に、自分自身の目で延慶本の本文を読んでほしいことなどで意見が一致した。当時、あちこちで延慶本の注解をめざして輪読会が行われていることは聞き及んでいたが、その成果はなかなか公開されない。延慶本の注釈は不可能だとの声さえ漏れてくることもあったのだが、二人ともテキストに不自由しつつ研究会や学部の演習で試行してみた経験があり、「やり方次第で、できるよ」ということになった。これがその後の十数年の難儀の始まりだったとは、知るよしもない。

まずは白帝社版の翻刻（平仮名交じり。誤植、声点のずれなどあり）をスキャナーで読み取り、片仮名交じりに変換して粗稿を作り、影印とつきあわせて一字一字訂正して行った。当初から、これらパソコンを活用した作業ができたのは、谷口耕一氏のリードのおかげである。平家物語研究者以外にも、通読できるテキストをめざした。しかし延慶本の表記方法には最後まで苦しめられた。漢字片仮名交じりであるが、いわゆる漢文訓読や宣命書きに似て、反読方式を頻用し、捨仮名・送り仮名など仮名の大きさや位置を変えて読みやすく（写本として読むなら、だが）した表記は、いっそこの字詰めのまま翻字した方がいいと思われるほどであった（例えば仮名の大きさは、一目で文節が把握できるように案配されており、行末や行頭では同一ではない）が、それでは一般に手に取りやすく、廉価にという当初の方針が実現できない。異体字、当て字、さらに書写者の癖などの判読にも、手こずった（いま思えば国語学や書写の専門家との共同研究の機会を持ちたかった）。また虫損や紙のむれにより、原本を閲覧させて頂いてもなお、判読できない箇所もあった。この原本調査の過程で、櫻井陽子氏の応永書写の実態を指摘する研究が生まれた。影印で見ているだけでは先入観から脱けきれない部分がある。

本文校訂は、実は注釈・読解に深くふみこむ作業であることを、この仕事を通じて全員が思い知った。痛いほど思い知らされたと言うべきかもしれない。長い時間をかけて読み馴らされてきた覚一本や流布本と異なって、延慶本にはいわば足ざわりの悪い、岩角のような感触がある。文脈のねじれ、用語の珍しさ、独善的な記述、それらの中の幾分かは先行本文からの継承の問題かもしれないのだが、享受者との出会いにさらされる回数や条件の違いも関係があったと思われる。メンバーの中には地方在住の者、高校教諭、大学の管理職にある者などが含まれていて、頻繁に研究会を催すことが難しかったが、平均すれば年に三回は集まって問題点を討議したと思う。インターネットが普及して以降はメーリングリストを利用して意見交換もした。刊行が始まると、全員が交替で校正に当たったが、定点に当たる人が様式を統一しないと巻ごとにばらばらになってしまう。そこで平野さつき氏に常に再校を見ていただき、正確さを期した。平野氏にはぜひ編者の一人になって頂くよう度々お願いしたのであるが、どうしても承諾して頂けなかった。平野氏の校正なしにはこの刊行が完結したかどうかおぼつかない。当初は四、五年で完了するつもりだったのだが、ながい時間が経った。その間に転勤、定年などメンバーの身の上にも異動があり、顔ぶれも増えた。当初の栃木・松尾・谷口・櫻井・高山に平野が加わり、久保・小番・清水、さらに原田・山本と、研究者としては三世代乃至四世代にわたることになった。

以上が『校訂延慶本平家物語』刊行のいきさつである。本書は、校訂本出版の方針に則って、延慶本の世界へ、より参入しやすくするために企画した。メンバー以外の方々からも充実した原稿をお寄せ頂き、志を共有できたことを、喜びと共にここに記す。

延慶本平家物語は、平家物語の古態・原態の問題を離れても、たいへん興味ある諸本である。そこには、日本の中世の一つのすがたがある。歴史文学の一つのあり方が示されている。むしろ、いったん古態本と規定されたことは、延慶本自身にとって、あまり幸せなことではなかったかもしれない。永らく古典として知られてきた覚一本平家物語は、その文芸的完成度とひきかえに、中世日本の混沌たる、あるいは雑然たる世界を封じこめた。同じ物語を語りながらも、それとは別様の世界を示すもうひとつの「平家物語」に、ひろく、さまざまな方々から近づいていてみていただきたい。

山 本 岳 史（やまもと・たけし）
1982 年　埼玉県に生。
國學院大學大学院文学研究科文学専攻博士課程後期在学中。
［主要論文］「國學院大學所蔵古典籍解題」（分担執筆）（『國學院大學で中世文学を学ぶ』國學院大學文学部松尾研究室　2008 年）、「〈翻刻と解説〉『恋塚物語』屏風」（『國學院大學で中世文学を学ぶ　第二集』國學院大學文学部松尾研究室 2009 年）

吉 田 永 弘（よしだ・ながひろ）

1972 年　千葉県に生。

國學院大學大学院文学研究科日本文学専攻博士課程後期修了。博士（文学）國學院大學　2001 年。

國學院大學准教授。

［主要論文］「屋代本平家物語の語法覚書—書写年代推定の試み—」（『徳江元正退職記念鎌倉室町文学論纂』三弥井書店　2002 年）、「体言承接のタリの位置づけ」（日本語の研究 2 ： 1　2006 年）

谷 口 耕 一（たにぐち・こういち）
1947 年　三重県に生。
千葉大学人文学部人文学科（国文学専攻）卒業。
〔主要論文〕「西行物語の形成」（文学 46：10　1978 年）、「『平治物語』諸本・本文研究の課題」（『平治物語の成立』汲古書院　1988 年）

原 田 敦 史（はらだ・あつし）
1978 年　埼玉県に生。
東京大学大学院人文社会研究科博士課程単位取得退学。
日本学術振興会特別研究員 PD。
〔主要論文〕「延慶本『平家物語』終結様式の位相」（国語と国文学 85：11　2008 年）、「延慶本『平家物語』における平頼盛像の一側面」（国語国文77：12　2008年）

平野 さつき（ひらの・さつき）

1956 年　東京都に生。

早稲田大学大学院文学研究科日本文学専攻博士課程単位取得退学。

筑紫女学園大学非常勤講師。

〔主要論文〕「『平家物語』の文書についての一考察―山門牒状・南都牒状を素材として―」（軍記と語り物 18　1982 年）、「戦後『保元物語』研究史の展開―昭和の終焉まで―」（『保元物語の形成』汲古書院　1997 年）

平 藤　　幸（ひらふじ・さち）

1975 年　山形県に生。

鶴見大学大学院文学研究科博士課程単位取得退学。

鶴見大学非常勤講師。

〔主要論文〕「平時忠伝考証」（国語と国文学 79：9　2002 年）、「『平家物語』「南都大衆摂政殿ノ御使追返事」をめぐって」（国文鶴見 40　2006 年）

牧 野 淳 司（まきの・あつし）
名古屋大学大学院文学研究科博士課程単位取得退学。博士（文学）　名古屋大学　2002年。
明治大学専任講師。
〔主要論文〕「延慶本『平家物語』と寺社の訴訟文書―寺院における物語の生成と変容―」（中世文学 52　2007 年）、「延慶本『平家物語』弘法大師宗論説話の生成」（国語と国文学 85：11　2008 年）

松 島 周 一（まつしま・しゅういち）

1959 年　神奈川県に生。

東京都立大学大学院人文科学研究科博士課程単位取得退学。

愛知教育大学教授。

〔主要論文〕「清盛没後の平家と後白河院」（年報中世史研究 17　1992 年）、「高倉院政と平時忠」（愛知教育大学研究報告〔人文・社会科学編〕52　2003 年）

執筆者紹介（五十音順）

久保　勇（くぼ・いさむ）
1968年　神奈川県に生。
千葉大学大学院社会文化科学研究科博士後期課程修了。博士(文学)　千葉大学　1999年。
千葉大学大学院人文社会科学研究科助教。
［主要著書］『校訂延慶本平家物語（十一）』（共編）（汲古書院　2009年）
［主要論文］「延慶本『平家物語』の〈狂言綺語〉観―〈物語〉の志向したもの―」（文学 10：2　1999年）

小番　達（こつがい・とおる）
1967年　秋田県に生。
千葉大学大学院社会文化科学研究科修了。博士（文学）　千葉大学　2001年。
清泉女子大学・明治大学非常勤講師。
［主要著書］『校訂延慶本平家物語（八）』（共編）（汲古書院　2006年）
［主要論文］「延慶本平家物語における天神信仰関連記事をめぐって―第四・六「安楽寺由来事付霊験無双事」形成過程の一端―」（中世文学53　2008年）

櫻井陽子（さくらい・ようこ）
1957年　静岡県に生。
お茶の水女子大学大学院博士課程人間文化研究科単位取得退学。博士（人文科学）　お茶の水女子大学　1999年。
駒澤大学文学部教授。
［主要著書］『平家物語の形成と受容』（汲古書院　2001年）
『平家物語図典』（共同監修）（小学館　2005年）

清水由美子（しみず・ゆみこ）
1957年　神奈川県に生。
東京大学大学院人文科学研究科博士課程単位取得退学。
清泉女子大学非常勤講師。
［主要著書］『校訂延慶本平家物語（十二）』（共編）（汲古書院　2008年）
［主要論文］「作為としての母親像―二位尼平時子の造型」（国語と国文学85：11　2008年）

高山利弘（たかやま・としひろ）
1959年　群馬県に生。
名古屋大学大学院文学研究科博士後期課程退学。
群馬大学社会情報学部教授。
［主要著書］『訓読四部合戦状本平家物語』（有精堂　1995年）
［主要論文］「延慶本平家物語における菊池氏の周辺」（千葉大学大学院社会文化科学研究科研究プロジェクト報告書『続々『平家物語』の成立』 2004年）

編者略歴

栃 木 孝 惟（とちぎ・よしただ）
1935年　東京都に生。
東京大学大学院人文科学研究科博士課程単位取得退学。
千葉大学名誉教授。
［主要著書］『保元記平治物語〈東京大学国語研究室〉資料叢書8』（汲古書院　1986年）
『軍記と武士の世界』（吉川弘文館　2001年）
『軍記物語形成史序説―転換期の歴史意識と文学―』（岩波書店　2002年）

松 尾 葦 江（まつお・あしえ）
1943年　神奈川県に生。
東京大学大学院人文科学研究科博士課程単位取得退学。
博士（文学）　東京大学　1997年。
國學院大學文学部教授。
［主要著書］『平家物語論究』（明治書院　1985年）
『軍記物語論究』（若草書房　1996年）
『軍記物語原論』（笠間書院　2008年）

校訂延慶本平家物語 別巻
延慶本平家物語の世界
平成二十一年五月三十日発行

編　者　栃木孝惟
　　　　松尾葦江
発行者　石坂叡志
整　版　株式会社中台整版
印　刷　モリモト印刷株式会社

発　行　汲古書院
〒102-0072　東京都千代田区飯田橋二―五―四
電話　〇三(三二六五)九七六四
FAX　〇三(三二二二)一八四五

ISBN978-4-7629-3500-8 C3393